海关新来的年轻人

东海一族 著

SPM
南方出版传媒
广东经济出版社
·广州·

图书在版编目（CIP）数据

海关新来的年轻人 / 东海一族著. —广州：广东经济出版社，2021.4
ISBN 978-7-5454-7466-4

Ⅰ.①海…　Ⅱ.①东…　Ⅲ.①故事—作品集—中国—当代 Ⅳ.①I247.81

中国版本图书馆CIP数据核字（2021）第007713号

策　　划：李　鹏
责任编辑：冯　颖　何绮婷
责任技编：陆俊帆
封面设计：读家文化

海关新来的年轻人
HAIGUAN XINLAI DE NIANQINGREN

出版人	李　鹏
出　版 发　行	广东经济出版社（广州市环市东路水荫路11号11~12楼）
经　销	全国新华书店
印　刷	佛山市迎高彩印有限公司 （佛山市顺德区陈村镇广隆工业区兴业七路9号）
开　本	889毫米×1194毫米　1/32
印　张	11.25
字　数	258千字
版　次	2021年4月第1版
印　次	2021年4月第1次
书　号	ISBN 978-7-5454-7466-4
定　价	45.00元

图书营销中心地址：广州市环市东路水荫路11号11楼
电话：（020）87393830　邮政编码：510075
如发现印装质量问题，影响阅读，请与本社联系
广东经济出版社常年法律顾问：胡志海律师

教育不是灌输，而是点燃火焰。

——（古希腊）苏格拉底

自序

不知不觉已经出到第三本小说了，对于一个只能利用八小时工作时间之外的时间进行创作的业余作者来说，也算是个小小的成就吧。给前面几本书写序言时，我有一肚子的话想说，而给本书写序言时，却很长时间不知如何下笔，也许是想说的话都已经付诸本书的字里行间，也许是漫长而艰苦的创作过程影响了我的倾诉欲望。不过为了纪念这本书的诞生，我还是写下了这些文字。

先解释一下什么叫新干班。新干班是海关系统中类似于部队新兵连的临时组织，其目的是将通过国家公务员招录考试并进入海关的大学生集中起来，使其在海关教育培训基地接受为期两个半月的初任培训，通过军训、理论学习、业务学习和团队建设，完成从大学生到海关关员的角色转变。

2015 年，因为工作需要，我作为总班主任参与了某直属海关的新干班带班。短短两个半月的时间，我感觉比自己工作十几年的收获还要大。我所接触的这帮年轻人，是“90 后”中的优秀代表，他们的活力和激情，深深感染了我，他们正如书中描写的那样：

我们2015届新干班，是越州海关最富有朝气、最具创造力的群体。阳光，是我们的名片；张扬，是我们的个性；乐观，是我们的笑脸；青春，是我们的财富；奉献，是我们的心声；建功立业，是我们的理想！我们的光彩，在演讲中淋漓尽致地展现了。感谢这个舞台，让我们的思想在这里交流，观念在这里碰撞，号角在这里吹响，梦想在这里起航！

在与这帮年轻人朝夕相处的过程中，我耳闻目睹了不少有趣的故事，有些甚至比电影、电视剧中演绎的故事更加生动、精彩。于是我产生了一个强烈的想法，就是创作一部以新干班为主题的成长小说，真实反映当代年轻人的青春芳华。在做了充分的素材搜集等前期准备工作后，从2019年中到2020年底，我花了一年半的时间，潜心打磨，终于完成了这部二十余万字的作品。

虽然本书以海关新人的入职培训作为一个小小的切入口，来展现"90后"真我的风采，但同时也注入了我对新时代下成人教育和入职培训的一些思考。写作过程中，我常常会想起迟毓凯教授在《学生管理的心理学智慧》中讲到的两段话：

1. 教师的影响力，主要有三点：一是专业能力，让人钦佩；二是人格魅力，让人喜欢；三是威慑力，让人害怕。专业能力与人格魅力解决的是如何让学生"信任"的问题，威慑力解决的是如何让学生"敬畏"的问题。

2. 教师为什么需要学生"怕"一些呢？从学生层面来说，中国人常说"人之初，性本善"，认为学生本质上都是善良的，但其实，人性就其本质而言，既有善的一面，也有恶的一面。

如果教师对于学生的本能欲望不加克制的话，那么，他们在显现善良、可爱一面的同时，自私、懒惰的本性也会自由发展，而有效节制这种负面效应的一种方式,就是对教师心存“敬畏”。

对照自己 2015 年带班时的经历，我认为上面两段话确实是教育方面的至理名言。于是，我在塑造总班主任萧意这一人物形象时，有意识地让他从专业能力、人格魅力和威慑力三个方面去影响学生。当然，成功与否，只能留给读者去评判了。

看完小说后，相信不少读者会有同样的疑问——书中的故事都是真实的吗？对此，我想用那句老生常谈的创作名言来回应：艺术源于生活，而又高于生活。如果在看书的过程中，读者能被小说的情节带动，能被小说中的人物所吸引，那就说明小说已经有了它自己的生命力，包括小说中的人物开始成为艺术上的真实，这也是作者希望看到的。

参加工作近二十年，我能够从工作本身感受到价值和快乐的时间并不多，而 2015 年的新干班带班经历无疑是其中最难忘的一次。回想起来，也许有天时地利人和各方面的因素，于是促成了那一次的风云际会。为了不让那段时光湮没在记忆的废墟中，我决定用文字给它留个纪念。

是为序。

庚子年秋 王畅记

目录

01 最佳拍档

1

活到三十六岁，萧意只投过一份简历。那还是他大四找工作时投的。

当时的就业形势远没有高校扩招后那么严峻，四校联办的人才招聘会上并没有想象中的人山人海，除了少数几家名声在外的外企和大公司被人围了个水泄不通外，大部分的用人单位展位前，都是一副风平浪静的样子。

萧意的工作家里早安排了，他纯粹是过来看热闹的，手头就带了两份简历。一圈逛下来，觉得没意思，随便找了个椅子坐下来休息。

“小伙子，你是来应聘的吗？”一个声音从身后传来。

萧意扭头一看，见是一位年近六旬的老人，两鬓斑白，一双眼睛却是炯炯有神。

萧意“嗯”了一声，这才注意到自己坐在了人家展位一角的椅子上。这是浙江一所名叫“育才”的私立中学的展位，招聘语、数、外老师。看样子是准备收档了，几名工作人员正在收拾场地。

萧意赶紧起身，还没来得及说“对不起”，却听老人笑道：“来，给我看看你的简历。”

萧意犹豫了一下，还是将简历递了过去。

老人看简历看得很仔细，一边看，一边频频点头。突然，老人问道：“你是中文系的，李白的《将进酒》会背吗？”

萧意说了声“会”，便一口气背了下来：

君不见，黄河之水天上来，奔流到海不复回。
君不见，高堂明镜悲白发，朝如青丝暮成雪。
人生得意须尽欢，莫使金樽空对月。
天生我材必有用，千金散尽还复来。
烹羊宰牛且为乐，会须一饮三百杯。
岑夫子，丹丘生，将进酒，杯莫停。
与君歌一曲，请君为我倾耳听。
…………

因为喜欢古典诗词，早在初中阶段，萧意便把《唐诗三百首》从头到尾背了下来，这首《将进酒》正是他特别喜欢的一首，一时间念得声情并茂、逸兴横飞，顿时吸引了几个女生过来看热闹。

萧意背完后，老人脸上颇有赞许之意，又道：“张若虚的《春江花月夜》会背吗？”

萧意点点头，刚背了两句“春江潮水连海平，海上明月共潮生”，就被老人打断了：“不用背了。你对现在的教育有什么看法？”

这个问题问得有些莫名其妙，不过当时的萧意也是初生牛犊不怕虎，便口若悬河地讲了起来。从应试教育讲到素质教育，从因材施教讲到严管厚爱，从教育改革讲到人才培养，一路滔滔不绝讲下来，仿佛是新上任准备大展拳脚的教育部部长。那老人倒也颇有耐心，一直微笑倾听，偶尔回应两句，有如相声中的捧哏一般恰到好处。

等萧意留意到工作人员已收拾完东西，围在自己和老人身边时，才发现不知不觉已讲了半个小时，他赶紧打住，略带歉意道："不好意思，耽误你们时间了。"

老人道："小伙子，我看你挺适合当老师的，有没有兴趣来我们学校？"

"这个，我能不能考虑一下？"萧意没想到对方一副马上要拍板的样子，顿时有些犹豫。

"也好，你先考虑清楚，想来的话给我个电话，再把这份协议签了寄给我就行。"老人说着，将一份就业协议递了过来，上面还附着一张名片。

萧意见名片上写着"陆皓然校长"，顿时肃然起敬，道："您是陆校长？"

老人笑道："是的。小伙子，我很欣赏你！希望你能来我们学校。"

萧意一时间受宠若惊，结结巴巴道："谢谢！我，我会尽快给您回电话的。"

接下来两天，萧意茶饭不思，一直在思考去不去的问题。他没想到，对于别人来说需要费尽九牛二虎之力的找工作难题，对他而言却是如此简单：家里提前帮他在湖北一家知名媒体找了份工作，如果不想去别的地方，起码有一份工作保底。结果没想到投出第一份求职简历就有单位要了。这位陆校长看样子也是求贤若渴，对他是毫不掩饰地喜欢。萧意在网上查了一下，这所育才中学在浙江省内排名前十，校长陆皓然也是国内教育界一位资深的专家，而就业协议上的条件也还算不错，年薪6万元起，对于当时月薪期望值仅在3000元左右的

2001届毕业生来说，还是挺有吸引力的。

萧意考虑再三，决定去育才中学试试。年轻人总想证明自己，他不想一直按照父母为他规划好的人生路线走下去。

那天，萧意拿着手机，想着在电话里怎么和陆校长说，不料手机突然响了。

萧意吃了一惊，这部手机是父母为他求职特意买的新款诺基亚，号码没几个人知道，怎么会有一个陌生的异地号码打过来？

萧意接通电话，一个像播音员般甜美动听的女声传来：“你好，请问是萧意同学吗？”

“是的。您是哪位？”

“我这边是越州海关人事处，你之前报考了越州海关的公务员，现在结果出来了，你被录取了。下周我们将派出考察组去你们学校进行政审。通过政审后，7月中旬你就可以去越州海关报到了。”

挂掉电话后，萧意半天没有回过神来，他没想到自己真的被海关录取了。

作为一个在中文系自由散漫了四年的大学生，萧意对考公务员并没有多大兴趣，不过因为老爸老妈都是公务员，在双亲的强烈要求下，他还是报考了越州海关的公务员。年初他先后参加了越州海关的笔试和面试，结果一直没出来。由于报考人数多，录取率只有1%左右，萧意也没抱多大希望，只当是陪太子读书，没想到竟然被录取了。

得知这个喜讯，萧意自己倒也罢了，老爸老妈却是欣喜若狂，只差没有像古代考上状元般敲锣打鼓、昭告天下。看着父母喜出望外的样子，萧意知道他想去当中学老师的念头只能彻底打消了。

给陆校长打电话的时候，萧意鼓足勇气说明了原因。陆校长沉默了10秒钟后说道："我尊重你的选择，也祝愿你在公务员岗位上能够大展宏图！虽然我个人觉得，你更适合从事教育这一行。"

"为什么您这样觉得？"萧意不知怎么鬼使神差地来了这一句。

电话那头传来陆校长的笑声，接着听到他一字一句道："我从事教育行业这么多年，看人还是有一套的，你小子天生就是当老师的料！"

一晃十几年过去了，这句话依旧深深印在萧意的脑海里。

2

清理桌面文件的时候，萧意无意中翻出了一张照片，那还是他2001年求职时和陆校长的一张合影。照片上的他风华正茂、意气风发，一副天下事无不可为的豪情胜概；旁边的陆校长一脸笑容，仿佛伯乐发现了千里马一般。

一张老照片，勾起了萧意对往事的回忆。如果没有进海关，他现在是不是还在育才中学，做一名教书育人的老师？

萧意叹了口气，目光又投向了桌面堆积如山的文件夹。参加工作十四年，他在越州海关已经经历了三个部门六个科室，从堆满集装箱的顺德容桂码头，到旅客熙熙攘攘的白云国际机场，从直接面对报关员、货主、旅客的基层一线，到天天和领导打交道的职能处室，他都待过。不论在什么岗位，他都能把手头上的工作做好，不时还能做出让领导眼前一亮的成绩来，可是就工作本身而言，他一直感受不到什么快乐，也找不到什么价值。他也知道绝大多数人都这样，工作只是一个谋生的饭碗罢了，没必要从中寻找什么人生的意义。

可是今天，他无意中翻出了这张照片，陆校长的声音再次回响在他的耳边："你小子天生就是当老师的料！"他不禁陷入了沉思。

"萧科，周处找我们全科开会。"一个清脆的声音传来，是科里的小妞孙兰兰。孙兰兰是苏州人，典型的江南美女，明眸皓齿，身材小巧，人也挺聪明、机灵的，可最近也许是陷入热恋的缘故，整个人经常恍恍惚惚的，不在状态。

"哦，我马上去。"萧意把桌面上的文件收了一下，赶紧起身去会议室。

孙兰兰提到的"周处"是教育处的一把手周究处长，主持教育处工作长达八年，经历越州海关四任关长，所以江湖人称"四朝元老"。他是部队转业干部，虽然来海关二十多年了，却依然不改军人作风，走路大步流星，做事雷厉风行，训起人来也是电闪雷鸣、不讲情面，所以处里上上下下对他是又敬又畏。

会议室就坐了四个人，不过这已经是教育处的半壁江山。作为越州海关人数最少的职能处室，全处人员加在一起，还没有下面大的监管现场一个查验科的人多。萧意作为培训科科长，下面就孙兰兰和高晓鸿两个人。副科长的位置空了一年多，萧意几次想和周处长提增加人手的事，可话到嘴边还是咽回去了，毕竟干了这么多年，有些事他也知道，领导有领导的难处。

周处长正在接电话，一边说一边踱来踱去，他说话的语速很快，往往一句话还没说完，下面一句话又连珠炮似的发射了出去，一通长篇大论讲下来经常让听众半天缓不过劲来。

萧意又看了看两名下属，高晓鸿正在做下周科长轮训班的课程表，孙兰兰则是兴致勃勃地欣赏着手上刚做好的粉红色指甲。见孙兰兰手头连个本子都没放，萧意朝她示意了一下，孙兰兰“哦”了一声，赶紧起身回办公室去拿。

孙兰兰回来后，周处长刚好接完电话，等他坐下后，会议正式开始了。

萧意先对近期的工作做了一个简短的汇报，最后则把需要领导拍板的事情和盘托出：“本周日，今年的新干班（新入职干部岗前培训班）学员就要报到了，当天的迎新工作涉及几个部门，需要领导协调。本周还要和驻地武警那边联系，确定今年过来进行军训带教的武警教官人选。另外最重要的是，新干班下周一开班，但是带班老师人选现在还没确定。”

周处长捋了下头顶略显凌乱的头发，表情严肃道：“周日的迎新工作是一场硬仗，全处取消休假，全员参与。具体事项你们培训科开个会，和程处一起商量，列一个任务清单，具体工作落实到人，涉及需要和人事处、关保处等部门协调的事情跟我说，我直接跟他们一把手沟通。”

见萧意拿笔飞快记录着，周处长稍作停顿，又道：“武警那边，我们上周给监管处发了商请函，现在得到回复，教官人选已经确定，周日迎新同时，你们找车队要一辆中巴过去接武警。”

“至于新干班的带班老师，处班子已经开会研究过了，你和孙兰兰参与带班，你做总班主任。”周处长以不容置疑的口气说道。

“今年新干有133人，分成两个班，按惯例需要四个带班老师，现在还差两个呀？”萧意皱着眉头道。

“这个你不用担心，我们处人手不够，请示关领导后要来了两名外援，政工办的舒瑶，和南陵海关的一位同志过来协助你们带班。”

见萧意表情有些犹豫，周处长问道：“还有什么问题？”

“带班倒没什么，只是培训科日常事务比较多，科里也没有副科长，我去莲花山基地驻守几个月，那科里的事情怎么办？”

周处长大手一挥道：“你把办公电脑带过去，这段时间工作重心以新干班为主，处里、科里的事情也要兼顾，当然处里没什么重要事情也不会叫你回来，你就安心在那边带班吧！”

话说到这个份上，萧意也不好说什么，只能一边点头一边答应。

“明天下午，南陵海关的胡百川同志就到了，你到时召集几个带班老师开一个碰头会，商量一下新干班的工作如何开展。”

周处长走后，高老师道：“萧科，新干班一堆事情，周处让你两头兼顾，只怕到时候你分身无术。”

萧意苦笑道：“没办法，谁叫咱们处只有这么几号人呢！”

高老师站起身道：“你第一次带新干班，碰到什么问题记得多请示领导。”

萧意道：“谢谢提醒。咱们处带班经验最丰富的就是你了，可惜这几个月你要去带科长轮训班，没办法参与这项工作了。”

“有两个美女帮你带班，你就知足吧。”高老师说着，拿着文件夹出了会议室。

“萧科，你可别安排舒瑶姐和我带一个班。”孙兰兰突然来了句。

“怎么，有问题吗？”

“不是，你没听说‘男女搭配，干活不累’嘛？”

“好，满足你这个要求。”

出了会议室，萧意想了想，决定去找舒瑶谈一谈。

舒瑶是政工办文化建设科的科长，比萧意小两岁，当科长的年头却比萧意还长一些，之前两人还从来没有深入接触过，但从下周起两人就要在一起搭档几个月了，合不合得来，还真是个问题。

到了1608室门口，房门开着，舒瑶正在电脑前键字如飞地写着东西。萧意从未见过舒瑶日常工作时的情景，只是在台前幕后领略过她的风采。作为总关关花级的美女，舒瑶曾是越州海关的金牌主持人，台风很有董卿的感觉。几年前越州海关承办海关系统一场大型文艺晚会时，舒瑶作为女主持人在台前盛装出镜，光彩照人，而萧意作为工作人员，则在幕后灰头土脸地帮忙搬运道具，唯一的好处就是可以最近距离地观看舞台上的表演，而舞台上的舒瑶确实给他留下了深刻的印象。

舒瑶此刻全神贯注地工作的状态，似乎比她在台上主持时更加迷人。萧意一边想着，一边轻轻敲了几下门。

舒瑶这才发现站在门口的萧意，赶紧站起身来，笑着迎接道：“萧老师，我正想着去你那边报到呢，没想到你亲自过来了！”

“难得你们周主任肯把你这员大将借给我们，我当然要过来好好迎接了！”

“萧老师客气了，带培训班这块我毫无经验，你们可要多多指点我哟！”

“舒科长你在部队时，可是带过女兵连的，要说管理能力，应该是我向你多学习。”

“萧老师别给我戴高帽了，有什么需要我做的，尽管吩咐。”

“有两件事想和你沟通一下，一是明天下午，南陵海关的胡百川同志到位，我想下午3点，咱们几个带班老师开一个碰头会，商量一下新干班的工作如何开展。”

“没问题！”

“再有一件就是本周日是新干班学员的报到日，我们教育处全员参与迎新工作，不知你这边方不方便一起参与。”

“萧老师你这就见外了，这段时间我就是给教育处打工，你们的事就是我的事，千万别客气！”

从舒瑶办公室出来时，萧意脸上带着笑容。从目前来看，这个新搭档要比他想象中的敬业得多！

3

萧意在海天阁迎接胡百川时，差点没认出这哥们来。主要是通讯录上的工作证照片和本人的差距有点大，前者感觉像是出演《泰坦尼克号》时的小李子，妥妥的“小鲜肉”一枚，后者像是放飞自我、腆着肚腩玩水枪的李奥大叔了。

寒暄时，萧意忍不住问了句：“胡老师，怎么你工作证上的照片和你本人不太像啊？”

胡百川苦笑道：“唉，岁月是把杀猪刀！工作证上那照片是我十多年前刚转业时拍的，那时不到三十岁，颜值还在线。现在十多年下来，早就是英雄气短、赘肉横生了。”

“胡老师，你这年纪正是当打之年，我们还指望着你这位南陵关教育界的前辈多向我们传经送宝呢。”

“客气了！这次新干班里有25人是我们南陵关的学员，你们越州关帮忙代培，实在是太感谢了，我过来帮点忙也是应该的。”

两人在出租车上聊着，没一会工夫便到了越州海关总部大楼。

在会议室安顿好胡百川后，时钟正指向2点50分。过了几分钟，舒瑶和孙兰兰也前后脚到了。萧意见人都齐了，便开始了碰头会。

“今天是我们带班老师的第一次碰头会，很高兴能和大家合作共事。新干班带班是一项非常艰巨的工作。一是时间长，从7月中旬开班到9月底结束，时间长达两个半月，其间带班老师要长期驻守莲花山基地，晚上还要值班留守，仅有个别周末才能回一趟家，十分辛苦。二是事情多，从班级管理、日常学习、准军训练、活动开展、外出参观、开班结业，到考试阅卷、师资延请、课酬发放、后勤保障、安全防范、内务管理等一大摊子的事，带班老师都要管，经常是两眼一睁，忙到熄灯，所以大家要做好充分的思想准备。三是责任重，133名学员培训期间的生活学习、吃喝拉撒，我们都要操心，尤其是人身安全方面，要确保绝对不能出问题！”

“这些新干部都是成年人了，难道不能管好自己吗？”孙兰兰插嘴道。

萧意严肃道："这些新干部大多是刚从大学校园里出来的年轻人，很多都没有什么社会经验，安全意识薄弱，如果培训基地管理不当的话，很容易出事情。就在前几年，北方某海关培训基地，出现过培训期间新干部在基地周边游玩不小心从山上摔下来导致重伤的事件，如果这样的事发生在我们这里，就当前的舆论环境，你觉得带班老师能脱得了干系吗？"

萧意一说这番话，大家表情都变得有些凝重。

"这批新干班学员一共133人，前期我让孙兰兰做了个分班，1班67人，我和舒瑶科长做班主任，同时我兼总班主任；2班66人，由胡老师和孙兰兰做班主任。各位手头都有一份学员名单和班主任职责分工表，大家看看有没有什么问题。"

胡百川眉头一皱，说道："我有个建议，不知该不该讲？"

萧意道："大家都是从工作出发，尽管畅所欲言。"

胡百川道："我们南陵关的25名学员是打散分在两个班里，我想能不能将他们都放在2班？这样也便于集中管理。"

萧意笑道："我们是根据以往的经验才这样做的，一是有利于学员更好地融入新干班这个大集体，二是为了避免一些学员以关区之分拉帮结派，搞小团体。"

胡百川点了点头："既然有这方面的考虑，那我同意总班主任的安排。"

7月12日，周日，新干部报到日。

一大早，周处长便带着教育处全体人员赶到现场张罗。迎新地点安排在越州海关总部大楼的一楼西侧附厅内，教育处和人事处各据一边，新干部先在人事处窗口填完相关表格、交齐所需资料和证件，再到教育处窗口登记报备、领军训制服，等到凑齐一批40人后，便统一坐上一辆大巴，由教育处派员跟车送到莲花山基地去。

9点开始，新干部陆陆续续过来报到了，基本上都是由家人或朋友陪同过来的，个别的甚至一家六七口送过来，场面颇有些夸张。新干部以大学应届毕业生为主，二十二三岁的年纪，风华正茂，一个个身上掩饰不住蓬勃朝气。萧意见了，不禁暗暗叫好。

“萧科，周处让您过去一下。”孙兰兰跑过来道。

萧意跟着孙兰兰去了附厅2楼的休息室，只见周处长正和一名男子谈笑风生，这人五十来岁的年纪，方鼻阔口，气场十足，一看便知道是位领导。旁边坐了个二十来岁、扎着马尾辫的女孩，拿着手机默默地刷着。

“万局长，这是我们新干班的总班主任萧意科长。”周处长介绍时，萧意赶紧伸出双手和对方握了一下。女孩见状，也赶紧起身，主动和萧意握手。

万局长道：“我女儿万萍今年考上海关，我陪她过来一趟。她没什么社会经验，萧科长你们帮忙多照顾一下。”

萧意笑道：“每年都有上百名新干部经过我们初任培训后，顺利走上工作岗位，万局长您大可以放心！”

“那就好！”

寒暄了一会儿，萧意便告辞了。出门后，孙兰兰低声道：“这个万局长是咱们周处在部队时的战友，现在是湖南省某市国税局的局长。”

萧意“哦”了一声，没有多说什么。

来到附厅后，萧意环顾了一下四周，场内大约有三四十名新干部，大多在工作人员的指引下按部就班地办理着报到手续。其中一名运动装打扮的小伙子引起了萧意的注意，只见他一米八几的个头，一双吸睛的大长腿，加上眉目清秀、唇红齿白，颇有几分某当红“小鲜肉”的感觉。最特别的是，他竟然从头到脚，穿了一身科比同款的球衣、球鞋，头上还戴了一个运动发箍，感觉不是来入职报到，而是去参加一场篮球比赛的。

“萧老师，在看什么呢？”一个声音从身后传来，正是舒瑶。

“你说那个穿球衣来报到的小伙子是不是走错了地方？”

“他叫方锐，是个富二代，刚刚开着辆新款保时捷过来的，在总关大楼门口被保安拦住了，我让他把车停到隔壁商场的停车场，免得停在咱们海关这里，被人拍照了影响不好。”

“你说这少爷自家的生意不去好好打理，来咱们海关干吗？”

“我刚刚和他聊了一会，小伙子还挺有个性的，本来他父亲想让他大学毕业后就去家族企业里干活，再慢慢接班。他说对经商没兴趣，不想去，他老爸说他要能考上公务员就不管他，结果他埋头复习了几个月还真考上了。”

“瞧这小子一身打扮，估计不是省油的灯。”

“可不是呢，刚才大家排队时，这小子使唤着一个大叔模样的人给他跑前跑后，他自个坐在一旁听音乐。我问他那是他什么人，他说是他老爸给他配的生活助理，负责照顾他日常起居。我把他说了一通，让他把那位大叔叫走了，自己排队去办手续。结果就一会工夫，几个女生主动凑过去要加他微信。”

萧意摇了摇头，心想：“今年的新干部不好带啊！”

4

下午3点，来报到的新干部都被大巴分批接走了，附厅只剩下工作人员在收拾东西。

萧意见“新干部报到登记表”上还空着一人，于是对身旁的孙兰兰说道：“这个杨玟今天没来报到吗？”

孙兰兰道：“是的，她不来了，我们给她本人打了电话，她说她有别的offer，所以就不来咱们海关了。”

“这样也行？”一旁的舒瑶来了句。

“现在都是双向选择，她考上了不来也是她的自由，只是可惜浪费了咱们海关的一个招录名额。”

“像这种考上了最后又没来的多不多？”舒瑶又问道。

“不算多，但每年总有几例。去年还有个更奇葩的新干部，上午开班仪式上听了政治部主任做的动员讲话，当天下午就递辞职报告了。”

“哦，这是怎么回事？”

“那名新干部不是应届毕业生，之前在证券公司做过几年，因为行业不太景气，遇上公司裁员，就听从家人建议，考了公务员想混口安稳饭吃，结果开班仪式上听领导讲海关的待遇，居然和他在证券公司时的收入差了好几倍，立刻不淡定了，于是下午就递了辞职报告。”

“这种想发财的人，早点出去也好，免得搞坏了队伍风气。”萧意说完，想到一事，又问舒瑶：“武警那边怎么样了？”

“之前已经联系好了，今天上午胡老师去驻地接他们，这会儿应该都在基地安顿好了。”

“好，我们现在马上去基地，先和武警教官碰个头，晚上还要开个迎新大会，给新干们强调一下纪律和要求。”

俞振威排长和萧意想象中的模样差别不大：二十五六岁的年纪，结实而挺拔的身材，五官棱角分明，加上一身晒得可以跟古天乐媲美的黝黑皮肤，整个人给人一种很man的硬朗感觉。

两人客套了几句后，萧意道：“俞排长，非常感激你们过来进行新干部军训带教，如果你们在日常生活和后勤保障方面有什么问题，尽管提出来，我们一定想办法解决。”

“住宿和饮食方面都没什么，就是能否给我们配发一些洗漱沐浴用品，以及脸盆和保温杯等生活用品？”

“没问题，我马上安排人去准备。”

“另外，你们的军训时间是从7月13日到7月20日，21日就要进行会操表演，时间非常紧张，我想和你们研究一下训练内容，这样更有针对性。”

“好的，等会我让胡老师过来，和你一起研究一下。他是部队转业的，对这一块比较熟悉。”

孙兰兰插嘴道：“舒科也是军转干，要不要也让她过来一起商量？”

萧意道：“不用了，舒科正在布置今晚的会场，手头还有一堆事要忙活，军训内容这一块由俞排长和胡老师定下来就行。兰兰你和我等会去操场上，把明天上午的开班仪式和下午的开训动员准备一下。”

“好的。”

从俞排长宿舍走出不久，孙兰兰突然“扑哧”笑出声来，萧意问道：“你笑什么？”

“我想起俞排长刚才一个小动作，觉得很好玩。”

“什么小动作？”

“他右手拿着一个带绳链的口哨，和人说话时，总是习惯性地用手甩着口哨，有点吊儿郎当的感觉。”

“你观察得倒是挺仔细的，不过以后不要随便议论别人。”

“明白。”

晚上的见面会还算顺利。台下是132个朝气蓬勃的新干部，一个个坐得笔直端正，眼里充满了对美好未来的憧憬。主席台上坐着七人，分别是教育处的程伟副处长、武警的俞振威排长、莲花山基地的魏国主管，以及四位班主任。

萧意先做了一个简短的欢迎辞，然后向新干部介绍了台上诸人，最后一个环节本来应该是程副处长给新干部们提几点要求，可在开会前的最后一刻，程副处长哑着嗓子对萧意道：“我喉咙发炎，等会你来讲好了。”萧意愣了一下，可事到临头，虽然手头没稿子，也只能硬着头皮上了。还好，介绍环节魏国主管接过话，讲了一下培训基地的基本情况和注意事项，给萧意赢得了几分钟的宝贵时间，他在脑子里简单打了一个腹稿，最后面对台下兴奋而好奇的目光，来了一段即兴的讲话:

你们都是百里挑一的，通过国考被海关招录的优秀青年，从今天开始，你们就已经成为越州海关的一员，海关的光辉与荣耀，使命和责任，都与你们息息相关！我希望，你们的表现，能够对得起身上的制服，对得起头上的关徽。

培训期间的各项要求和注意事项，你们手上的《学员手册》

中都已经写得非常详细，我就不再重复，这里我主要强调三点要求：

一是提高思想认识，端正学习态度。初任培训是大家海关职业生涯的一个开端，不管你们过去是什么身份和学历，取得过怎样的成绩和荣誉，那些都只能说明过去。从今天开始，大家都重新站在同一起跑线上。初任培训的课程和内容都是针对大家今后工作的实际需要设计的，目的是提高大家胜任岗位工作所需要的各种素质和能力。通过培训，大家会对海关工作有一个整体的了解和认识，也会对自己今后的海关职业生涯有一个初步思考和规划。因此，希望大家在思想上要高度重视，要端正学习态度，全身心地投入到培训中去，力争学有所获。

二是锻炼综合能力，构建和谐团队。随着社会不断发展，海关工作的要求越来越高，对海关人员的综合能力和素质的要求也越来越高。初任培训是一个很好的学习和提高的机会，培训班除了体能训练和理论学习以外，还会开展丰富多彩的比赛和文体活动，为大家提供展现才华的舞台。此外，本次培训人数较多，大家来自五湖四海，都是为了一个共同的目标而走到一起的。希望大家能抓住这难得的机会，加强相互之间的学习和交流，加深彼此之间的了解与沟通，发扬团结友爱、精诚合作的团队精神，打造一个团结向上、和谐友爱的集体。

三是增强组织观念，自觉遵守纪律。海关是一支准军事化纪律部队，因此，强化纪律观念，培养大家令行禁止的纪律作风，也是初任培训的主要目的之一。培训期间我们将实行严格的准军事化管理，从严施训。军训期间，我们邀请了武警部队的教官开展队列和体能训练；在理论学习阶段，我们也会对大家每一天的学习和生活，包括课堂纪律、队列训练，以及着装、早操、内务、作息等一系列活动进行考评。希望大家注意日常纪律作风的养成，服从命令，听从指挥，自觉遵守各项纪律和规章制度，树立良好形象。大家都是经过层层选拔，脱颖而出的高素质人才，相信这点自控力是有的。

此外，培训基地位于越州市郊区，紧挨直通香港的客运码头，流动人口多，环境复杂，请大家在课余时间，特别是晚上外出时要注意安全，尽量不要单独行动。总之一句话，培训期间，我们不希望看到违反纪律的事情发生！

02 四大美女

5

晚上10点10分，2205宿舍，地上散落着几个烟头和五六个空啤酒罐。两张床上各坐了一个瘦高个子的年轻人，穿球衣的正是方锐，另一个剃着板寸头的是他的室友陈凡。旁边两张椅子上各坐着一人：左首那位虎背熊腰，壮得像个健身教练的叫褚霄汉；右首那位个子不高，一脸的精明强干，名叫周笑宇，和褚霄汉都住隔壁2206房。

这四人坐在一起也是缘分。晚上散会后，方锐和陈凡回到宿舍，都是一肚子的牢骚。这两人家境都不错，而且都是放荡不羁的主，于是关起门来，边抽烟边侃大山。正聊得起劲，隔壁的周笑宇敲门，原来是烟瘾犯了，过来借打火机。一见这么热闹，干脆把褚霄汉也叫上，陈凡拿出私带的啤酒，四人边喝边聊，兴高采烈。一聊起来，才发现虽然大家分别来自河南、山西、湖北、广东四个省，但居然都是在武汉读的大学，而且都喜欢打篮球，哥们几个顿时越聊越投机，只差没结成异姓兄弟了。

“你们看了《学员手册》上的‘欢迎辞’没有？”周笑宇突然来了句。

“哪有闲工夫看呐，怎么了？”方锐道。

“来，我给你们念一念。”周笑宇翻开《学员手册》，故意用夸张的语气念道：“各位学员，大家好！我们在此等候多时了，培训基地虽然不大，却也花红、叶茂、果绿、鱼肥，接下来的十周，大家可以尽情发掘。如果你‘淘宝’到了心爱之物，可让快递小哥送到：越州市禺南区石楼镇莲花山港口大道91号。”

“这倒不错，虽然地方偏了点，好歹快递可以送货上门。”陈凡点点头道。

“告诉大家一个好消息：培训基地的伙食很有农家风味，请随时留意自己的体重。有一个小小的遗憾就是，周六不放假，正常上课；周日虽然放假，但当天必须在规定时间内返回基地。哀怨是不必要的，忙碌的学习、训练会让你无比充实。”

“我×，周六不放假，这基地够变态的！”方锐不满道。

“难得的周日放松时刻，你可以在莲花山港前乘坐公共汽车168号至海傍地铁站，转乘地铁进城，一小时即可抵达珠江新城CBD。别忘了5点半的晚餐点名，要准时出现，别让大家着急。”

“这么偏僻，去市区来回路上都得三个小时。”方锐摇了摇头。

“篮球、乒乓球、羽毛球、网球等文体器材都在服务台等着与大家亲密接触，8号楼2楼还有很棒的英式台球室。”

褚霄汉皱着眉头道：“怎么没有健身房？”周笑宇拍了拍他的胸大肌，笑道：“兄弟，你这两块肉已经练到了B罩杯，还要什么健身房？”

哄笑声中，周笑宇躲过了褚霄汉的一记“如来神掌”，念完了最后一段：“虽然老师办公室7204房备有少量常用药品，但还是希望大家照顾好自己，不要随便生病，如有需要，就快快来登记领取。祝大家身体健康，学习顺利！”

“这‘欢迎辞’写得还有点水平，可这基地真不是人待的地方，想想明天就要开始军训了，真是悲催呀！”方锐一脸生无可恋的表情。

“方少你就别矫情了，你在这里待着不开心，随时可以走人，回去接手家族企业去，哪像咱们仨，还有几十年的苦日子要过，这才是真正的苦×呢！”陈凡打趣道。

“去你的，老子是‘咬定青山不放松’，就算你陈凡中途开溜了，我也会待到最后。”方锐不忿道。

“咻咻咻……”一阵急促的哨音响起，是熄灯哨。

“10点半就熄灯睡觉，整得跟部队似的。”方锐道。

“好啦，我们先回去了，明天再聊。”周笑宇说完，拉上褚霄汉回宿舍了。

晚上11点10分，7204房办公室。萧意和舒瑶各自对着一台电脑，键字如飞。

萧意看了看时间，说道：“舒科，你早点回去休息吧，明天还有一堆的事情要忙呢。”

舒瑶笑道：“知道了，你也早点休息呗！”

“事情没做完，想走也走不了。”

“什么事？”

“明天上午的开班仪式，蓝副关长要过来，他和周处各有一份开班动员讲话稿，我上周改了好几稿，好不容易今天领导终于定稿了。忙着筹备开班，培训科这两天的文件我还没来得及处理，刚刚才弄完，结果发现还漏了样东西。”

“什么东西？”

“明天下午的军训动员大会，程处有个讲话，稿子我还没写呢。”

“要不要我帮忙？”

“不用了，反正都是例行公事的那一套，我把去年的讲话稿找出来，稍微改一改，就可以了。”

“你们教育处这么多事，怎么你们培训科连个副科长都没有？”

“唉，没办法，在关领导眼里，教育处就是个清闲衙门，不要说我们培训科没有副科长，综合科配了副科长，结果两年多没到岗。”

“还有这种事？”

“两年前，关里提任了一批科级干部，其中一个是从下面隶属关上来的女同志，任命为教育处综合科的副科长。结果，因为她之前一年多都是借调在改革办，改革办说工作离不开，于是任命下来之后，她还是继续留在改革办干活。”

“那你们周处没有找领导反映吗？”

“找了，没用，领导说这个同志就是给改革办用的。”

“那还要占着你们教育处的编制？”

“没办法，在领导心目中，教育处就这地位。”

“你们真是不容易！”

“习惯了就好。我这边还有10分钟就弄完了，你先回去休息吧。”

“好的，明天见。”

从办公室出来时已是11点半，整个基地万籁俱寂，萧意的身影被路灯映照得格外长，似乎更多了几分孤独的意味。今天只是新干部报到的第一天，感觉脑子里已经被各种事情塞满了，接下来还有两个半月的时间。想到这里，萧意长叹了一口气，加快了步伐。

睡觉前，萧意把第二天上午的开班仪式和下午军训动员的整个流程在脑子里过了一遍，没发现什么问题，这才放下心来。也许是这段时间实在太累了，沾枕头没多久的他便酣然入梦。结果没想到，第二天上午的开班仪式还是出了一个不大不小的篓子。

6

开班仪式本来一切都在计划中有条不紊地进行。先是由周处长作开班致辞，再是学员代表程云发言，这是一个俊朗帅气的小伙子，中山大学的研究生，政审时就被人事处的领导看中了，之后被借去帮忙“打工”了半个月，表现突出，目前已是舒瑶心目中最合适的班长人选。

程云发言之后，接下来是蓝振副关长做开班动员讲话。正值盛夏酷暑的下午，室外36℃的高温，萧意只觉得汗流浃背，整个人就像在蒸笼里一样难受。再看看四周，从台上站着讲话的蓝副关长，到台下不动如山的百名学员，都站立笔直、神情严肃，任凭汗水肆意流淌。

萧意心中暗暗祈祷：“千万不要有人中暑！”

蓝副关长讲完话后，剩下最后一个环节——全体人员拍大合影。拍合影用的站台架头天晚上已经摆好位置了，新干部们的站位之前也已经安排好了，所以很短时间内，132人便在站台架上站好位置。第一排放了十张椅子，给领导和带班老师就座，全部就位后就可以拍照了。

见领导就座后，萧意、舒瑶、胡百川和孙兰兰也赶紧坐下，就在这时，摄影师突然大声喊道：“前排空位是谁？请赶快就座。”

萧意大吃一惊，见程副处长身旁空着一个座位，心念电转，马上想起这应该是俞排长的座位。昨晚他将合影排位的事情交给孙兰兰去跟进了，难道她忘了通知俞排长吗？

周处长着急道：“这位子怎么空着？还差谁没来？”

萧意看着孙兰兰，只见她脸色煞白，头都不敢抬。萧意咬咬牙，站出来道：“还差武警的俞排长，我去宿舍叫他。”说着拔腿就往武警宿舍跑。

这会儿火烧眉毛，没时间去批评孙兰兰了，当务之急是赶紧把俞排长叫过来救场。还好武警宿舍离操场就隔着几十米，跑过去叫人比打电话还方便。

“咚咚咚”敲门时，萧意心头狂跳不已，心想：“千万别在睡觉！”还好，门很快开了，一身戎装的俞排长出现在他面前，一脸茫然。

“俞排长，我们赶快去合影。”萧意顾不上多解释，拉上俞排长一路狂奔跑回去。

合完影后，蓝副关长意味深长地看了看萧意和俞排长一眼，没有说什么，上车先走了。一场突如其来的“空座事件”终于消弭于无形。

“你们怎么搞的？事先没有通知武警教官吗？”周处长气不打一处来。

“是我们工作上的疏忽，昨晚事情太多，没有通知到位。”萧意道。

“好一个工作疏忽，说得倒轻巧，把一百几十号人晾在大太阳底下暴晒等你们，要是有人在关领导面前中暑了怎么办？！”

程副处长打圆场道：“还好这次是蓝关，性子温和，没有严厉批评你们，要是碰上游关，你们今天就惨了！”

萧意赶紧应道：“是，是，下次我们一定把准备工作做充分，确保万无一失。”想到程副处长说的话，顿觉庆幸不已。游关是几个副关长中脾气最大的一个，下面科长去他办公室汇报工作时，经常是战战兢兢地进去，挨了一通暴风骤雨般的批评后，垂头丧气地出来。如果今天是游关在场，估计几个带班老师会被骂得狗血淋头，到时候只怕周处长、程副处长脸上也过不去。

蓝副关长走后，周处长陪着其他几位领导也坐车回关里了，俞排长指挥着手下几名班长给学员分好组，热火朝天地进行着军事训练。萧意看了一会儿，对胡百川道：“胡老师，军训这一块你比较熟悉，你在旁边把把关，7月21日会操表演的相关要求和俞排长多沟通一下。”

“没问题。”胡百川应了句，转身朝俞排长走去。

“孙兰兰呢？”萧意没见着人，朝舒瑶问了句。

“刚才好像是她男朋友打电话过来，我看她边接边往宿舍走。”

“这丫头，做事真不靠谱！昨晚说好了让她跟进合影排位的事情，结果居然忘了通知俞排长。”

“还好今天蓝关没有发火，当时我都急坏了，没想到你出来背锅。你就不怕领导大发雷霆吗？”

“事到临头，总得有人站出来吧。”

“到底是总班主任，有担当！”

“你就别夸我了。孙兰兰那边，你给她提个醒儿，我怕我去批评她，一不小心话说重了她会掉眼泪。”

“好的，保证完成任务！”

两人又聊了一会儿，突然，武警教官中一名长得像王宝强的班长跑过来，敬了个礼，急声道：“报告班主任，4分队和6分队各有一名学员中暑晕倒，现在已送去空调房做物理降温，俞排长让我请示你们，要不要送医院就诊？”

萧意对舒瑶道：“你和胡老师去看看学员，如果没大碍，就在宿舍休息；如果症状严重，就送去医院。基地这里有一台24小时待命的面包车，开去最近的石楼医院，10分钟就到。”

目送着舒瑶和胡百川往宿舍楼走去，萧意皱了皱眉头，朝着正冲着手下几名班长训话的俞排长走了过去。俞排长见他过来，手一挥，让手下各自去所属分队了，自己和萧意会合后，两人心照不宣地走到了操场远离众人的一个角落。

“俞排长，现在是酷暑天气，这种训练强度，学员们会不会吃不消？”

“当前的训练强度，已经是比较低的标准了，主要是现在的大学毕业生平时锻炼少，身体素质差，所以有些扛不住。”

“俞排长，你看这样行不行，我们把上午的训练时间往前提早半小时，赶在11点前结束；下午的训练时间往后推迟半小时，改成2点半开始，避开11点到2点半这个最热的时间段，如何？”

“没问题。”俞排长停顿了一下，又道：“还有件事得跟你说一下。”

“你说吧。”

“刚才训练时，5分队有个叫方锐的学员，说他一个半月前因为打篮球受伤，左膝韧带拉伤且半月板撕裂，还没完全康复，无法参加军训。”

“你怎么处理的？”

“要照我的要求，只要他能走路，就得坚持训练。不过当时孙老师也在旁边，她听了，同意方锐回宿舍休息。孙老师既然开口了，我也不好说什么，但我担心这个口子一开，接下来会陆续有学员找借口不参加军训。”

“你这个问题反映得很及时，我现在就去和孙老师商量一下对策。”

7

萧意找到孙兰兰后，开门见山道：“我们去方锐宿舍，看看他的伤势情况。”

来到2205宿舍门口，只见房门虚掩着没有关严，隐约可以听到里面传来令人激昂振奋的音乐声。

萧意脸一沉，直接推开房门走进去，只见方锐右手拿着个篮球，全身跟着音乐节奏在扭动，乍见两人闯进来，脸上露出不知所措的表情。

“你不是左膝受伤了吗？怎么还能玩球？”萧意强忍着怒火道。

“老师，我左膝伤势确实没有完全好，上周去医院复诊，医生说可以做一些简单的恢复训练，但长时间站队列、踢正步真的不行。”

“你在宿舍玩球也叫恢复训练？好，既然你闲不住，那就出去坐在操场边，看你的队友训练。”

听了萧意的话，方锐似乎有些不忿，嘴巴努了努，却没说出话来。

萧意见状，加重了语气，冷冷道：“别人在大太阳底下挥汗如雨，你好意思待在空调房里看电视？现在让你出去在操场边陪着他们，有问题吗？！”

“没问题，老师。”

看着方锐换好训练服，重新走回操场，老老实实地在操场边的石凳上坐下，孙兰兰笑道：“萧科，你这一招够狠的，估计他坐不了两天，就会乖乖归队了。”

萧意道：“来到这里，就得一视同仁，要不然今天这个生病了，明天那个腿伤了，我们这军训就没法搞了。”顿了一下，萧意又道：“昨晚让你跟进合影排位的事情，怎么居然忘了通知俞排长？”

孙兰兰一副可怜巴巴的样子道：“萧科，对不起，我本想今天一早通知俞排长的，可是有个女学员找我反映问题，我忙着开导她，结果把这事给忘了。”

“什么问题？”

“有个叫万萍的女生，说她室友的生活习惯很不好，她无法忍受，想换一间宿舍。”

“哦，具体是怎么回事？”

“她说室友每次上厕所，都不蹲马桶，而是站在马桶池上，有一次被她看见了，说了几句，室友还说她们那边都这样。”

“啊！现在居然还有这样的人？”

“这个还不是最过分的，还有另外一件事。昨晚因为太累了，万萍收拾完，一早就睡了，半夜醒来想上厕所，却发现室内多了个小夜灯，借着灯光，她发现室友穿着一身白衣端坐床头，双手前伸，就像女鬼一样，把她吓得半死。”

“没这么夸张吧？”

“万萍说千真万确，当时她还大着胆子问室友在做什么，室友说睡不着，在做舒展运动帮助睡眠，问题是半夜三更，她穿着白衣在床上端坐，简直比僵尸还吓人。”

“你怎么回复万萍的？”

“我让她先和室友好好沟通一下，大家尽量换位思考，互相体谅。如果沟通不了，再向老师反映。”

“嗯，先这样，过两天，如果问题还没解决的话，你和舒科一起，找万萍室友单独谈一谈，看她有没有什么心理问题。”

“好的。”

孙兰兰走后，萧意沉思了一会，朝基地主管魏国的办公室走去。魏国就在萧意办公室楼下的7102房办公，他是个瘦高个，两脚像圆规一样颀长，脸上瘦削得仿佛没有一块多余的肉。从1999年越州海关开始大规模从大学应届毕业生中招录新干部起，魏国就被安排到莲花山基地参与后勤管理工作，一晃十几年过去了，领导换了一拨又一拨，就他还默默坚守在基地。

萧意进屋时，魏国正在泡茶。见到萧意，魏国笑道：“萧科，你来得正好，我这边刚到了点上好的大红袍，你先尝尝。”

萧意坐下，拈起茶杯，只觉香气扑鼻而来，细看茶色橙黄明亮，入口后但觉回味无穷，不禁赞了句：“好茶！”

魏国面带得意道：“这茶是我一个在福建武夷山的老朋友捎过来的，产量有限，这边市面上都见不到。”

闲聊了几句，萧意道：“魏科，今天军训时有两名学员中暑了，现在天气太热，你看能不能叫食堂每天准备几桶绿豆汤，训练间隙可以给学员解暑降温用。”

“这个没问题，明天开始我就让食堂去准备。”魏国一口答应。

“谢谢了！有你这个后勤主管，我们几个班主任可省了不少心。”

“分内事，应该的。不过有件事，我想跟你反映一下。”

“什么事？”

“这些学员浪费粮食的现象太严重了，食堂里是自助餐，荤菜、素菜和水果都是排队自取，有的学员打了不少菜，结果没吃多少，最后剩一大半都倒掉了。我们食堂的师傅看了很痛心，跟我反映了，再怎么着也不能随便浪费粮食呀！萧科，这件事你可得好好跟学员们讲一讲。”

“魏科，你讲得很对，这件事我会给所有学员提个醒，吃多少拿多少，绝不能再有浪费粮食的现象发生。”

方锐坐在操场边的石凳上，百无聊赖到极点。他已经将操场上的12支分队来来回回都扫了两三遍，连同头顶树上叫得正欢的三只知了都看了再看，接下来实在不知道做什么好。他坐的这块石凳在树荫下，没有在太阳底下暴晒那么热，可是空气中没有一丝风，自己坐着，汗水仍然止不住地从头到脚往下淌。他想回宿舍拿小风扇来吹吹风，可一想到班主任萧意那冷峻的表情，又马上打消了这个念头。说来奇怪，从小到大，除了老爸外，他还没有怕过谁，没想到刚进海关，碰上萧意，就像老鼠见了猫一样畏手畏尾。

清脆的铃声响起，训练的休息时间到了，方锐精神一振，脸上露出了笑容，因为他看见陈凡和褚霄汉正朝他走过来。

“方少，真有你的，想出诈伤这么一出戏来逃避军训。”陈凡一张嘴就没好话。

“去你的！老子是真的腿受伤没好，你要觉得待在这里有意思，你倒是过来陪我呀！”方锐没好气道。

“你腿伤啥时能好？”褚霄汉道。

“估计怎么着还得一星期。咦，周笑宇哪去了？”

陈凡不屑道：“那小子，典型的重色轻友，只要是训练间隙，就凑到7分队去，和人家沈美女套近乎。”

“哪个沈美女呀？”

“就是沈吟雪呀，你注意看7分队里面，个子最高、长得最漂亮的那个就是。”

方锐站起身来，打算看个究竟。之前他也扫视过7分队，只是正好背对着他，看不出个所以然来。现在队伍散开了，十个女生或站或坐，有说有笑，样子一下子生动了许多。最高的那个女生个子明显有1米7，虽然穿着军训服，但依然掩盖不住她窈窕动人的曲线。她脸上的五官单独看都算不上精致，但组合在一起，却给人一种舒服养眼的感觉。方锐不觉看得有些痴了。

“喂，方少，你也被沈美女迷住了？”陈凡打趣道。

“去你的。”

8

晚上10点，2205宿舍，方锐、陈凡、褚霄汉和周笑宇齐聚一堂。经过陈凡的提议，现在每天晚上这个点，成了他们四人固定的卧谈会时间。

男生在一起吹水，除了时事和体育外，还少不了一样就是谈论女生，这四人也不例外。

方锐先冲着周笑宇开涮了：“笑宇你可以呀！刚来没两天，就会找沈美女献殷勤了。”

“心理学上认为，任何一个美女，内心深处都期盼着异性的关注，所以我这算是日行一善，知道吗？”

陈凡啧啧叹道：“我从未见过如此厚颜无耻之人！”

周笑宇道：“你就别酸了，来，咱们做点正经事。”

“啥正经事？”

“咱们这次培训不是有六十名女生吗？咱们不如选一下‘四大美女’吧？”周笑宇的提议一出，其余三人顿时捧腹大笑。

方锐笑骂道：“冲你这德性，真不知道怎么进的海关。”

周笑宇不以为意道：“古人说得好，‘食色，性也’。再说了，窈窕淑女，君子好逑。组织给咱们提供这么好的联谊机会，咱们不充分利用一下，怎么行呢？”

陈凡拍了拍周笑宇肩膀：“你这张嘴，死人都被你说活了。你说说怎么评吧。”

“咱们每人提一个人选，同时还得给出八个字的评语，要客观公正、点评到位的那种。提出来后，其余三人有两人以上同意，视为通过；如果有两人以上表示反对，那就pass掉。总之最后，选出认可度最高的四名女生成为‘四大美女’。”

方锐朝周笑宇背上捶了一拳道：“没看出来你小子花花肠子还不少哟！”

周笑宇道：“大家没意见的话，那先给5分钟时间，咱们各自酝酿一下。”

四个人或坐或站，郑重其事地思考起这件“正经事”来。周笑宇看上去最认真，还拿出纸笔，在桌上一笔一画地写了起来，不知道的人，看到他那冥思苦想的样子，还以为是在计算难题呢。

“时间到了，咱们开始吧。”陈凡道。

“好，方少眼光最高，先说吧。”周笑宇提议道。

方锐笑了笑，也不推辞，说道：“我提议的人选是沈吟雪。”

周笑宇道：“还有八个字的评语呢？”

“身高腿长，肤白貌美。”方锐话音刚落，三人不约而同举起手来。

“看来沈吟雪是众望所归呀！”周笑宇在纸上写的沈吟雪的名字旁打了个勾，又朝着陈凡道：“该你啦。”

“我选3分队的余真真，理由是‘元气少女，甜美可爱’，而且她长得很像我喜欢的一个日本女星本田翼。”

“哈哈，原来陈凡你喜欢这种日系漫画美少女！”方锐打趣道。

“嗯，要是她没男朋友的话，我还真打算追一追！”陈凡半真半假道。

“好，冲你这句话，我们哥仨绝对不会打余真真的主意。”方锐趁势起哄。

“扯远了，扯远了，还没举手表决呢。”周笑宇提醒道。见大家都举起手来，周笑宇在纸上写的余真真的名字旁也打了个勾。

轮到褚霄汉了，他却有点不好意思，嗫嚅了半天，终于鼓足勇气道：“我选吴果。”

“吴果是谁？”方锐和陈凡面面相觑。还是周笑宇消息灵通，接口道：“吴果？是不是8分队那个体重一百二，身材前凸后翘的胖妞？”

褚霄汉顿时不高兴了，黑脸道：“那不叫胖，叫自然美，你们真是不懂欣赏！”

周笑宇和褚霄汉这么一说，方锐才想起8分队确实有个体型微胖的女生，一张带点婴儿肥的脸，圆嘟嘟的挺可爱，不过她最引人注意的却是宽松军训服下遮掩不住的傲人身材，每次8分队跑步时，她胸前的“波涛汹涌”经常会吸引一众男生的目光。原来她叫吴果。

陈凡笑道：“阿褚你眼光不错，也只有你这种肌肉猛男，才能驯服这种类型的女生了。”

“去去去，狗嘴里吐不出象牙来！”

方锐道：“我们举手表决吧。”说着，自己举起手来，却见陈凡和周笑宇相视而笑，并未举手，于是说道：“既然对吴果大家还有保留意见，那就先列入备选名单，现在轮到笑宇了。”

周笑宇清了清嗓子，道：“本来我的首选是沈吟雪，不过方少已经提了，那我就选7分队的杨思雨，她给人的感觉是气质出众、清纯可人。”

“杨思雨那种‘没胸没屁股’的纸片人，也就笑宇你看得上！”褚霄汉冷不防来了句。

周笑宇没想到褚霄汉会怼自己，愣了一下才反应过来，马上回呛道：“只有你这种头脑简单、四肢发达的货，才会喜欢吴果那种‘奶牛’！”

“你说什么？！”褚霄汉被激怒了，霍地一下站起身来，仿佛铁塔一般杵在周笑宇面前。周笑宇连忙退后两步，生怕这个大块头控制不住动起手来。

方锐和陈凡赶紧一人按住一个。方锐道：“就图个乐子，你俩犯得着大动肝火吗？”

褚霄汉愤愤不平道：“是他先口出恶言的。”

陈凡做和事佬道：“好啦，好啦，萝卜青菜，各有所爱，犯不着人身攻击嘛。”边说边给两人各递上一支烟。

抽了一会烟，气氛才缓和下来。方锐道：“‘四大美女’选出了两个，吴果和杨思雨票数不够，只能作为备选。大家还有提名人选吗？”

周笑宇和褚霄汉你看看我，我看看你，都不说话，场面有些僵。

陈凡突然来了句：“其实咱们可以把格局放大一点，把眼界放宽一点，选这‘四大美女’不要只局限于从女同学中选。”

褚霄汉不解道：“我不明白你的意思。”

还是周笑宇反应快，反问道：“你是说把老师也算上？”

陈凡得意道：“难道你们不觉得四个班主任的颜值都很高吗？”

周笑宇接口道：“尤其是舒老师和孙老师，一个风姿绰约，一个貌美如花，我从小到大还真没见过这么好看的女老师呢！”

方锐佯怒道：“你们两个真是没大没小，连老师都敢拿来开玩笑！”

陈凡嬉皮笑脸道：“方少你就别假装正经了。咱们举手表决一下，同意将舒老师和孙老师列入‘四大美女’的请举手。”说着自己率先举起手。

只见周笑宇和褚霄汉对望一眼，不约而同举起手。方锐摇了摇头，却也举起手来。

“好，全票通过！”陈凡激动得跳起来，接着道：“我宣布，2015届新干班‘四大美女’正式出炉，她们是沈吟雪、余真真、舒瑶和孙兰兰。”说完，又从床底摸出四罐啤酒：“来，为‘四大美女’永远美丽碰一杯！”

随着“嘭”的一声，四罐啤酒撞到了一起，四张年轻的脸上闪耀着青春的激情。

03

杀一儆百

9

骄阳似火，尽情地释放着它的能量。操场上，一片热火朝天的训练景象。

胡百川沿着整个操场走了一圈，将每个小分队的训练情况都看了一遍，边看边摇头。在他一个有着十多年军龄的退伍老兵看来，这帮新干部的身体素质实在堪忧，三分之一的戴眼镜，三分之一的体型偏胖或偏瘦，有的甚至连30分钟的军姿都站不下来。这些倒也罢了，负责军训的武警教官也不够严格，动作没有完全要求到位，还生怕有学员中暑晕倒，半小时就休息一次，尤其是负责3分队的邱班长，特别怜香惜玉，一看有女学员作不适状就马上停下休息，算下来休息时间比训练时间还长。

见3分队又停下来休息了，胡百川皱了皱眉头，走上前对邱班长道：“你这样训练，恐怕到时达不到会操表演的要求。”

邱班长是河北人，性子比较急，马上回道：“胡老师，您甭操这份心，俺心里有数。”

“邱班长，我在旁边观察了半天，你们3分队训练时间最短，休息时间最长，动作最不规范，恐怕要抓紧点！”

“胡老师，教学您内行，军训这摊子您是外行，就别掺和，好吗？”

“我外行？我当兵的时候，你还在穿开裆裤呢！”胡百川一听，火冒三丈。

“你怎么说话的？”邱班长一听也火了。

萧意、舒瑶和俞排长正在不远处闲聊，听到这边有动静，赶紧走过来。俞排长脸一沉："怎么回事？"

"报告排长，刚才胡老师对我们训练情况提了些意见，大家有一点分歧。"邱班长说得比较委婉，不过大家都听出了他话里话外的情绪。

"哦，胡老师是退伍老兵，他从专业角度提点意见也很正常，你们继续训练，不要把进度落下来。"

"是！"邱班长敬了个礼，又赶紧带队伍训练去了。

俞排长看了胡百川一眼，道："我手下这几个班长都是业务骨干，就是嘴巴笨了点，几位老师如果有什么问题，就直接跟我反映，我来教训他们。"说完，也不看众人，径自走了。

"真是什么样的主将带什么样的兵！哪有这样搞训练的？"胡百川依旧是余怒未消。

萧意拍了拍胡百川肩膀道："胡老师，这些教官和新干部大都是'90后'，和咱们有代沟，咱们不能用以前的那一套来硬性要求年轻人了。"

"难道就这样听之任之吗？最后会操表演达不到要求怎么办？"

"车到山前必有路，我相信俞排长会完成任务的。"萧意停顿了一下，又道："部队是典型的层级管理，下次碰到类似情况，你先跟我说，我跟他们俞排长沟通，这样效果可能会好些。"

"你是总班主任，我听你的。"

看着胡百川的身影远去，一直没有出声的舒瑶来了句："我听刚才俞排长那口气，似乎有点不太高兴。"

"难免的，本来军训这一摊由他们全权负责，现在胡老师提了一通尖锐的意见，大家面子上都有点过不去。”

“那怎么办？”

“得有人做和事佬了。”萧意看了眼舒瑶道：“你在这边等我一会，我回宿舍拿点东西，等会我们一起去和俞排长谈谈。”

舒瑶在树荫下等了约10分钟，只见萧意从5号楼出来，手里拿着个装得鼓鼓的牛皮信封。

两人来到俞排长所在的5105房，敲了几下门。

门开了，俞排长见到两人，愣了下，道：“有什么事吗？”

萧意笑道：“哈哈！没什么特别的事，就是想找俞排长聊聊。”

俞排长将两人迎进屋，又倒了两杯茶放到两人面前。等他一坐下，萧意便开门见山道：“俞排长，今天的事情不好意思，我们胡老师是个直脾气，说话考虑不周，我已经和他沟通过了，我这边也代他向你们道个歉。”

“萧科长你言重了，我刚才向邱班长了解过情况，也不是什么大不了的事情，只不过当兵的大多嘴巴比较笨，说话不太注意。邱班长也有责任，我把他批评了一顿，让他不要因为是女学员就放松要求，影响整体进度。当然了，以后像这种事情，你们直接跟我沟通，我来教训他们，他们连屁都不会放一个！”

“那是，那是，俞排长带兵有方，这个我们大家都是有目共睹的。”

三人又闲聊了一会，萧意突然指着桌上一本摊开的书道：“俞排长，没想到你这么喜欢看书？这本《亮剑》我看你都快翻完了。”

“呵呵，这本书是朋友推荐的，确实写得很不错，比电视剧强多了！”

“是的，看过这本书的人都知道，电视只拍了前半部，而这本书最具价值且最震撼人心的却是它的后半部。”

“英雄所见略同！”俞排长和萧意相视一笑，旁边的舒瑶却是听得一头雾水。

见火候差不多了，萧意将牛皮信封放到俞排长面前，说道：“俞排长，你这么喜欢看书，我送你一本书吧。”

“萧科长，你太客气了！”

“难得碰上一个好书之人，俞排长你可一定要收下哦。”

“那我就收下了。”俞排长接过牛皮信封，小心翼翼地将书取出，念了下书名：“《补读平生未见书》，这名字挺有意思的。”又翻开扉页，却见上面题了一段赠语，一旁的舒瑶看得真切，上面写的是：

俞振威排长雅正

补读平生未见书，再逢今世有缘人！

萧意

俞排长又看了眼书封上的作者名字，用难以置信的口气道：“萧科长，这书是你写的？！”

萧意笑着点点头。

“你太牛了！我还是第一次碰上活生生的作家！”俞排长激动得都有点言不尽意了。

萧意解释道：“作家说不上，只是写着好玩罢了。我平时看书喜欢写点书评、随笔什么的，年初整理了一下，发现都有十几万字了，便想着出本书做个纪念。刚好有个朋友在文化公司，于是托他帮忙，设计制作了一百本定制本，碰上身边有喜欢读书的朋友就送上一本，也算是文化交流吧。”

“萧科长，你算是我见过的最有格调的文化人。这本书我一定会认真拜读，回头和你好好交流。”

临走时，俞排长将两人一直送到操场上，这才回去。

舒瑶打趣道：“萧老师，没想到你居然还是个深藏不露的作家，怎么偷偷出书了也不让大家知道？”

“惭愧惭愧！我这又不是什么大卖的畅销书，只不过是自娱自乐的玩意，有什么好显摆的。再说了，咱们身在政府部门，你要是出本书到处宣扬，万一被领导认为是不务正业，那可就惨了！”

“看来，你今天为了拉拢俞排长，真的连撒手锏都使出来了。”

“哪有‘拉拢’这么庸俗。俞排长是好书之人，我和他也算是气味相投。”

“我也是好书之人，萧老师你能不能也送我一本签名本呀？”

“没问题，回头我就给你送上。”

“你给俞排长的那句赠语，别忘了给我写上。”

萧意应了一声，语气中却有些迟疑。

10

下午学员军训的时候，萧意带队，对所有宿舍进行了一次突击性的内务检查。四个班主任全部出动，同时还叫上了5分队队长程云和7分队队长吕慧全程协助。

上大学的时候，萧意最烦学校里搞内务检查了，整个宿舍鸡飞狗跳，该收的收，该藏的藏，就像防备鬼子进村一样。不过一番清理下来，平时乱七八糟的宿舍终于有个收拾干净的样子。没想到有朝一日自己做了班主任，也要用上这招。萧意不禁苦笑了一下。这也是没办法的事情，开班才几天，舒瑶和孙兰兰都向他反映过部分宿舍的脏乱差情况，不整顿一下还真不行。

女生宿舍卫生情况还比较好，最多就是部分宿舍被子没叠整齐，脏衣服堆了一桶没洗，或是化妆品在桌上乱放。男生宿舍可就是千奇百怪、放飞自我了，有的一进门就能闻到脏球鞋、臭袜子的刺鼻气息，有的在卫生间洗手池上放了两盆多肉植物，还有的桌上竟然摆着半个没吃完的隔夜西瓜，上面盘旋着两只嗡嗡作响的绿头苍蝇……

萧意一边看，一边皱起了眉头。舒瑶在他旁边，突然好像发现了什么，对程云道："给我拿个扫把过来。"

程云赶紧从阳台找来扫把递过去。舒瑶拿着扫把在床底下扫了几下，居然扫出六罐雪花啤酒，另外还有两个空啤酒罐。

萧意还没出声，吕慧从卫生间出来道："老师，厕所里面发现这个。"只见她手里拿着个小铁盒做的简易烟灰缸，里面是十几个烟屁股。

舒瑶道："《学员手册》第十八条规定，宿舍内严禁吸烟、饮酒。2205宿舍都违反了。"

萧意问道："2205宿舍有谁？"

程云扫了下学员名单道："方锐和陈凡。"

突然，宿舍门开了，一人探进头来，却是孙兰兰。她对萧意道："萧科，你和舒科来下隔壁宿舍。"孙兰兰和胡百川刚才在隔壁的2206宿舍检查，不知碰到什么情况，她脸上的表情十分复杂。

萧意让程云和吕慧继续检查，并拍照取证，自己和舒瑶去了隔壁宿舍。

一进2206宿舍，孙兰兰就把房门带上。还没等萧意问，她拿出一张纸递过来："这是刚才从周笑宇床上枕头下面翻出来的。"

萧意接过纸，仔细一看，只见上面写着十来个女生的名字，最醒目的是下方还画了个大圆圈，里面赫然写着：

2015届新干班四大美女

沈吟雪　余真真　舒瑶　孙兰兰

"锐凡霄宇"评审团终极认定

萧意顿时哑然失笑："这帮浑小子，居然整这种鬼名堂！"

孙兰兰见萧意不置可否，有些不高兴道："萧科，您看这几个男生是不是很过分？才来几天就评什么'四大美女'，还把我和舒科也放进去，有这样当学生的吗？"

一旁的胡百川也气愤道："这几个男生一点纪律观念都没有，私底下拉帮结派，躲在宿舍里抽烟喝酒，现在还对师生评头论足，简直是胆大妄为、目无尊长！如果不好好收拾一番，新干班的风气只怕都要被这些家伙带坏了！"

萧意道："我想听听你们的意见。"

孙兰兰道："这个什么'锐凡霄宇'就是方锐、陈凡、褚霄汉和周笑宇四个人，一是拉帮结派，二是抽烟喝酒，三是作风不正。我觉得，他们四个人必须好好反省，并在全体学员面前做深刻检讨，承认自己的错误。”

“这里面周笑宇还是南陵海关的，他这情况我得跟他们部门领导好好反映。”胡百川黑着脸道。

萧意看着舒瑶道：“你是什么意见？”

舒瑶字斟句酌道：“我觉得这件事情也不要太上纲上线了，年轻人喜欢聚在一起嬉闹开玩笑也很正常，算不上什么拉帮结派，至于评选什么‘四大美女’也不过是对异性的一种欣赏，说‘作风不正’恐怕过了。”

孙兰兰急了：“难道就对他们这种行为听之任之吗？”

萧意摆摆手道：“这件事处理起来可大可小，我同意舒科的意见，还是淡化处理。年轻人脸皮比较薄，如果让他们四个在众人面前，就评选‘四大美女’做检讨的话，一件极少人知道的事情马上变得人尽皆知，我估计负面影响会更大。所以，我想换一种方式来处理可能效果会更好。”

孙兰兰问：“什么方式？”

萧意没有直接回答，而是说道：“兰兰，你去和俞排长说一声，下午军训结束后，先不要带学员去食堂，全体集合训话。”

孙兰兰应了一声。萧意又对胡百川道：“胡老师，等会训练间隙，你把方锐、陈凡、褚霄汉和周笑宇这四人带到我办公室，我和他们先谈一谈。”

胡百川一口答应，脸上表情却十分疑惑，显然不知道萧意葫芦里卖的是什么药。

5点半，132名学员在操场上列队集合完毕，等候总班主任训话。

萧意面色如冰，一双眼睛将学员方队扫了一遍，半天没有说话。被他目光扫到的学员眼睛都不敢直视，气氛显得十分沉重。

终于，萧意说话了：“今天下午，在大家训练的时候，我们对所有宿舍进行了一次突击性的内务检查，结果非常不理想。女生宿舍有的被子没叠整齐，脏衣服堆了一桶没洗，还有的化妆品摊了一桌子；男生宿舍更糟糕，有的一进门就踩到脏球鞋、臭袜子，有的在洗手池上放了两盆植物，还有的桌上竟然摆着半个没吃完的隔夜西瓜……”

萧意话没说完，队伍中已传来一阵轻微的笑声。萧意脸一沉，朝发笑之人瞪了一眼，笑声戛然而止。

“更恶劣的是，我们在检查2205、2206宿舍时，发现床底藏有啤酒和空啤酒罐，洗手间还发现了装有烟头的烟灰缸。《学员手册》第十八条规定，宿舍内严禁吸烟、饮酒。2205、2206宿舍的这四名学员可以说是明知故犯。方锐、陈凡、褚霄汉、周笑宇，四人出列！”

随着萧意一声令下，四个肇事鬼在众目睽睽之下站了出来，除了方锐神色如常外，其他三人都耷拉着脑袋，像霜打的茄子一样蔫了。

“今天对你们的惩罚是，在操场站军姿一小时，希望你们能吸取教训，以后不要再违反纪律。同时，其他人也要引以为戒！另外，针对这次内务检查中发现的问题，今晚7点到8点半，由各分队武警教官到学员宿舍，给大家做内务整理示范，请大家认真学习。接下来每周我们都会进行一次不定期的内务检查。”

最后，随着萧意一声中气十足的“解散”，全体学员开始列成两条长队，去食堂用餐，不少人都向操场上的那四个倒霉蛋投去了同情的目光，人群中不时传出小声的议论。

看着操场上罚站的四人，孙兰兰惊讶道："萧科，那件事您难道都不提一下吗？"

萧意笑道："有些事，没必要放在台面上。这四个调皮鬼，我刚刚和他们谈过了，他们知道受罚的真正原因，所以都乖乖接受了惩罚。"

胡百川道："萧科，我觉得你太仁慈了，这四个小子要落我手上，我会好好修理他们一顿。"

萧意道："年轻人，难免会做点傻事。评选'四大美女'也不是他们的创举，十几年前我在新干班培训时，几个舍友也做过这种事。"

"是吗？萧科，能不能讲来听听。"孙兰兰一下子来了兴致。

萧意没有接话，看着操场上的四个人，仿佛看到了十四年前的自己。

11

操场一角，四个人笔直地站成一排，一动不动，远远看过去，就像四个身穿迷彩服的稻草人。烈日当头，还好四人处在一棵大榕树伸出的浓密树荫下，炽热的阳光大多被挡住了。但饶是如此，汗水还是止不住地从头流到脚。

陈凡对方锐道："方少，你脚伤还没好，站一小时行吗？"

方锐没好气道："还不是被你们害的！我倒是想申请豁免，可是萧教头给了两个选择：一是当众做检讨，二是罚站。我只能选这个了。”

周笑宇愤愤道：“这个萧教头真够狠的，简直就是豹子头，也不明说是惩罚我们评选‘四大美女’，现在来这一出，倒像是杀鸡给猴看！”

褚霄汉气不打一处来：“都是你这混球，要评什么‘四大美女’，害得我们几个陪你受罚。”

周笑宇不忿道：“抽烟、喝酒你们没份吗？不要什么事都赖到我身上！”

“吵什么吵？都给我闭嘴！”身后传来萧意那低音炮一样浑厚的声音，四个人顿时鸦雀无声。

晚上9点半，5408宿舍，吕慧、万萍、杨思雨和沈吟雪坐在两张床上，边聊天边嗑瓜子。这四个女生都是一个小分队的，刚好又住在相邻的几间宿舍，这几天朝夕相处下来，彼此投缘，俨然成了闺蜜一般，于是有空便黏在一起。晚上教官给大家上内务整理示范课，本来到点了大家便各回各处，结果吕慧一句“大家来我宿舍吃奶香瓜子吧”，立刻将几个“吃货”招呼到5408宿舍来。

闲聊了半天，万萍随口来了句：“今天那四个男生真可怜！在那么大的太阳底下罚站一小时，萧老师可够狠的，难怪男生那边私下里都叫他‘豹子头’！”

沈吟雪也附和道：“就是，听说那方锐腿上还有伤，这样罚站挺不人道的。”

杨思雨打趣道：“怎么，你们两个心疼帅哥受罚了，是不是？”

“哪有哦。”沈吟雪拿起一个枕头，作势欲扔，杨思雨笑着躲开。

吕慧神秘兮兮道："你们不清楚，我可知道，这四人受罚可不仅仅是因为抽烟喝酒，而是因为他们'作风不正'。"

"作风不正？"三人一听，马上来了兴致。

"今天下午，萧老师带队进行内务检查时，在2206宿舍检查出了一样东西。"

"什么东西？"三人好奇心被彻底撩起来了。

"'四大美女'评选名单。"见众人一头雾水，吕慧便将事件发生时自己在门外偷听到的内容，一五一十讲了出来，众人这才恍然大悟。

沈吟雪道："原来他们受罚主要是因为这件事，那倒也不冤了！"

杨思雨道："这些男生可真够无聊的，评'四大美女'居然把老师也放进去，真是自作自受！"

万萍不冷不热地来了句："看来我们沈大美女果然是男生心目中的梦中情人，在'四大美女'中都名列榜首。"

沈吟雪微微一笑道："舒老师和孙老师才是真正的美女，我在名单里不过是凑数的罢了。"

见大家话题要跑偏，吕慧赶紧强调道："这事我就只跟你们说了，你们一定要守口如瓶，千万不要传出去。"三人不约而同点点头。

军训第四天，随着训练强度的不断加大，每天中暑送诊的学员也日渐增多，最多一天出现了六例。队伍中开始弥漫一股疲劳厌倦的情绪。

中午，俞排长找到了萧意："萧科长，这两天训练强度加大后，我看学员士气有些低迷。”

“有什么办法可以提升士气、振作精神的？”

“我们在部队，一般会用篮球比赛和拔河比赛这两种方式。不过篮球比赛对抗性较强，这批学员之前没有磨合练习过，和我们战士打比赛，比较容易受伤。所以我建议还是组织一场拔河比赛。”

“听你的，今天下午我们就组织一场拔河比赛。需要什么用品吗？我让基地去准备。”

“好的，等会我会列一张清单。”

拔河比赛正式拉开了新干1班和新干2班竞争的序幕。因为军训，两个班的学员被编成12个分队进行训练，所以班级的概念并不明显。但是这次要以班级为单位进行拔河比赛，竞争的氛围一下子就上去了。两支临时组建的队伍连队名都取好了，1班叫“飞虎队”，2班叫“霹雳火”。

根据俞排长定的规矩，每班抽出12名学员组队，8男4女。萧意将选人的权力给了各个分队的小队长，毕竟几天训练下来，队里哪些人身强力壮体力好，队长都心里有数。

两支队伍准备的功夫，萧意和俞排长一起检查了比赛用品及场地：绳索长约30米，粗如儿臂，绳索正中还系着一条红色的领巾；地上画了两条间隔约3米的平行直线作为河界。

10分钟后，两支队伍准备完毕。两队都是男生在一头一尾，女生居中，所有队员均双手紧紧抓住绳索，身体往后倾斜，只等着俞排长发号施令的那一刻。

突然，萧意在“飞虎队”中发现了方锐，当下脸色一沉，上前指着方锐道：“出列！”

见方锐不情愿地从队伍中走出来，萧意厉声道：“你腿伤不是还没好吗？凑什么热闹？给我站一边去！”

方锐不服气，还想顶嘴，却被陈凡和周笑宇一左一右按住，拉到一边去了。

方锐出列后，“飞虎队”赶紧补员了一个。两支队伍摩拳擦掌，蓄势待发。

俞排长一声清脆的口哨声响，两支队伍开始了针锋相对的较量。队员们一个个浑身用力，青筋暴起，身体大多倾成了45度，有的甚至倾斜到20度。一旁观战的学员们纷纷加油助威，呼声震耳欲聋。

拔河过程中，绳索中间的领巾一会儿稍稍偏向左边，一会儿稍稍偏向右边，更长时间却是僵持在中间，没有太大的位移。显然，两支队伍旗鼓相当。

见队员们一个个面红耳赤、汗流浃背，个别队员甚至连鞋子都被踩掉了，舒瑶不禁有些担心，再看萧意却是一脸的兴奋，右手握拳挥舞，不停呐喊助威，似乎比自己参赛还激动。

僵持了一会儿，“飞虎队”终于显示出强大的实力了，绳索开始一寸一寸地向己方移动。眼看距离河界还有一尺左右，“霹雳火”拼尽全力，终于止住颓势，将绳索拉回几寸。就在这时，1班方向的加油助威声如山呼海啸般传来，顿时“飞虎队”犹如打了一针强心剂，一鼓作气，将绳索拉过河界。由于惯性作用，“飞虎队”垫尾的几名男生都坐倒在地。舒瑶急忙过去查看，还好没人受伤。

12

“我宣布，今天拔河比赛的冠军是——代表1班参赛的‘飞虎队’！”萧意大声宣布了优胜者。顿时，1班学员欢呼的声音响遍了整个操场。

萧意正要宣布比赛结束，不料俞排长突然凑到他耳边道：“萧科长，刚刚有几名队员跟我说，就一场拔河比赛太不过瘾了，想和我们教官也来一场。”

萧意一听，来了兴致：“哦，你是什么意见？”

“没问题，不过我们这边12名战士，有两名身材偏瘦，能上场的只有10人，所以学员那边也要相应调整一下。”

为了和10人应战的“教官队”相抗衡，刚刚获胜的“飞虎队”进行了人员调整，换下了4名女队员，换上了2名身材壮实的男生。

两支队伍准备就绪后，俞排长一声令下，一场惊心动魄的较量又开始了。这一次双方更是势均力敌，绷得紧紧的绳索在双方拉锯般的较量下，半天挪动了不到一尺。

眼见赛场上战况激烈、形势胶着，一旁观战的俞排长和萧意等人都瞪大了眼睛，屏住了呼吸。

孙兰兰来了句：“你们觉得谁能赢？”

胡百川道：“‘飞虎队’先赛过了一场，体力消耗较大，‘教官队’以逸待劳，赢面更大。”

萧意摇摇头道：“我看未必，拔河主要看力气，身大力不亏，‘教官队’这边个子不算高，平均体重才130多斤；而‘飞虎队’这边，选手一个个膀阔腰圆，平均体重超过150斤。所谓一力降十会，‘飞虎队’优势更大。”

舒瑶笑道："不如你们俩打个赌吧，谁输了，谁今晚请吃夜宵。"

萧意和胡百川笑着点点头。

场上僵持半天后，局面开始朝着有利于"教官队"的方向发展，绳索一寸寸地往"教官队"方向移动，眼看领巾距离河界已不到一米。说时迟那时快，就在这胜负一线的时刻，只见一个相貌甜美的短发女生冲到"飞虎队"身前一米处，手上挥舞着一面红色小旗子，大声呼喊："'飞虎队'加油！'飞虎队'加油！"在她的带动下，1班、2班的十几名女生都围上前，一起呐喊："'飞虎队'加油！'飞虎队'加油！"

也许是这群女生近乎疯狂的呐喊助威激发了"飞虎队"体内的小宇宙，他们当下气势倍增，绳索停止向"教官队"方向移动，转而向"飞虎队"方向移动。旁观众人见状大喜，一个个扯着嗓子喊。

"教官队"想稳住阵脚，却发现对方的力道犹如排山倒海一般，绳索一寸寸向对面移动，脚步也不由自主地被带动。终于，兵败如山倒，领巾被拉过了河界，"教官队"输了。

欢呼的人群中，那个场边加油最卖力的短发女生被两个男生抬架到肩膀上，挥舞着双手，仿佛女神一般接受众人的欢呼呐喊，这一刻，她似乎成了最大的英雄！

萧意问道："这女生是谁？"

舒瑶道："3分队的余真真。"

"哦，就是'四大美女'之一的余真真，那几个调皮鬼眼光还不错！"

晚上消夜选的是一家名为"洞庭人家"的湘菜馆，本来孙兰兰还想叫上俞排长，俞排长说部队有规定，军训期间不能随意外出用餐，婉言谢绝了。

舒瑶选了个小包间，坐下后便和萧意讨论起7月21日会操表演的事情来，点菜的任务落到胡百川和孙兰兰头上，两人研究了半天，点了六个菜：酸菜鱼、吮指香辣猪手、绝味双椒田鸡、一品毛血旺、夫妻肺片和手撕包菜。

“喝白的还是喝啤的？”胡百川豪气道。

萧意摇摇头：“今天不是周末，明天还有一堆事，咱们还是别喝酒，就喝点饮料吧。”

“萧科长，你这人呀，什么都好，就是有一点，有时候瞻前顾后，顾虑太多。你说现在新干班都上正轨了，咱们四个班主任又是经验丰富，有什么事搞不定的？来，陪老哥喝两杯。”

“新干班没那么好带，你以为风平浪静，但总会有意想不到的事情发生，所以咱们带班过程中，真的不能掉以轻心！”

“萧科长你这么说，应该耳闻目睹了不少事，给我们讲讲带班中的故事呗。”胡百川一起哄，舒瑶和孙兰兰也纷纷怂恿萧意开讲。

萧意见大家兴致勃勃，只好讲了起来：“先说一个历史久远的吧。大概十几年前，越州海关招录了一百多名新干部，安顿在莲花山基地进行培训。开班后先进行两周的军训，不料就在军训的第二天，一名女生在训练中突然跌倒在地，人事不省，裤子都被鲜血染红了。”

孙兰兰忍不住插嘴道：“她中暑怎么会流血呢？难道是在训练中受伤了？”

舒瑶忍不住笑出声来，似乎是觉得孙兰兰这个问题问得有点傻。

萧意继续讲下去：“当时在场的几个班主任吓坏了，

赶紧抬起那名女生，用车送去石楼医院。送诊后，医生一检查，结果出人意料。”

“怎么回事？”这回轮到胡百川发问了。

萧意道：“医生诊断是由于宫外孕引起的大出血，必须马上进行手术。”

孙兰兰疑惑不解道：“怎么会怀孕呢？不是开班才几天吗？”

舒瑶道：“是不是这名女生在来海关报到前就已经怀孕了，可是她自己还不知道？”

孙兰兰反问道：“海关招录时最后不是要做体检吗？难道那时没查出来？”

萧意道：“海关招录时最后一个环节是体检，如果当时检查出来怀孕，应该不会被录取。问题是体检时一切正常，但距离正式报到还隔了两个多月时间，这名女生应该就是在这段时间内和男朋友恩爱，不小心中招的。怀孕也就罢了，反正不是新干班培训期间惹出来的事，问题是宫外孕大出血可就糟糕了，这个搞不好会有生命危险的！”

“那怎么办？”胡百川问出了大家共同的疑问。

“因为情况紧急，这名女生必须马上动手术，上手术台前需要家属签名，可她父母远在四川农村，一时半会儿也赶不过来，没办法，当时的总班主任只能硬着头皮代家属签了这个名。”

孙兰兰急道：“手术顺利吗？”

“手术还算顺利，家人赶过来时，这名女生已经脱离了生命危险。可是当时几个班主任却面临着一个棘手的难题。”

“什么难题？”

“这名女生虽然躲过一劫，但术后恢复需要一段时间，至少一个月不能参训和学习。这还是小问题，关键是越州海关此前从未发生过类似事件，照程序必须上报，而分管的关领导作风十分保守，得知此事后，大发雷霆，要求将这名女生开除。”

舒瑶也忍不住问道：“那这名女生被开除了吗？”

萧意叹了口气道：“当时这名女生的父母跪在总班主任面前，请求海关从轻发落。因为他们来自四川农村，家境贫寒，女儿好不容易大学毕业考上海关，如果因为这事被开除，不仅工作丢了，而且传出去以后在村里也抬不起头来。所以他们恳请总班主任无论如何，一定要给他女儿一条活路！”

“后来怎么样？”大家都瞪大了眼睛。

“那位总班主任动了怜悯之心，最终还是想尽办法做通了分管关领导的工作，没有将这名女生开除，让她在医院安心休养。同时叮嘱知道的人对这件事守口如瓶，不要传播出去。培训结束后，那名女生分到了下面的隶属关，后来结婚生子，生活还比较幸福。”

大家都长出了一口气，似乎对这个结局比较满意。

“这个属于培训期间突发意外但结局还算圆满的事件，当然也有结局并不太好的事件。”萧意一番话，把大家的胃口又吊起来了。

舒瑶笑道：“你就别卖关子了，快点讲给我们听。”

04

柳暗花明

13

“前两年，在北方某基地，来自全国各地的几百名海关新干部进行集中培训。第一个月风平浪静，一切都在按部就班地进行中。不料第二个月，一天晚上，突然有上百名学员上吐下泻，严重的甚至都没办法站起来。这下可把领导吓坏了，赶紧派车将患病学员送去医院。医生诊治发现，所有患者都是食物中毒。轻微的洗洗胃，两三天后便恢复正常；严重的在医院里足足待了一星期才痊愈。”

胡百川皱着眉头道：“海关基地怎么会出现这么大面积的食物中毒呢？”

萧意道：“有两种可能性，一种是当天食堂供应的肉类、海鲜等食材变质而导致这种情况；另一种是有人故意投毒，当然这种可能性极小。”

胡百川又问：“原因查出来没有？”

萧意双手一摊：“没有。事后，该基地据说进行了彻查，可惜原因始终没有查明。最后他们能做的，就是告诫所有学员，不要将这件事情传出去。”

胡百川“呵呵”笑了两声道：“官场上都一样，保住自己的‘乌纱帽’最重要！”

舒瑶道：“你们别光顾着聊呀，菜都上齐了，咱们赶快吃吧。”

饭吃得差不多了，萧意见胡百川起身要去买单，赶紧拦住。

胡百川道：“这里我年纪最大，萧科你就别和我抢了。”

萧意笑道："胡老师你过来协助我们带班，两个多月不能回去陪家人，这么辛苦，怎么都该我们请你一顿呀！"不由分说，便将他按回椅子上。胡百川只好作罢。

四人从饭馆出来时已是9点15分，路上边走边聊，突然萧意停住脚步，冲着路边一家兰州拉面馆走了进去。舒瑶等人愣了一下，也跟随其后。

萧意进去后，走到窗边一张餐桌前用手敲了两下，两个年轻人立刻像老鼠见了猫一样站起身来，正是1班的陈凡和褚霄汉，没想到这么晚了，两人居然会溜到外面吃拉面。

萧意冷冷道："你们在基地没吃晚饭吗？"

陈凡和褚霄汉低下头，不敢直视萧意的眼睛。陈凡大着胆子道："我俩是北方人，基地的饭菜吃不习惯，刚好今晚没训练，所以出来找家面馆解解馋。"

萧意板着脸道："现在几点钟了，还不回基地？我给你们10秒钟时间，埋单走人！"

陈凡和褚霄汉如蒙大赦，剩下的半碗面也顾不上吃了，陈凡摸出一张50元纸币放在柜台上，拉上褚霄汉转身就走。

柜台前的服务员急忙叫道："还没找钱呢！"只听到一句"不用找了"远远传来。舒瑶和孙兰兰相视而笑，没想到萧意一现身，居然把两名男生吓成这个样子。

舒瑶道："萧老师，我看你平时跟我们在一起的时候，随和得不得了，怎么一到了学生面前，就变得像包公一样铁面无情了？"

萧意道："部队里有句话叫作'慈不掌兵'，管理学生也是同样的道理，如果希望他们能有点出息，管理上就一定要严格，绝不能心慈手软！"

孙兰兰冒了句："可是如果一味刚性管理，碰上性格叛逆的学生，会不会产生负面效果呢？"

"所以我们要刚柔相济、严管厚爱，日常管理中，我和胡老师负责唱黑脸，你和舒老师负责唱红脸。"

胡百川道："萧老师不愧是总班主任，管理学用得头头是道。"

萧意拍了下胡百川肩膀："胡老师，你少给我灌迷魂汤了。刚才这两名学生也给我提了个醒，明天得问问魏主管，基地这边能不能找一个会做北方面食的师傅，要不然学员中有三分之一的北方人，长时间吃这里食堂的饭菜，口味不习惯确实是个问题。"

2205宿舍，门一开，方锐见进来的陈凡两手空空，恼道："不是叫你给我带一份外卖吗？"

"别提了，今天不好彩，我和阿褚还没吃完面，就被'豹子头'撞上了，他给我们10秒钟埋单走人，你说我哪有时间帮你点外卖呀？"

"你们还真是点背！算了，我给添叔打个电话，让他帮我带份夜宵过来。"说着，方锐拿出手机，拨通电话："添叔，麻烦帮我买点夜宵，二十串羊肉，二十串牛肉，半打生蚝，两个烤鸡蛋。等会你买好后到基地门口，给我个电话，我下来拿。"

见方锐挂了电话，陈凡问道："方少，你家添叔到底住哪里呀？怎么能够随叫随到？"

"哦，他在基地附近租了间房住，平时我有什么事，给他打个电话，他去办就行了。"

“添叔是你们家佣人吗？”

“那倒不是，他是我家一远房亲戚，我爸妈忙于生意，很少有时间管我，所以我爸就让他做我的生活助理，负责照顾我日常起居。”

“方少，你这生活方式太腐朽了，不过我喜欢！”

“你就别讽刺我了，我要不是考上海关，估计爸妈就让我去公司里接他们班了。”

“唉，你真是身在福中不知福！多少人做梦都想过你这样的生活，你却巴巴地要进海关当一普通科员，没钱没地位，你说你是不是脑子进水了？”

“去去去！凭什么我要按照别人的意志过一生？”

陈凡见方锐脸色有些不好看了，赶紧转移话题道：“那倒也是。方少，问你一件事，你可要如实回答？”

“什么事？”

“你是不是喜欢沈吟雪？”

“我喜不喜欢她，关你屁事！”

“那就是喜欢啰！”

“碍着你了吗？”

“我是想好心给你提供一份关于沈吟雪的宝贵情报，你要不感兴趣，那就算了。”

“好啦好啦，自家兄弟，你就别卖关子了。”

“沈吟雪的生日是7月26日，这是她的手机号码，”陈凡说着，将一张纸条放在桌上，“兄弟我只能帮你到这里了”。

方锐喜出望外，给了陈凡一拳道：“你是从哪里搞到这些信息的？”

“今天下午拔河比赛结束后，舒老师把我和几个同学叫到她办公室，布置做一期《培训简报》，笔记本电脑不够用，她就让我用她的办公电脑，结果我无意中看到一份‘新干班学员基本信息表’，里面有全部学员的个人资料。我不敢多看，匆匆扫了几眼，记下沈吟雪的。”

“你是不是也记下了余真真的资料呀？”

“那是必须的。”

两人正聊得兴高采烈，突然传来几声敲门声，陈凡赶紧起身开门，却见一个四十来岁的中年大叔站在门外，手里拿着一堆鼓鼓囊囊的袋子。

方锐急忙迎上去，一边接过他手上的东西，一边埋怨道：“添叔，我不是让你买好后到基地门口给我打电话，我下来拿吗？”

添叔憨厚地笑道：“少总，你腿上伤没好，我给你拿上来方便些。”

“好啦好啦，你赶快走吧，别让我们班主任见到，要不我就惨了。”

添叔应了声，便转身离去。

陈凡帮忙把几个塑料袋里的东西都打开堆在桌上，“哇，添叔还给你带了一份麻辣小龙虾！”

“这么多东西，咱俩吃不完，要不把隔壁那两家伙也叫过来一起吃吧。”

“还有10分钟就熄灯了，他俩过来，万一动静闹太大，把‘豹子头’招来可就不妙了！”

“也是，下次再叫他俩。”

“少总，快用餐吧。”

“去你的！”

14

“你看看这篇文章，写得怎么样？”舒瑶拿起一份文稿，递给在电脑前办公的萧意。

萧意接过，仔细看了起来。

飞驰于银河之上

夜晚，我静静地站在宿舍的阳台上，仰望墨蓝无垠的天际，心飞向那闪烁着迷人光芒的银河……

用一双肉眼仰望，看到的只是辽阔夜幕中的星星点点，看不到的是那浩瀚宇宙中飞驰的星光——所有星星都在发生着变化。但这变化或许是缓慢而不易察觉的，又或许是爆炸式的，不管是何种途径，只要朝向正确，就一定比原点更接近幸福。

回望尘世，芸芸众生，都只顾盲目前进，茫然不知前方是否存在属于自己的幸福。甚至，大多数人都会在正确的道路上止步不前或掉头转向，只因那- 路充满无尽的坎坷……

人生，不过短短几十年，眨眼间，已是沧海桑田。为何不睁大双眼，辨明方向，在正确的道路上勇敢奋进，让心飞驰于银河之上，让自己更接近幸福？或许，有人会反驳，人生之艰苦，又岂能用“坎坷”来概括，用“勇敢”来克服？的确，人世间的事，瞬息万变，但天地间也总有不变的规律——前方的路不管有多苦，只要走的方向正确，不管多么崎岖不平，都比站在原地更接近幸福。

譬如军训，烈日晒、暴雨淋、狂风吹……有些夸大的形容是学员心中的埋怨与不满堆积而来的“邪恶”景象。但军训，给我们这些略带娇气的“三门干部”创造出一个相对艰苦的环境，为的是磨炼我们钢铁般的意志，铸就我们磐石般的信念。而最具现实意义的是，军训让我们对海关的准军事化管理有了一个感性的认识，也让我们最直接地融入海关的队伍建设中。当我们走过这样一段艰苦难忘的军训之路，回首时自会发现，我们已比站在原地更成长了一步。

循着正确的方向，无论这条路多么崎岖不平，我将坚持前进，让自己更接近那银河般绚丽的幸福……

萧意看完后，笑道：“有一点‘为赋新词强说愁’的感觉，不过文采真的很不错！谁写的？”

“2班的杨思雨。昨天下午，我让每个分队推荐一名学员参与编辑《培训简报》，7分队推荐了她，半天工夫就交出了这篇随笔。”

“她好像是浙江大学中文系毕业的，恭喜你们政工办，又发现了一棵能写的好苗子。”

“瞧你说的，好像我们政工办总是到处挖人一样。”

“以前我在基层的时候，领导最怕的就是办公室跟政工办借调年轻干部，好不容易培养出一个，总关一借就是一年半载，碰上好用的，更是刘备借荆州——一借不还。”

“看来，总关当年最大的失误，就是没把你这个在基层默默奉献了近十年的笔杆子给挖出来。”

舒瑶一句调侃却说得萧意愣了一下，他没说什么，只是苦笑着摇了摇头。

9点10分，萧意和舒瑶忙完了手头的工作，从办公室走出来。到宿舍楼不过100多米的距离，两人一路边走边聊。

晚上的训练8点半便已结束，空旷的操场上几乎没有什么人，除了一个打篮球的女生，只见她一头齐耳短发，一身粉色的运动服，运球上篮的动作竟然十分熟练，看得人赏心悦目。

舒瑶道："这不是余真真吗？没想到她篮球打得这么好！"

"我敢打赌，5分钟之内，一定会有男生过来和她一起打球。"

"为什么？"

"窈窕淑女，君子好逑。"

仿佛为了验证萧意这句话，不到两分钟，两名高个男生出现了，和余真真打了个招呼，一起打起了篮球。萧意看得真切，那两人正是方锐和陈凡。方锐似乎是顾忌腿伤未愈，基本没有跳跃动作，只是在练定点投篮。陈凡则有意在余真真面前表现自己，一会一个勾手投篮，一会一个45度打板，看得余真真连声叫好。

舒瑶见萧意看得入神，打趣道："你是不是也想上去打一场？"

"要是十年前，我肯定就上场了。不过现在，只能感叹一句'年轻真好'。"

第二天下午，俞排长来办公室找萧意。

"萧科长，我想和你谈谈军训进度的事情。"

"好的，是不是遇到什么困难了？"

"照我们原先的训练计划，军训内容分两大块，7月13日到17日完成单兵队列动作和集体队列动作，18日、19日两天完成16招擒敌拳的学习，20日做会操演练准备。但从目前进度来看，队列动作这块有小部分学员还没达标，擒敌拳这块有三分之一的学员完全无法跟上训练节奏。如果继续按现有计划推进，我估计21日的会操表演，效果可能不太好。”

“哦，那怎么办？”

“有一个变通的办法，这批学员人数较多，可以从中挑选出40名比较精干的，组成一个战斗方阵，18日、19日两天进行擒敌拳专项练习，会操时做单独表演；与此同时，其他人继续进行队列训练，会操时就做分列式队列动作表演。这样双管齐下，比较容易出成绩。”

“太好了，就依你的法子去做。”

俞排长走后，一旁的舒瑶来了句：“这段时间天天下雨，军训也受到影响，我看俞排长比我们都着急。”

“俞排长提的主意很不错，既可以节省时间，又能扬长避短。现在我最担心的是，在总关会操表演那天，万一下大雨怎么办？”

“我们领导也想到了这一点，昨晚给了我电话，说如果当天下大雨，会操表演就取消，改成B方案，由学员来一场才艺秀，也就是选一些有唱歌、跳舞、演奏乐器才艺的学员，现场展示一下。今天一早，我跟12个分队队长说了，让他们中午把愿意参加表演的学员的名单报上来，现在节目单已经出来了。”说着，舒瑶递给萧意一张纸。

萧意接过节目单，认真看了起来。

新干班才艺秀节目单

主持人：陈凡　吕慧

一、舞蹈《甜蜜蜜》

表演者：靳蕾

二、小合唱《送别》

表演者：褚霄汉　吴果

三、竹笛《喜洋洋》

表演者：周笑宇

四、山东评书《萧何月下追韩信》

表演者：苏东来

五、古典舞《嫦娥奔月》

表演者：万萍

六、舞蹈《墨影》和书画展示

表演者：孟晨鸽（舞蹈）　程云　杨思雨（书画）

七、吉他弹唱《同桌的你》

表演者：方锐

八、古筝《梁祝》

表演者：沈吟雪　余真真

“节目单看上去还不错，但不知实际效果如何。舞蹈需要排练和走场，现在哪有时间准备？而且这上面有些节目需要用到吉他、古筝等乐器，基地这边都没有。”

“总关工会那里有乐器，我联系好了，打算今晚带这些学员去一趟总关，一来上手练习一下，二来走走场，找找感觉。”

“那好，我跟基地说一声，给你们安排车辆。”

15

7月21日，早上8点，三辆装满学员的大巴车从莲花山基地出发，开往市区的越州海关总部。因为当天的会操表演定在总关大楼广场举行，所以萧意等人必须提前安排好车辆，早餐过后马上带领学员出发。

车上坐满了人，到处是叽叽喳喳的声音，面对即将到来的会操表演，学员们的心情似乎都有些忐忑。

突然，周笑宇来了句："下雨了。"大家纷纷往窗外看，果然天上下起了淅淅沥沥的小雨。仿佛一石激起千层浪，大家的心情为之一振，一个个喜笑颜开，说话的声音都大了不少，似乎都在为下雨不用会操表演而开心。

萧意见状，大声道："高兴什么？这点小雨不影响会操，等会都给我打起十二分精神来！"

陈凡大着胆子问了句："老师，如果雨下大了怎么办？"

萧意道："如果雨下大了，今天可以不演，但迟早你们还要再来一次！"话音刚落，车内一片唉声叹气。

坐在萧意身旁的舒瑶贴着他的耳朵小声道："真会这样吗？"

"我吓唬他们的。"

会操表演9点半开始，9点20分时所有学员已全部集合完毕，三个方阵一字排开，学员们一个个昂首挺胸、笔直站立，乍一看，还真有点三军仪仗队参加阅兵典礼的气势。

雨一直下，学员们一个个像雕塑一样纹丝不动，任凭身上的衣服被雨水打湿。舒瑶心疼道：“继续这样淋下去，肯定会有人感冒的。”话未说完，只听“轰隆隆”一阵惊雷声响起，所有人都被震了一下，接着连天空似乎都暗了不少，雨势一下子大了起来。

俞排长几个箭步跑到萧意面前道：“雨太大了，而且打雷，没办法进行会操表演了。”

萧意还没回应，只听到腰间对讲机中传出政工办主任周鼎昌的声音：“会操取消，所有人员进一楼大堂避雨。”

萧意朝俞排长点点头，俞排长会意，马上命令部下将三个方阵的学员有序带入一楼大堂。

进了大堂，学员们有的在整理头发，有的在拍打裤腿上的泥水，场面有些乱。萧意见状，皱了皱眉头，正要吩咐俞排长将队形整一整，却见舒瑶走过来道：“关领导让学员去大礼堂，10分钟后做才艺表演。”

萧意犹豫了一下，虽然舒瑶现在所说的正是之前提到的B方案，但一来学员刚刚淋了场雨，衣服还没干就要上台表演，实在有些狼狈；二来所谓的才艺表演，事先都没有充分时间准备，现在赶着鸭子上架，只怕效果也不尽如人意。但领导已经发话了，他也没办法，只好道：“我让俞排长带大部队去礼堂，你负责叫齐要上台的演员去后台做好准备。”

在礼堂观众席坐好的学员们都在交头接耳，脸上掩饰不住兴奋的表情，一场突如其来的大雨让会操表演取消了，取而代之的是一场临时安排的才艺表演，大家都充满了期待。

萧意做了个噤声的手势，顿时学员们鸦雀无声。片刻工夫，一群领导走入礼堂，居中之人身材高大，一张国字脸不怒自威，正是越州海关关长许正。周主任带头鼓起掌来，俞排长喊了声“起立”，顿时全体学员起立鼓掌。

许关长笑了笑，挥手示意大家坐下。俞排长又喊了声“坐下”，顿时全体学员就座，动作整齐划一。

领导就座后，所有人的目光都盯着大舞台。不知怎么，萧意突然觉得有些紧张，仿佛要登台演出的是自己。

两位主持人款款走上台来，正是陈凡和吕慧。男的高大挺拔，女的貌美如花，视觉效果倒是不错，萧意听两人念着开场白，却隐约觉得有些不对劲，一时却又说不清是哪里出了问题。

第一个节目是靳蕾表演的舞蹈《甜蜜蜜》，随着甜到忧伤的音乐响起，一个身材娇小的女生轻盈跃出，如同蝴蝶般翩翩起舞。看得出她的舞蹈功底很不错，有些高难度动作都能驾驭，但不知是过于紧张还是太久没练习了，跳到一半时，靳蕾竟不小心出现一个明显的失误，一个转身旋舞时立足未稳，趔趄了一下，差点摔倒，台下顿时响起一阵轻微的惊呼声。还好靳蕾反应快，顺势往前两步，稳住重心，又继续跳了下去。

这时，萧意终于意识到哪里不对劲了。所有演员都是穿着军训服上台表演，给人一种十分别扭的感觉，主持人也就罢了，最多是让人觉得看上去有些怪怪的，但靳蕾穿着军训服跳民族舞却成了悲剧，尤其是舞蹈本身原有的一些提裙和旋舞的动作，由于穿着军训服，不仅效果出不来，而且显得不伦不类。

萧意看得心里堵得慌，侧身一看，见舒瑶也皱起了眉头，于是贴到她耳边低声道：“怎么不让她们穿演出服去上台表演？”

“演出服要提前找服装店去试穿和租用，我们哪有时间去准备呀？”

萧意叹了口气，继续看下面的节目。第二个节目小合唱《送别》由褚霄汉和吴果联袂表演，才听了几句，萧意只觉得如坐针毡，吴果的声音还好，褚霄汉简直就是五音不全，听起来让人浑身起鸡皮疙瘩。他忍不住又向舒瑶低声道：“唱成这样，怎么也安排他上台了？”

“这个节目一开始是没有褚霄汉的，后来据说是他强烈要求，陈凡才将他加进去的，我也没想到他居然就这水平！”舒瑶的口气中充满了无奈。

萧意回头看了看身后的领导席，只见许关长表情十分严肃，一点也没有欣赏节目的愉悦之情。

好不容易一曲《送别》唱完，观众席响起稀稀拉拉的鼓掌声。第三个节目竹笛演奏《喜洋洋》还算发挥正常，周笑宇中规中矩地完成了表演。

萧意的心才放下一半，没想到第四个节目又让他欲哭无泪，这个节目是2班苏东来表演的山东评书《萧何月下追韩信》。本来评书快板类节目，表演者最好是穿着一袭长袍出场，可条件所限，苏东来只能穿着军训服登场。这哥们身材好比郭德纲，做派学足单田芳，右手拿着个惊堂木，起承转合，讲得有板有眼，渐渐将观众的注意力都吸引住了。

正讲到高潮处，突然，学员中不知谁“阿嚏”一声，打了个惊天动地的喷嚏，顿时全场为之一惊。台上的苏东来也被这突如其来的声音吓到了，话头被打断，愣了半晌没出声，显然是受刚才一吓，不小心忘词了。

16

见台上苏东来一脸的尴尬，舒瑶反应快，赶紧鼓掌，接着其他人也纷纷鼓掌。受到大家的鼓励，苏东来又继续讲下去：“却说那韩信听了萧何这么一番苦口婆心的话，大为感动，正要答应，却听到一声惊雷响过，接着头上感觉到几点雨星，原来天上突然下起雨来。”讲到这里，突然头顶上方犹似大花洒般喷起水来，苏东来猝不及防，被淋了一身，赶紧闪到一边，看着兀自喷水不止的舞台上方，一脸的目瞪口呆。

场下观众都大吃一惊，谁也没想到表演进行到一半，居然会发生这种突发事件，脑子反应快的马上意识到是舞台的防火自动喷水装置出了问题。萧意又回头看了看身后的领导席，只见许关长脸上冷若冰霜，似乎对刚才出现的这一情况十分不满。

好在电工就在现场，马上去舞台后面关闭了喷水装置。接着几名清洁工上台，三下五除二清扫完地面。不到10分钟时间，整个舞台又恢复了正常。

领导没有另作指示，节目还是照常表演。苏东来被淋成落汤鸡，山东评书只能腰斩，接下来的节目是万萍表演的古典舞《嫦娥奔月》，也许是受前面喷水事件的影响，表演者不够从容淡定，接连出现两个失误，加上军训服的特殊视觉效果，生生将一出《嫦娥奔月》，演成了《琼花从军》。

萧意坐立不安，只盼着演出早点结束。接下来的节目是舞蹈《墨影》和书画展示。这节目在形式上挺有新意，舞台右侧是程云和杨思雨各据一张小方案，分别在现场写书法和绘画；左侧是1班学员孟晨鸽在表演舞蹈，舞姿优美，与书画的氛围相得益彰。美中不足的是，由于小方案比较矮，程云和杨思雨只能跪在地上伏案书写，看上去十分辛苦。

片刻工夫，书画作品均完成。杨思雨画的是月光下一枝独自盛开的荷花，寥寥数笔，意境十足，颇有白石老人的笔下神韵。程云写的是白居易的一首诗《阶下莲》："叶展影翻当砌月，花开香散入帘风。不如种在天池上，犹胜生于野水中。"一手行楷笔走龙蛇、力透纸背，可见造诣不浅。

台下掌声四起，到目前为止，这是掌声最热烈的一次。舒瑶笑道："这两人合作挺默契的，书画内容居然能无缝对接，不知是不是之前商量好的？"

萧意本想开句玩笑，不过话到嘴边还是忍住了。

第七个节目是方锐表演的吉他弹唱《同桌的你》。他一上台，女生席中就传来一阵欢呼声，之前还没有哪个表演者能享受这样的待遇。萧意皱了皱眉头，认真打量起这个站在舞台中央的年轻人。不得不承认，这是一个英俊的小伙子，虽然穿着军训服，却依然掩盖不了他身上逼人的帅气，举手投足间颇有偶像明星的范儿，尤其在舞台的聚光灯下，他身上的魅力更是被成倍地放大。

方锐轻轻拨动吉他，悠扬的旋律响起，随后是他那充满磁性的声音：

明天你是否会想起
昨天你写的日记
明天你是否还惦记
曾经最爱哭的你

…………

这是一首90年代曾风靡一时的老歌，萧意没想到身为“90后”的方锐居然会唱。其实，作为初入职场的新人，在单位尤其是在领导面前，唱这种情歌并不合适，但也许是方锐的歌声太富有感染力了，也许是歌曲本身勾起了大家对往事的美好回忆，在这短短的几分钟内，所有人都沉醉在歌声中，仿佛回到了那白衣飘飘、激情燃烧的校园时代。

一曲唱罢，全场安静了几秒钟，接着如雷般的掌声响起。方锐鞠躬致谢后，在众人瞩目下潇洒退场。萧意鼓掌时，听舒瑶来了句：“这小伙子进海关，有点浪费了！”于是回了句：“男怕入错行，女怕嫁错郎。”

舒瑶打趣道：“你是不是也入错行了？”

萧意笑了笑，没接话。

最后一个节目备受期待，是由沈吟雪和余真真用古筝弹奏《梁祝》。学员们一个个都充满了期待，毕竟，两大美女联袂登场献艺，这种大饱眼福的事情是可遇不可求的。

沈吟雪和余真真出场时，萧意不觉眼前一亮，两人本身美丽动人也就罢了，关键是都没有穿军训服，而是各自穿了一条白色的连衣裙，在台上一坐，更显得美若天仙。

萧意侧身对舒瑶道：“这两个女生挺机灵的，知道穿军训服演出效果不好，居然还另外准备了服装。”

舒瑶笑道：“这两位都被评为‘四大美女’，自然更注意自己的公众形象了。”

“你不也是‘四大美女’之一吗？”萧意话一出口，感觉有些唐突，赶紧打住。再看舒瑶，正聚精会神地看着台上表演，似乎并没有听到他说的话。

萧意不懂古筝，但也能听得出来台上的演奏只能说是差强人意，可能是太久没有练习的缘故，两人的指法都不够熟练，较之行云流水、自然流畅还有一段距离。好在两人一袭白裙，眉目如画，弹奏古筝的样子娴静淑雅，台下众人无不看得赏心悦目，只盼着这仙乐飘飘永不停歇。

一曲终了，全场又安静了几秒钟，接着掌声如惊涛拍岸般响起。萧意又回头看了看身后的领导席，只见许关长也在鼓掌，脸上露出了难得的笑容。

新干班学员才艺表演结束后，越州海关的管弦乐团演奏和舞蹈队的《苗寨舞曲》作为压轴节目演出。不看不知道，一看吓一跳，看了这两个节目，学员们才知道什么是山外有山、人外有人，什么是业余和专业的区别，一个个瞪大了眼睛看得目不转睛。

表演结束后，周主任邀请许关长上台，做一个即兴的讲话。

“今天第一次跟大家见面，过程呢，不是很顺利。”许关长话一出口，举座皆惊，大家都很关心他接下来说什么。“本来想看会操表演，结果天公不作美，一场大雨搅了局。周鼎昌同志提议说让你们展示一下才艺，我同意了，没想到表演到一半，舞台居然会喷水，这我也是第一次遇到。”许关长讲到这里，萧意留意到周主任紧张得直擦汗。

“应了广东这边一句俗语‘贵人出门招风雨’，看了大家的表演，我更坚信这一点。在座的各位都是贵人，相信有各位的加入，我们越州海关也必将迎来更加辉煌的明天！”许关长话音刚落，掌声如雷，久久不能平息。萧意和舒瑶交换了一个眼神，两人心里的石头终于落了地。

许关长讲完话后，和所有演员一一握手。学员们一个个喜出望外，有的紧张得都忘了敬礼。

握到方锐时，许关长突然来了句：“小伙子，你哪里人？”

“湖北襄阳。”

“不错，历史名城啊，三国古战场。”许关长顿了顿，又笑着来了句：“还有郭靖守襄阳。”一句话顿时让紧张的气氛一扫而空。

和方锐握完手后，下一个是沈吟雪，许关长又问了同样一个问题：“小姑娘，你哪里人？”

“湖南长沙。”

“长沙是个好地方！那里还有个岳麓书院，大门口有副对联很出名，你应该知道吧？”

“是‘惟楚有材，于斯为盛’吧。”

“不错，这个楚指的是楚地，以湖北湖南为主，历史上出了不少人才，希望你们两个楚人来到越州，也能成为海关的人才。”许关长一番话是对着沈吟雪和方锐一起说的，两人受宠若惊，连声称谢。

05 班委竞选

17

回基地的路上，四个班主任坐在一起，聊着才艺表演中的花絮。对于最后三个节目，大家都赞不绝口，舒瑶一句话道出了大家的心声：“还好今天最后三个节目演得不错，要不然这场才艺秀真成车祸现场了。”

胡百川感叹了句：“看来领导也喜欢美女帅哥呀！别的学员都只是握个手，轮到方锐和沈吟雪，就成了‘惟楚有材，于斯为盛’。”

萧意笑道：“爱美之心人皆有之，何况这两人本身形象气质都很好，今天的表现也相当不错，领导高看一眼也很正常。”

孙兰兰突然抛出个问题：“为什么领导都喜欢看文艺演出呢？”

这个问题问得大家都愣了一下，还是萧意先回过神来，说道：“我觉得主要有三个原因。一来，文艺演出是鼓舞士气、展示形象的一个良好手段，也是一个单位文化建设的缩影，整个单位的精气神如何，通过文艺演出可以反映出来，这也算是一种小中见大吧；二来，文艺演出是领导和群众都喜闻乐见的一种形式，载歌载舞，寓教于乐，做领导的平常公务繁忙，看演出也是一种很好的娱乐放松方式；三来，文艺演出是一个很好的发掘人才的舞台，不少有才艺的同志都可以通过这个舞台来一展身手。”

胡百川来了句：“照你说文艺演出有这么多好处，可为什么我在基层时，却听到不少同志对此颇有微词，认为耽误工作、劳民伤财。”

舒瑶道：“我觉得主要是没有把握好一个度，有的部门为了文艺会演能出彩，抽调几十号人，脱产几个月排练节目，相关科室工作也受到一些影响，在群众看来，就是典型的不务正业了。”

萧意道：“上有所好，下必甚焉。以前有个关长，特别喜欢搞文艺会演，曾经创下一个纪录，就是在关里搞了整整两天的文艺会演，节目比春晚还多。在他任上，台面上吹拉弹唱，歌舞升平，台面下是既要马儿跑，又要马儿不吃草，工资福利减一半，搞得下面怨声载道，有的同志维持不了生计，只能工余时间去开出租车来养家糊口。”

胡百川诧异道：“你们关还有这样的领导？”

萧意叹了口气道：“前人栽树，后人乘凉；前人挖坑，后人遭殃。”

舒瑶赶紧岔开话题：“算了，那都是过去的事情了，现在我们不是已经走出低谷了吗？”

萧意摇摇头道：“只可惜那段时间，耽误了越州海关一代人！”

军训任务完成，武警教官们也要回营地了，本来俞排长提议不用搞什么仪式，直接中午在饭堂吃完饭，和学员们道个别就行，架不住几个班主任盛情相劝，只好同意下午再走。

下午2点40分，萧意在俞排长宿舍，和他聊了会儿天。时间差不多了，两人走出宿舍，见到舒瑶、胡百川、孙兰兰和武警教官们都在走廊等候。

众人走出宿舍楼后，不觉眼前一亮，只见一百名学员自发站成了两排，从宿舍楼门口一直站到了基地门口。左侧有数十名女生手里拿着红色的气球，不停地摇动着；右侧有十余名男生一起拉着一个长长的红色条幅，上面写着“教官，你们辛苦了！”。

众人还没反应过来，震耳欲聋的掌声响起，几名教官可能是第一次见到这阵势，激动得满脸通红，都不知道该说什么好。还是俞排长反应快，马上转身对着部下道：“立正！敬礼！”话音刚落，教官们齐刷刷站成一排，向着学员们，行了一个庄严的军礼。

从宿舍楼到基地门口不过50米的距离，教官们走了差不多10分钟，欢送队伍中，无数只手伸出来和他们握手，握了这个，还有那个。最受宠若惊的是俞排长，只顾着和学员们握手，没想到几名身材壮实的男生突然将他架起来，随着“一、二、三”的口号声，他被抛了起来。人群中顿时发出一片欢呼声。

萧意见状，对一旁的舒瑶道：“军训还不到两周，怎么感觉他们这感情比当兵两年还深？”

舒瑶笑道：“你是没见过部队里老兵退伍时的场景，那才叫感人呢！不过这帮‘90后’确实能折腾，就这么一会儿工夫便搞出这么大动静来。”

俞排长和教官们上了中巴车，众人一边挥手致意，一边目送着车子远去。

送别结束后，萧意让全部学员按照12个分队序列站好，接着开始了训话：“刚刚送别完武警教官，这也意味着我们为期九天的军训正式结束了，接下来进入我们的理论学习阶段。在此期间，除了日常学习外，还有班级管理、教学评估、组织宣传、文艺表演、体育竞赛等工作，这就需要我们有一个强有力的班委，来协助班主任管理好班级事务。”

见学员们一个个都在聚精会神地听着，萧意有意停顿了一下，又接着道：“今晚7点，我们将进行新干班班委竞选，1班在6203教室，2班在6204教室，班委会由班长、学习委员、生活委员、宣传委员和文体委员组成，有意向参选的同学可以今天下午分别去程云和吕慧那里报名。”

萧意话音刚落，队伍中传来一阵交头接耳的声音，显然是部分学员已开始议论。萧意没有再多说什么，直接下令让队伍解散了。

7204办公室，四个班主任坐一起，临时开起了碰头会。

胡百川首先提起话题：“萧科，班委竞选这种做法从民主角度来说很好，可是也存在一些问题，如果有能力、有威望的学员没有兴趣参加竞选，反而是一些调皮捣蛋、哗众取宠的学员参加并当选，那对我们的班级管理工作恐怕会造成一定的负面影响。”

孙兰兰也附和道：“我觉得胡老师说得有道理，其实我们完全可以自己指定班委人选，选一些既能干又听话的学员做班干部，这样可以省不少事。”

萧意笑道：“我们不能光从自己工作好开展的角度出发，解决问题要从多个方面去考虑，这些学员都是成年人了，要给他们选择的权利。我读大学时，大一开学不久，班主任就直接指定了班委成员，结果选的人能力不足，一年下来班委都没组织什么像样的活动，整个班缺少凝聚力。等到大二的时候，班主任吸取了教训，改为民主竞选，结果真正有能力的人没去参加竞选，选出来的反而是几个平时喜欢拉帮结派、惹是生非的老油条，搞得整个班乌烟瘴气。”

孙兰兰不解道：“照这样看，民主竞选岂不比直接指定还要糟糕？”

萧意道：“那倒也不是，我读大学时，班上同学成分比较复杂，所以竞选出来的班委成员往往能说会道，但是为人处事却不一定靠谱。而我们现在新干班的成员，都是通过国家公务员招录百里挑一考进来的，素质摆在那里，所以民主竞选选出来的班委成员，不会差到哪里去。”

舒瑶插话道：“我有一个办法，可以大幅度提高优秀学员入选班委的比例。”

“什么办法？”众人目光都盯着舒瑶。

“新干部培训已经有一周半了，通过这段时间的观察，学员中那些表现特别出色的，具备管理才能的，有奉献精神的，我们多多少少都会注意到。对于这些比较适合参选班委的合适人选，我们可以叫到办公室来，和他（她）好好沟通一下。如果是有意参选的，我们直接说一句‘老师看好你’就行了；如果是还没打算参选的，我们可以说‘你的能力很突出，在同学中的威望也很高，老师觉得你可以参加竞选，为班级多做一些贡献’。相信这样鼓励或暗示一下，这些同学基本都会参加竞选，由于他们日常表现突出，同学们也都看在眼里，所以当选的可能性会比较大。”

孙兰兰高兴道：“舒科，你这办法太好了，我怎么没想到呢？”

萧意点点头道：“就这么办。我们每人各拟五名人选，再汇总定一下。”

孙兰兰给每人派了一张白纸，大家各自写好人选后再一并汇总。最后一统计，根据得票多少定下了六人，1班、2班各三人。

萧意对胡百川道："胡老师，你们班这三人，等会就劳烦你和兰兰跟他们沟通了。"

胡百川道："没问题，保证完成任务。"

18

2205宿舍，陈凡对着镜子梳完头后，又喷了几下香水。

方锐一脸鄙夷道："不就是竞选个班委吗？又不是去相亲，用得着喷香水？"

"非也，非也，竞选班委不是我的目标，我的目标是余真真。"

方锐一听来了兴趣，凑过去道："怎么，你是打算上台好好表现一下，来吸引余真真的注意吗？"

"Yes！方少，你要不要为了你的沈吟雪，也去上台试一试？我听说沈吟雪也打算参加竞选了，要是你俩都入选班委，以后刚好可以借着工作的名义多接触呗。"

"去你的！"方锐怼完陈凡后，坐在床头，却陷入了沉思。自从那天在操场见过沈吟雪后，他就再也忘不掉这个女孩了。白天军训时，他的目光像雷达一样牢牢锁定着沈吟雪的倩影；晚上入睡时，他的脑海里总是久久盘旋着沈吟雪的面容。他不知道自己到底是怎么了，竟会为一个女孩如此着迷。他自认为是一个风流潇洒的主，从高中到大学，他甚至都没有主动追过女生，因为总有女生主动追求他。虽然他不是来者不拒，但是乱花渐欲迷人眼，投怀送抱的多了，他也免不了逢场作戏一下，于是在朋友中博了个“逍遥浪子”的花名。只是没想到，一向自诩“万花丛中过，片叶不沾身”的他，居然也会为一个女孩神魂颠倒。想到这里，方锐苦笑着摇了摇头。

班委竞选的具体事务，萧意都交给其他几位班主任跟进了，因为他手头还有一件更急迫的事情，就是准备翌日的理论学习第一课“海关简介”。这堂课由他亲自主讲，可这段时间他忙着处理开班以来大大小小的事务，都挤不出时间来好好备课，明天就要开讲了，怎么都要临阵磨磨枪。

课件是老早就准备好的，只是距离上次给学员讲课都有半年了，还是得找找感觉。萧意将手机调成静音放一边，坐在电脑前，对着课件上的内容，一边温故复习，一边查漏补缺，很快便沉浸到那种浑然忘我的状态中。

将课件从头到尾复习了两遍，又简单试讲了一遍后，萧意觉得差不多了，于是站起身来，活动了一下肩颈，长长地舒了一口气。看了看时间，已是8点25分，班委竞选结果应该也快揭晓了。萧意收拾了一下东西，往教学楼走去。

上了6栋2楼，先经过6204教室，只听到里面掌声一片，再看台上，吕慧正在鞠躬答谢观众，看样子是刚做完竞选演讲。教室一角的胡百川和孙兰兰在交头接耳，脸上掩饰不住的喜悦，看来形势大好，一切尽在掌握中。

萧意笑了笑，又迈步走向6203教室，教室前门敞开着，刚好可以一览无遗。这次1班的班委竞选居然还安排了主持人，主持人是孟晨鸽，只见她亭亭玉立地站在台上，用悠扬的声音说道：“今天，最后一个上场竞选我们班班委的是方锐同学，大家欢迎！”

在热烈的掌声中，方锐几个箭步走上讲台。也许有的人天生就有特殊的磁性，能够吸引别人的目光，方锐就是这种人，他一站在台上，所有人的目光都自然集中到他身上，不再去关心别的事情。

看着台下一双双关注的眼睛，方锐开始了自己的竞选演讲：“从小到大，我都是一个自由散漫的人，没有当过班委，不要说班长、学习委员，就连小队长、组长都没当过。在老师的眼里，我可能是个刺儿头，不太服管教，也不喜欢去管别人，所以一直以来，我都是无官无职、自由生长。以前，我很享受这种无拘无束、我行我素的感觉，但是来到新干班后，我开始转变自己的想法，因为我发现身边有这么多优秀的同学，大家每个人身上都有值得我学习的地方。在相处的过程中，我发现只有融入这个集体，才能收获更多的友谊，成长得更快。来这里时间不长，我听到一些传闻，有的同学说我就是一个混进公务员队伍里来短暂体验生活的富二代，和大家不是一路人。在这里，我郑重声明，我方锐既然踏进了海关的门，就是想为海关事业贡献自己的一点力量。而我想加入班委，同样是想为这个班级贡献自己的一点力量，希望大家能给我这个机会，谢谢！”

方锐话音刚落，台下已是掌声一片，十几个学员一起高呼：“方锐，班长！方锐，班长……”感觉就像明星的粉丝团一样疯狂，其中大半都是女生。萧意见状，摇了摇头，心想：“难道现在女生看男生都只看脸吗？”

方锐讲完后，经过一番现场投票，孟晨鸽宣布进入计票环节，除了舒瑶和两名监票员、两名计票员外，其他人都出了教室。

萧意走进教室，舒瑶看见他，笑道：“你怎么才来呀？今晚这班委竞选可精彩了！”

“我在外面看了一会，气氛很热烈，看来你组织工作做得不错哦！”

“我没出什么力，主要是几个小队长在台前幕后做了很多工作，把学员们都发动起来了。”

两人正聊着，孟晨鸽过来道：“老师，统计结果出来了。”说着，将一张写满字的纸递给舒瑶。

舒瑶接过，和萧意一起看了起来。

1. 方锐　　51 票
2. 程云　　46 票
3. 余真真　42 票
4. 陈凡　　36 票
5. 苏东来　35 票
6. 邱柏心　31 票
7. 张艺玮　28 票

……

萧意看着，不由皱起了眉头，没想到方锐的票数竟是第一，只是如果让这么一个从没做过班委、不太服从老师管理的毛头小子当班长，这个班级还真不知道要折腾成什么样子。

舒瑶见萧意一脸沉思不语，便跟孟晨鸽做了个手势，让她带监票员和计票员出去回避一下。

教室门关上后，舒瑶道：“萧老师，是不是在为怎么安排方锐犯难了？”

萧意道：“方锐票数第一，本来应该做班长，不过我担心他一没管理经验，二来性格上有点桀骜不驯，做班长不是太合适，所以想安排他做文体委员，这样也能发挥他在体育和文艺方面的特长。至于班长嘛，还是程云比较合适，毕竟当了十几年的班干部，一直都是品学兼优的典范。”

“方锐在学员中呼声最高，你这样做不怕他本人或者学员们有意见？”

“呵呵，方锐竞选的是班委，并没有说具体职位。再说了，我们这是贯彻民主集中制的原则，竞选和投票阶段都尽可能地民主，但是最后决策拍板还是要有必要的集中。”

“萧老师，我现在发现，你还真有点老奸巨猾呀！”

“哈哈，彼此彼此！”

19

2205宿舍，陈凡习惯性地叼上一根香烟，又给方锐递上一根。

方锐没接，说道：“生活委员，你以后要做表率，这烟就别抽了。”

陈凡愣了一下，道：“方少，不用这么古板吧，关起门来谁知道咱们抽烟。”

“‘豹子头’说了，成了班委，得有个班委的样子，总不能说一套做一套吧。”

“行行行，你是老大，我听你的！”陈凡将抽了没几口的香烟塞进了桌上的可乐罐里。

“你和余真真都当了班委，以后接触的机会可少不了。”

“这是一个好兆头。不过方少，我觉得你挺可惜的，票数第一，班长的位置本来应该是你的。”

“当不当班长，我不在乎，我倒觉得，这文体委员还是挺适合我的。”

“哈哈，主要是因为2班的文体委员是沈吟雪吧。”

“你可别在外面乱说啊，要不然别怪我不讲兄弟义气！”

“Yes，sir！”

虽然分为两个班，但理论文化课都是在一个大教室里上。132名学员济济一堂，让萧意一时间有种回到大学在阶梯教室里上大课的感觉。

对于这门“海关简介”，萧意认为是很重要的一门课，因为它不仅是这批新干班学员上的第一堂理论文化课，而且是他们进入海关后所接受的第一场职业教育，讲得好不好，在他们今后三十多年的职场生涯中，都会留下一些印记。

望着台下一双双求知的眼睛，萧意笑了笑，说道：“今天，由我来给大家讲第一堂课‘海关简介’，在开讲之前，有几个小问题，我想问问大家。”

萧意话音刚落，学员中响起了一阵轻微的交头接耳声，大家没想到老师还没开始讲课就先问起问题来。

“我想知道大家是否了解海关，这里就随机抽几位同学来回答一下问题。”萧意顿了顿，指着第一排的万萍道：“万萍，你第一次知道海关是通过什么渠道？”

万萍站起身来，想了想，回答道：“我读小学时，爸妈第一次带我去新加坡旅游，我才知道进出国境时要经过海关。”

“很好。”萧意示意万萍坐下，又指着第三排的周笑宇道：“周笑宇，你呢？”

周笑宇道：“我是读中学时，在网上看到关于厦门远华走私案的报道，才知道有海关这么一个富得流油的单位。”

“所以你就想来海关发财，是吗？”萧意一句玩笑话在教室里引来一片笑声。

萧意微微一笑道：“看来不少同学第一次听说海关都是因为远华案，其实海关没有大家想象中的那么腐败，相反它还算得上是比较廉洁高效的政府部门之一。在远华案中，海关更多的是充当了一个‘背锅侠’的角色，这个以后我们有机会再细说。”他顿了顿，又指着第五排的杨思雨道：“杨思雨，你报考海关的原因是什么？”

杨思雨站起身来，眼睛直直地盯着萧意，嘴角露出一丝浅笑道：“我学的是中文，本来已经联系好去一家杂志社的，但有一次和一位在海关工作的师姐聊天时，她建议我报考海关试一试，我听了她的建议，没想到考上了，于是我就来了。”

听着杨思雨的回答，萧意突然想到了自己的经历，只觉心口仿佛被什么东西刺了一下，说不出来是什么感觉。他点点头道：“有心栽花花不开，无心插柳柳成荫，世界上很多事情都是这样阴差阳错。”示意杨思雨坐下后，萧意用目光环视教室一圈，突然发现教室后排的方锐正和身后的陈凡说话，于是点名道：“方锐，你为什么报考海关？”

方锐一站起身来，教室里窃窃私语的声音都停止了，所有人的目光都集中在他身上。

方锐道："因为我和我爸有一个对赌协议，如果我考不上公务员，就必须回去接手家族企业。还好我赢了，所以现在可以坐在这里听老师您讲课。"

方锐一番话说得云淡风轻，不过在教室里却激起了强烈的反响，众人的目光里充满了羡慕、嫉妒、疑惑、不解……

"很好，能够听到大家的真实想法，让我对你们'90后'也能多一些了解。"萧意没有多说什么，虽然他心里对方锐的这种做法不以为然，但作为带班老师，他知道此时此刻不适合对别人的人生选择妄加点评。

"刚才问了两个问题，我也了解到大家对海关的认识，下面我就给大家讲一讲海关是什么、海关做什么，以及越州海关的一些基本情况。"说完开场白后，萧意不紧不慢地讲起课来。他平时说话语速偏快，为了避免学员听不清楚，他在讲课时会刻意放慢语速。他的声音洪亮，且很有穿透力，不用话筒也能保证在教室的每一个角落都能听到。

学员们一个个听得都很认真，萧意讲得也非常投入，一时间仿佛沉浸在传道授业解惑的教学世界里，忘了日常所有的烦心事。

再精彩的授课也难免会有学员开小差，碰到这种情况，萧意往往有三招对策：一是突然提问，这招虽然简单粗暴，但是非常有效，哪怕是昏昏欲睡的学员，一听到提问，都会马上惊醒；二是放段小视频，与授课内容有关，轻松有趣，通过视觉刺激来调动学员的兴趣；三是讲个故事或来个段子，这是萧意的拿手好戏，不过暂时他还不太想用，因为一旦讲开了，往往全场爆笑，师生间的距离无形间就拉近了，而现阶段他还是想保持自己在学员面前的严厉形象。

讲到一半时，萧意放了一段视频给学员们看。这段视频是2008年成龙为中国海关知识产权代言拍的一个宣传片。当一身正气的成龙穿着海关制服出现在画面中时，学员中响起了一片惊叹声，而这正是萧意想要的效果。

宣传片放完后，萧意见大家还在小声议论，说道："刚才这个片子里，成龙先生友情出镜，为中国海关知识产权代言，诚意可嘉。但是很可惜，片中有一个明显的细节问题，不知有谁发现了？"

问题一出，学员们马上开始了讨论，有人举起手来，是坐在第二排的苏东来。萧意示意他起来回答，苏东来站起身道："我觉得在片尾，成龙的敬礼似乎不太标准。"

"成龙在电影中扮演过很多次香港警察的角色，他的敬礼姿势确实与内地不太一样，但在本片中算是比较规范。其实，最主要的问题出在这里。"萧意顿了一下，将视频播放条拉到1分6秒处停住，指着画面上成龙的肩章道："大家注意到这里没有？成龙佩戴的关衔是两杠三星，也就是一级关务督办。而我有三杠一星，也就是三级关务督察。以他的年龄和资历，起码都应该是三杠三星的一级关务督察，至少不应该比我的关衔还低。除非他犯了什么错误。"萧意最后一句话又引发了一阵笑声。

第一堂课上得很顺利，不知不觉两个半小时就过去了，正好讲到课件最后一页，萧意语气凝重道："今天的课到这里就要结束了，最后我想送几句话给大家，那还是2002年，我参加工作不久，顺德关举行演讲比赛，其中一位选手演讲时说了一段话，令我印象深刻，在这里我送给大家共勉：'我和在座各位一样，不是海关的一个匆匆过客，我们的事业、我们的追求、我们的希望，都在海关。我们对海关，应该有一份深厚的感情、持久的责任和坚定的信念！进了海关，不要问海关能给予你什么，而要问你能为海关做些什么！’我的讲课完毕，谢谢大家！”话音刚落，掌声雷动，一时间，萧意仿佛又回到了十三年前的那个夜晚。

20

教室里，学员都走空了，萧意收拾着讲台上的资料，心情还没平静。他很享受讲课的感觉，每次讲到投入时，他都仿佛进入一个会意于心、浑然忘我的境界。只可惜虽在教育处，他却没有多少机会上台讲课，忙不完的文山会海和督办迎审已经占用了他一半的时间，剩下的时间还有一大堆的活要干。青春和激情就这样一天天地在毫无生趣的工作中消磨殆尽，这样的日子，萧意也不知何时才是尽头，感觉自己就像古希腊神话中的西西弗斯，每天徒劳无功地推着石头上山顶，永远没有停歇的时候。还好，这次来带新干班，给了他一个喘息和调整的机会。

萧意正想着心事，面前突然出现了一个人影，他抬头一看，原来是舒瑶。

“萧老师，你讲得太精彩了！我在后面听得入了神。”

“谢谢夸奖！你什么时候进来的？我都没注意到。”

“我10点多来的教室，想看看课堂纪律怎么样，结果听了你的课就不想走，真没想到海关的课能被你讲得这么吸引人！”

“你夸得我都不好意思。好久没讲课，感觉有点生疏了。哦，对了，你在后面看得比较清楚，课堂纪律怎么样？”

“我看学员们听得都比较认真，基本没有交头接耳和开小差的，不过有几个学员自律性比较差，上课期间频频拿手机上网，我过去提醒了一下。以后再碰到这种情况，我打算将他们手机没收了。”

“没收手机不太好，这样容易引起学员的反感，我倒是有个办法，可以帮这些学员戒戒网瘾。”

“什么办法？”

“基地这边有台信号干扰仪，我让技术员拿到大教室隔壁的设备房里装好，上课期间大教室所有的网络信号被屏蔽，学员自然没办法刷手机了。”

“萧老师，你这招够狠的！”

“慈不掌兵嘛。”

“有件事和你说一下，刚刚几个班委跟我提了个建议，说希望每天上午的课前能给一点时间，让学员上台做‘风采展示’，可以是自我介绍，也可以是才艺表演，这样一来可以促进学员之间多认识了解，二来也可以活跃课堂气氛。”

“好啊！那就把每天上午8点半到9点这个时间段给他们用，由学习委员负责主持。本来我还担心上午8点半开课，老师从市区大老远坐车赶过来，时间太紧张，现在多了半小时的空档，时间就宽裕多了。”

“还有件事情，要和你汇报一下。昨晚两个班的班委正式成立了，我们和他们交代完相关工作后，他们又分别召开了班委会，接下来会有一系列的活动要开展。程云和吕慧两个班长连夜赶出了工作方案，刚刚交给了我，你先过目一下吧。”

萧意接过舒瑶递过来的资料，赞道：“新官上任三把火，没想到这些‘90后’动作还挺快的。”他一目十行地扫了下资料，说道：“我看这里面的活动不少，篮球、乒乓球、羽毛球都有比赛，还有演讲和歌唱比赛，接下来就看班委的组织管理水平了，需要我们老师协助的，我们义不容辞，当然更多的还是要发挥班委及学员的积极性和创造性。”

舒瑶点点头道：“班委的作用要能发挥起来，我们肩上的担子也会轻不少。”

“除了以班级为单位的对抗比赛外，有些可以不用区分班级，例如这里面讲到要成立足球、篮球、绘画、舞蹈、动漫、摄影等兴趣小组，这些可以不受班级限制，也便于大家自由交流。”

“好的，我等会就去跟程云和吕慧讲这件事。”舒瑶话未说完，就被一阵手机铃声打断了。萧意接通手机，里面传来孙兰兰的声音：“萧科，周处和程处过来了，现在在老师办公室，你快过来吧。”

萧意和舒瑶赶到7204办公室时，只见周处长、程副处长正和魏主管边喝茶边聊天。

见萧意进来，周处长朗声道：“萧意，我刚刚听程处和魏科讲，你们这新干班带得不错嘛！”

萧意连忙道：“有程处在这里坐镇指挥，有魏科在后方大力支援，还有舒科、胡老师从旁协助，我们带好是应该的！”

周处长笑道：“到底是管着一百几十号人的总教头，现在说话越来越有技巧了。”

萧意不好意思地摸了摸后脑勺，一时不知怎么回应。这时，周处长将目光投向了一旁的舒瑶，问道：“舒瑶，基地这边条件有限，事情又多，你过来带班习惯吗？”

舒瑶赶紧应道：“习惯习惯，萧科长和胡老师都经验丰富，我从他们身上学到了不少东西。”

“嗯。”周处长点点头，又冲萧意道：“刚刚程处和魏科跟我讲了一下近期的情况，我就不听你们的工作汇报了。带新干部和带新兵一样，关键是要了解队伍的思想状况，你们找几个学员，吃完中饭后过来办公室，我和他们聊一聊。”

萧意正要转身出门，又被周处长叫住：“我在名单上圈了四个学员，你把他们叫过来就行了。”

萧意应了声“是”，接过学员名单，只见上面有四个人被圈了起来，分别是方锐、周笑宇、吕慧和万萍。

万萍走进7204办公室的时候，心情有些忐忑，她不知道132名学员中，为什么周处长偏偏抽中了他们四个单独谈话。在万萍之前进去谈话的是吕慧，万萍在走廊上等了10分钟，见吕慧出来，忙问道：“领导刚刚问些什么？”

吕慧低声道：“就了解了下学习和生活情况，没什么特别的。你快进去吧。”

万萍宽下心来，上前敲了敲办公室门，听到里面一个中气十足的声音：“进来！”

万萍进屋后，轻轻掩上门，说道：“周处，您好！”

坐在靠墙的办公桌前的周处长见了她，笑道：“这里没外人，你就叫我周叔叔好了。”

万萍点点头，还没来得及说话，周处长便开门见山道：“开班两个星期了，你在这里还习惯吗？”

“都还习惯，同学们都很好，大家相处得也不错。”

“老师呢？教学和管理怎么样？”

“老师都很认真负责，对我们十分关心。今天上午刚听了萧老师的课，讲得很好！”

“哦。”周处长停顿了一下，喝了一口茶，又道：“你有没有什么困难或问题需要反映的？你刚参加工作，一个人来到外地，你爸爸让我多关心一下你。”

万萍犹豫了一下，低声道：“我在这里，有点吃不习惯饭菜，湖南那边都是吃辣的，而饭堂这里做的基本都是广东菜，太清淡了，除了桌上有瓶老干妈，都没有其他的辣菜下饭。”

“哈哈！你不说，我还真不知道有这个问题。行，我跟基地说一声，让他们多招一个做湖南菜的师傅，以后保证你们每餐能有两个辣菜。”

“谢谢周叔叔！”

“不用谢我，我也有一个任务交给你。”

“什么任务？”

“基地这边我来得少，如果日常有什么特别情况，你要及时跟我反映，你可以直接打我的电话。”

万萍愣了一下，迟疑道：“您是说，我可以直接打电话向您反映问题吗？”

“是的。因为你爸的关系，这么多学员中，我最信任的就是你！”

万萍从办公室走出来时，脑子还有点懵懵的，她不知道她答应周处长的要求是对还是错，她只知道，从这一刻起，她已成为一个小小的卧底。

06 生日派对

21

2205宿舍，方锐、陈凡、褚霄汉和周笑宇四人的卧谈会时间。

“方少，今天周处把你叫进办公室，都问了些啥？”陈凡一脸好奇道。

方锐漫不经心道：“就问了下在这里习不习惯，对管理方面有没有什么意见或建议需要反映的。”

“那你怎么回答的？”

“我说我初中就住校过寄宿生活了，所以没什么不习惯的。至于意见嘛，倒是有几条。一是食堂饭菜品种太少，最好花样能丰富一点；二是基地体育设施太陈旧，不要说没足球场，连篮球场都简陋得很，篮球架老旧得都没办法扣篮；三是希望能多组织一些外出参观学习的活动，让学员们开拓一下眼界。”

褚霄汉伸出大拇指赞道：“方少，你可真敢说！”

周笑宇接着问道：“那领导是怎么回应你的？”

“周处说我提的意见很好。食堂方面他会让基地改进，增加品种，尽量满足学员需求；体育设施陈旧这个是历史问题，短期内无法解决，只能让我们克服一下；至于外出参观学习，在教学计划里面都有安排，不过要等到八九月份。”

“领导这个回答倒是挺有诚意的。”陈凡点点头，又冲着周笑宇问道：“你那边又是什么情况？”

“领导问的问题差不多，不过我可不敢像方少那样直言不讳，就说都很好，没什么不满意的。”

“那领导有没有和你说些别的什么？”陈凡算是打破砂锅问到底了。

“领导就说了句，在南陵关过来参训的25名学员中，我是表现比较突出的，希望我能严于律己，起到模范表率的作用。”

“哈哈哈哈！”其他三人都笑了起来，褚霄汉尤其夸张，笑得四仰八叉地躺到了床上。

卧谈会结束后，方锐躺在床上，心情久久不能平静，脑海里反复回想着中午周处长找他谈话时的一幕：

谈话结束前，周处长突然来了句：“如果你在培训期间，觉得自己并不适合做公务员，想要辞职的话，可以随时跟我打报告。”

方锐愣了一下，说道：“周处，我不太明白您的意思。”

周处长正色道：“我仔细看过你的个人档案，从你的家庭背景来看，做公务员应该不是你的就业首选。”

方锐不客气道：“你又不是我，怎么会知道我的想法？”

周处长笑道：“你父亲方玉国和我是高中同学，上周他找了我，说你是因为和家里赌气，所以才去考了公务员。”

“你们凭什么干涉我的选择？我方锐既然到了这里，就绝对不会当逃兵！”

“好，有种！不愧是方大炮的儿子。希望你能说话算话，至少培训期间不要给我捅什么篓子！”周处长合上面前的文件夹，结束了这场火药味十足的谈话。

7月23日上午8点30分，大教室，陈凡做第一期的“风采展示”。

萧意和舒瑶站在教室后面，看着陈凡顶着一个精心打理的油头，自信满满地走上了讲台。萧意摇头道："这小子也不是个省油的灯。"

舒瑶笑道："看样子他是想在某位女同学面前好好表现一下自己了。"

众目睽睽之下，陈凡开始了自己的展示，只见他先点了下鼠标，屏幕上出现了一行大字——有光，更要努力前行！

话筒拿在手中，陈凡清亮的声音在整个教室里回响："你为什么要报考海关？"抛出这个问题后，他有意停顿了几秒钟，似乎在等待着每个人发自内心的回答。

此刻的陈凡，就像站在《超级演说家》舞台中心的选手一样，成为全场的焦点，接下来的十余分钟里，这里成为他表现自己的舞台。

从准备海关面试的时候，我们就不可回避地面对这个问题，坦白说，答案也许有很多个，"海关听起来高大上啊""海关制服好帅哇""听说海关待遇很不错哦"，等等。

其实对我来说，来海关是件阴差阳错的事情。我的专业是法律，理想是成为一名大法官。然而今年法院和检察院系统都人事冻结，暂不招人。我不想再等一年，既然此路不通，不如换一条路走，也许有另一番精彩，于是我报考了海关。

也许上天真的很眷顾我，从笔试、面试到政审，据说是百里挑一的选拔，我居然顺顺利利地通过了，看来我命中真的和海关有缘。

带着几分欣喜，也带着一点好奇，报到之后，我和大家一起，坐大巴来到了莲花山脚下的海关培训基地。

为期九天的军训让我第一次领略了海关的准军事化作风，老实说，多少还是有些不适应，毕竟在大学校园里自由散漫了那么长时间。

直到7月21日在越州海关总部观看才艺表演时，我才真切感受到，海关，真的有点不一样。首先，是我们自己。军训期间大家接触的时间不长，彼此并不了解，当看到只是临时接到任务的同学们在舞台上各显神通，展示十八般武艺时，作为主持人的我心中弹起无数个惊叹号。而当越州海关的管弦乐团和舞蹈队作为压轴节目出来表演时，我和台下的观众一样，激动得脑中如同万马奔腾……看完表演，我们都发了一条这样的朋友圈：“越州海关，卧虎藏龙！”

回基地的路上，我很兴奋，因为我发现这些小伙伴都好棒，这个平台好大，跟他们在一起真好！以至于在当天晚上的班委选举会上，听着同学们的自我介绍，发现了各种大神，轮到我时，我忍不住感叹：越州海关真是卧虎藏龙，大家都那么优秀！我很开心，因为人生就是要在一个更高的平台上，和更优秀的人，做更富有挑战的事情！

在接下来的培训中，有不同的老师给我们讲课，在精彩的授课之余，我们也感受到，这些处长、科长没有一点架子，不仅相当专业，个人的修为素养也非常高。

我相信有很多人和我一样：想要面包，还渴望爱情；想要追求人生，追求梦想，实现价值，还想要诗和远方。现实可能很残酷，我们走的路或许很艰难，更可能长久地走在黑暗的洞穴里，迷茫而孤独，靠着远处忽闪忽现的微弱光芒一点点前行……但是，只要有一束光，就足以激励我们前行！而海关，就是我要找的那束光！

在这里，我越来越能感受到，海关这支准军事化管理的队伍，纪律严明却没有官僚主义，制服统一却不束缚青春活力，是机关单位却依然可以让优秀的人在这里实现自己的价值。这里，人才济济，活力四射；这里，有光荣和梦想在闪耀！

也许，当真正踏上工作岗位时，我们依然会遇到一些现实的问题，会有种种不如意，会看到很多灰色甚至阴暗的角落，抬头笑看不可触碰的灯红酒绿的繁华，低头独品囊中羞涩、甘守清贫的落差，甚至还可能面临理想被敲打、激情在消磨的困境……是的，我们会失望，会怀疑，但情怀落地，要在泥土上结出坚实的果子，本就不能靠着浪漫主义的一厢情愿，我们要坚守，要扎根，要用现实主义去摸爬滚打，去钻、去闯，直至发芽、枝繁叶茂。

不忘初心，方得始终。两个月后，我们这批海关学员就要从培训基地结业，走到不同的岗位中，四散开来，越走越远，就像每一届从这里走出去的关员们一样。可无论我们走得多远，请不要忘了我们为什么出发。这一刻，请跟我在心里再默念一遍：

有光，更要努力前行！

陈凡的风采展示更像是一场精心准备的演讲，激情澎湃而富有感染力。当他讲完最后一句话时，情不自禁地伸出拳头，摆了一个振臂一呼的造型。一时间全场掌声雷动，有两个男生甚至站起来为他呐喊助威，正是方锐和周笑宇。

舒瑶看了一眼萧意，笑道：“这盏灯还不错吧！”

萧意淡淡道：“比我想象中的要好！”

22

7月26日，周日，新干班学员们终于迎来了自己的第一个休息日。培训期间，周六也安排了课程，只有周日可以休息，而此前连续九天的军训又耗去了一个周日，所以身体和精神都达到疲劳临界值的学员们，格外期盼这个姗姗来迟的休息日。有些性子急的，甚至在周六下午上完课后，就准备往市区跑。对此萧意早有准备，周六下午课程结束后马上召集全员开了个“吹风会”，强调了两条纪律：一是严禁周六晚上夜不归宿，晚上10点列队点名查考勤；二是周日学员可以去市区，但下午5点半前必须赶回来，全员列队点名。

听完萧意的话后，不少学员都像霜打的茄子一样蔫巴了。方锐扫了眼7分队的沈吟雪，见她眉头微蹙，心里也不由咯噔了一下。

周日一早，不少学员连早饭都顾不上吃，就出了基地准备直奔市区而去，这其中便有沈吟雪。她是湖南人，但在越州读了四年大学，一早就和大学时的闺蜜谈蕙约了上午9点在水荫路的虾饺妹喝早茶，然后下午一起去维家思广场看电影。

沈吟雪赶到虾饺妹时已是9点半，谈蕙见了她，撇嘴道：“大小姐，怎么现在才到呀？我都等你半天了！”

“不好意思，我们培训基地太偏僻了，附近打不到车，我等了半天才搭上公交车坐到地铁站，又转了两趟地铁才到这里，你说我容易吗？”

“你们到底在哪个山沟旮旯里培训，这么偏？”

“别提了，快上菜吧，咱们边吃边聊。”

一会工夫，谈蕙点的茶点都上来了，水晶虾饺、红米肠、泰式榴莲酥、酱皇蒸凤爪、香煎萝卜糕、鲜虾韭黄肠粉、双皮奶……堆了满满一桌。

沈吟雪一边吃一边道：“你不用点这么多吧？”

“我这不是想着你在那边军训，肯定瘦了，特意给你多点一些，补一补呗。”

“真是我的好姐妹！”沈吟雪嘟着嘴，朝谈蕙做了一个飞吻的表情。

两人有段日子没见面了，一时间有说不完的话。不知不觉，两个小时便过去了，沈吟雪看了看表，正要提醒谈蕙该去电影院了，不料谈蕙的手机突然响起来。

谈蕙接通手机，听了一下便脸色大变，最后回了句：“好，我马上过来。”便挂了电话。

“怎么了？”沈吟雪问道。

“我男朋友今天和同事打篮球，结果对抗时膝盖受伤了，现在正在医院拍片子，我得过去一趟。”

“那你赶快去吧。”

“今天实在是对不住，本想着等会一起看电影，下午咱们再好好逛逛街，现在都没办法陪你了！”

“没关系，你那边探望要紧，我们下次还有机会。”

谈蕙匆匆离去后，沈吟雪看着桌上吃剩的茶点，轻轻叹了口气。本来可以和好姐妹一起去看最近热映的《捉妖记》，现在出了这一通变故，只能自己一个人去看了。

沈吟雪赶到维家思广场金逸影城，拿票进了影厅。看看时间才12点24分，距离电影开始还有6分钟的时间，可影厅里除了自己别无他人。这么一部票房火爆的电影上座率不会这么低吧？沈吟雪满腹疑云地坐在椅子上。

沈吟雪刷了一下手机，突然感觉有一个高大的身影出现在身旁，一个有点耳熟的声音响起来：“沈吟雪，你好！”

沈吟雪一惊，抬头一看，却是方锐：“你怎么在这里？”

“我过来看电影呀！”方锐说着，自然而然地在沈吟雪身旁坐下了。

沈吟雪诧异道：“你座位在我旁边吗？”

“这一场次没有其他人，不介意我和你坐得近一点吧？”

“不介意。可是这么火的电影怎么可能才我们两个观众？”

“除了你提前预订的两张票外，我把其他票都买了，算是包场吧。”

“可你怎么知道我要来这里看电影？”

“天机不可泄露！”方锐笑了笑，拿出一桶爆米花放在两人座位中间的扶手插筒里，又拿出几提饮料道：“我不知道你喜欢喝什么，这里有热的珍珠奶茶、冰柠桔鲜果茶和抹茶拿铁，你选一样吧。”

沈吟雪犹豫了一下，拿了一杯珍珠奶茶。还好，这时影厅内的灯光熄灭了，方锐看不到她脸上泛起的红晕。电影开始了。

电影比沈吟雪预想中的要好看，尤其是小妖王胡巴，每一个卖萌搞怪的镜头，都成为笑点。沈吟雪看得入神，全没留意到旁边有双眼睛不时在凝视着自己。

沈吟雪一边看，一边吃着爆米花，不料拿爆米花时和另一只手碰在一起，顿时像触电一般。原来，同一刻方锐也正伸手拿爆米花，两人的手正好碰在一起。

沈吟雪赶紧缩回手去，一时间竟觉得心跳有些加快。还好，方锐并没有做什么冒失无礼的举动，两人安安静静地看完了电影。

当欢快的片尾曲放完时，大银幕上突然画风一变，出现了两行大字："恭祝沈吟雪同学生日快乐！"接着生日祝福歌"Happy birthday to you"响起。

沈吟雪吃了一惊，还没反应过来，只见影厅内灯光大开，一名服务员手里托着一个精美的生日蛋糕出现在自己面前，蛋糕上点着两支蜡烛。再看一旁的方锐，正满脸笑意地看着自己。

"你怎么知道我今天生日？"

"先不说这个，你赶快许愿吹蜡烛吧。"

沈吟雪表情复杂地看了眼方锐，目光收回到蛋糕上，双手合十，闭着眼睛许了个愿，然后睁开眼睛一口气吹灭了蜡烛。

"谢谢你，这么有心！我还是第一次知道，电影院里居然可以开生日party。"沈吟雪吃了口蛋糕，说道。

"你开心就好！我也是第一次这么做。"

"方锐，我明白你的意思，但是现阶段我并没有拍拖的打算。"

"没关系，我喜欢你，你随意。"

"我不喜欢找备胎。"

"我也从不喜欢勉强，只是因为遇上了你。"

沈吟雪一时不知如何回答。还是方锐打破了沉默："接下来还有时间，不如我们去逛逛正佳极地海洋世界吧？"

沈吟雪看看表，说道："时间太赶了，4点前我得坐地铁回基地，不然会迟到的。"

"等会我开车送你回去，绝对误不了！"

沈吟雪犹豫了下道："正佳我还是不去了，我现在只想坐下来，再把这电影看一遍，不过时间恐怕来不及了！”

“这个好办。”方锐把服务员叫过来，在他耳边低声交代了几句，服务员点点头退下了。

“你跟他说什么？”

“我说这一场次我也提前包场了，让他们继续放映《捉妖记》。”

“方锐，你追别的女生也是这样投其所好吗？”

“不，只是对你才这样。今天你生日，我只想让你开心。”

虽然是在黑暗的观众席上，但沈吟雪依然能够感觉到方锐话语中的灼热温度，她不知道该说什么，只觉得一丝甜蜜涌上心头。

23

四个班主任一脸严肃地站在基地食堂门口，看着12支分队各自列队，清点人数。

舒瑶凑近萧意耳边道：“时间到了。”

萧意点点头，朗声道：“集合完毕！从第1小队开始报数，有缺勤人员的，队长报出学员姓名。”

“1、2、3、4、5、6、7、8……”第一小队开始紧张有序地报数。

“第1小队全部到齐！”队长孟晨鸽大声答道。

接下来其他小队也依次报数。最后统计人数为130人，缺勤两人，分别是5分队的方锐和7分队的沈吟雪。

萧意眉头紧锁，面色如霜，将130名学员从头到尾扫了一遍，说道："1班班长程云、2班班长吕慧出列，给方锐、沈吟雪打电话，问他们现在在哪里！5分队和7分队学员全部留下站军姿！其他学员先去食堂吃饭。"

萧意话音刚落，整齐的队列开始"唰唰唰"地动了起来，一会工夫，食堂门口只剩下5分队和7分队，学员脸上都写满了埋怨和沮丧。

孙兰兰凑到胡百川耳边问道："方锐和沈吟雪没来是他俩的事，为什么要把他们所在的小组学员都留下来惩罚呀？"

胡百川低声道："萧科这招是管理学上的一个经典招数，叫作'连坐'，一人有过，队友一起受罚。这样可以通过外界压力促使当事人不敢再犯。"

孙兰兰嘟囔了句："感觉好不人道啊！"

舒瑶接道："慈不掌兵嘛！"胡百川和她相视一笑。

程云和吕慧一阵夺命狂call后，快步跑到萧意面前。程云先道："报告！我打了几次方锐电话，他都没接。"

没等萧意回应，吕慧接着道："报告！我打了沈吟雪电话，她说方锐开车送她回来的路上堵车，耽误了半天时间，大概还有10分钟到基地。"

吕慧说完后，一旁站着的学员队伍中发出窃窃私语声，大家都很好奇，为什么沈吟雪会坐着方锐的车子回来。

萧意"嗯"了一声，脸色一沉道："安静！"顿时全场鸦雀无声。

"从今天开始，我们就立个规矩，以后每周日晚上5点半列队点名，哪个小队有缺勤的，全队留下来站军姿，直到队员归队。至于对缺勤人员的处罚，等会大家可以现场观摩。"萧意说完后，侧过身，背着手，眼睛直勾勾地盯着基地门口。

一会工夫，两个人影出现在基地门口，一路狂奔而来，跑得上气不接下气，正是方锐和沈吟雪。两人喊过“报告”后，乖乖站在一旁，等候发落。

萧意看了下手表，厉声道：“现在是5点45分，比规定时间晚了15分钟，你们的队友就在这里等了15分钟，你们有什么话说吗？”

沈吟雪看到7分队队友们直视的目光，不禁低下头去，一脸惭愧的表情。方锐却面色如常，看不出他在想什么。

萧意道：“之前我说过，周日晚上5点30分列队点名，迟到的学员将受到处罚。现在给你们两个选择，要么在这里做30个俯卧撑，要么明天早上在班上宣读一遍检讨。”

方锐抢先道：“我选择做俯卧撑。”说完上前一步，趴在地上，规规矩矩地做起了俯卧撑来。旁边的学员们大声帮他计数：“1、2、3、4、5、6、7……”

前面20个俯卧撑方锐做得比较轻松，但可能是左膝伤势没有痊愈的缘故，他不敢左腿发力，身体重心偏向右侧，做到后面10个时明显有些吃力，不过强撑着还是做完了。

方锐站起身后，全场的目光都集中在沈吟雪身上，只见她面有难色，嗫嚅道：“我……”话没说完，众人已知其意，这么一个如花似玉的大美女当众做俯卧撑，确实做不下去，可如果明天早上在全班宣读检讨，面子上一样过不去，也难怪她不知如何选择。

舒瑶咳嗽了几声，准备打个圆场，不料方锐抢上前，大声道：“我替她做！”也不等萧意同意，二话不说就趴在地上，吭哧吭哧地做了起来。

众人都吃了一惊，目光投向萧意。萧意却没说什么，只是面无表情地看着方锐。方锐一口气做了10个俯卧撑后，明显体力不支，动作慢了很多，每一下都显得非常吃力，豆大的汗珠顺着他的下巴流到地上。一旁的学员都看得十分动容，沈吟雪更是俯下身去看着方锐，关切之情溢于言表。

孙兰兰看不下去了，对萧意道：“萧科，他腿伤没好，别……”话没说完，就被萧意一个手势打住。

“21、22、23、24……”方锐的动作越来越慢，每一下似乎都用尽了全身力气，一旁计数的学员似乎为了让他早点结束这种痛苦，故意加快了计数频率。萧意在一旁冷冷看着，没有说话。

“29、30！”话音未落，方锐像根木头一样倒在地上，连起身的力气都没有。

5分队两名学员冲出来，顾不上请示报告，便一左一右将方锐搀扶了起来，这两名学员正是陈凡和周笑宇。这时在众目睽睽之下，沈吟雪做了一个大胆的举动，她从口袋里摸出两张纸巾，小心地帮方锐擦掉了脸上的灰尘和汗水。方锐看着她，轻轻说了声：“谢谢！”

处罚完毕，所有人的目光又都集中在萧意身上，只见他板着脸，用又冷又硬的声音道：“违反纪律的下场，大家都看到了。我不希望以后有人再犯！解散！”话音刚落，两队学员如蒙大赦，各自在程云、吕慧的带领下排队去食堂用餐。方锐似乎还没恢复正常，在陈凡的搀扶下一瘸一拐地走着。沈吟雪看着他蹒跚的背影，眼圈不禁红了。

晚上9点20分，5408宿舍，吕慧、万萍和杨思雨坐在床边，安慰着正低声啜泣的沈吟雪。

吕慧轻轻拍着沈吟雪的肩膀道："小雪，你别哭了，今天这事又不是你的错！"

"如果不是代我受罚，他也不会腿伤复发，后来连路都走不了！"

"让我说啊，要怪就应该怪'豹子头'，都什么年代了，还用体罚这一套？"万萍愤愤不平道。

杨思雨咳嗽了一下，说道："这事也不能怪萧老师，只能说小雪和方锐比较倒霉，正好撞到枪口上罢了。"

吕慧来了句："其实这事倒也不完全算坏事，方锐那小子不是正想追咱们小雪吗，现在来这么一出英雄救美，咱们小雪心里想没他这号人也不行了！"

万萍呛道："你这是安慰人的话吗，脑回路这么清奇？"

吕慧正想顶回去，杨思雨赶紧劝住她俩："你们就别说这些来刺激小雪了。小雪也累了，咱们让她好好休息一下吧。"一边说，一边拉着两人出了宿舍。

空荡荡的房间里就剩下沈吟雪一人，她正发着呆，突然手机响了一下，她拿起来一看，见是方锐发来的一条微信，顿时心跳加快，只见上面写着："对不起，今天回来时间耽误了，害你迟到！"

沈吟雪想了想，回道："要说'对不起'的人是我，今天你代我受罚，害得你腿伤复发，我心里很过意不去！"

"为了你，我做什么都可以！几个俯卧撑算什么！"

"方锐，你不用对我这么好，我受不起！"

"我说过，我喜欢你，你随意！"

沈吟雪心潮起伏，久久不能平静。斟酌良久，她终于回了句："谢谢！你早点休息吧，明天见！"

方锐秒回了一句：“生日快乐，吟雪女神！”沈吟雪将微信里的对话翻来覆去看了十几遍，嘴角边露出笑容。

24

新的一周开始了，学员们很快就适应了“上课—自习—活动”的节奏，毕竟，这和一开始的高强度军训比起来，简直就像是天堂了。按照教学计划，每天都有不同的老师来基地给学员授课，课程安排、车辆接送、课酬发放、教学评估这些教务方面的琐碎事情大都由萧意接下了，舒瑶和孙兰兰、胡百川一起，将精力主要放在信息宣传和文体活动上。只是舒瑶万万没想到，萧意居然没跟她商量，就自作主张给她安排了一场特别的课。

这天是7月29日，周三，上午的课程是“海关先进人物事迹宣讲”，授课的是政工办副主任张嵩。他是舒瑶的顶头上司，所以课间休息时，舒瑶走去讲台边，和领导寒暄。聊着聊着，张嵩突然来了句：“舒瑶，我看今天下午的课‘一封家书’由你主讲，怎么在政工办时没听你讲过呀？”

舒瑶愣了一下，诧异道：“下午的课是我上吗？我怎么不知道啊？”

张嵩也吃了一惊，指着讲台左侧贴的一张“本周课程表”道：“你看，这上面不是写着你的名字吗？”

舒瑶一看，果然7月29日下午课程是“一封家书”，主讲人一栏写着“舒瑶”二字。

舒瑶强忍着心头的无名火，和张嵩道别后，匆匆赶到

7204办公室。一进门，就见萧意正在电脑前埋头办公，他脸上有明显的黑眼圈，显然这段时间加班熬夜是家常便饭。

萧意看到舒瑶进来，喜道："你来得正好，帮忙看下程云写的这个篮球比赛方案吧。"

舒瑶板着脸道："萧科，你为什么不跟我商量，就安排我上今天下午的课？"

"上周五吃饭的时候，我不是跟你提过这事吗？"

舒瑶皱着眉头一想，记起来萧意好像是在饭桌上提起过，想让她上一堂思想教育课，当时自己回了句："你让我主持、表演还行，讲课就算了！"萧意应了句"你只要简单主持一下就行，没那么麻烦"。当时以为萧意只是随便说说，没想到他居然真的安排课程了。

舒瑶恼道："我都没答应你！再说了，这'一封家书'到底是什么课程？我从来没上过，怎么讲？"

"'一封家书'是每年新干部培训中的一个固定课程，其实就是用两小时的课堂时间，让学员给家人写一封信，一来可以让学员通过书信的方式和家人好好沟通一下感情，二来我们在这批书信中能够发现不少文笔优美、情深意切的好文章，到时信息宣传方面也不愁没稿件了。"

"这不就是写作文吗？那我在课堂上要做什么？"

"你的作用很关键！这帮学员大多是'90后'，很多人从来没有用纸和笔写过信，甚至会觉得这样做很无聊，所以需要你像主持人一样，开场给大家循循善诱一番，勾起他们对家人的思念之情，剩下的事情就好办了。这不正是你最拿手的吗？"

萧意一说，舒瑶顿时恍然大悟："原来是这样！好吧，这堂课我接手了。"停顿了一下，她又道："下次你可不要再做这种先斩后奏的事了！”

“对不起，下不为例。”萧意说完，看着舒瑶翩然离去的身影，脸上露出迷之微笑。

舒瑶没想到，下午课堂上的效果远远超出了她的意料。一开始，学员们听说要用纸笔给家人写一封信，很多人脸上都流露出不情愿的表情，有的甚至还嘀咕着“天天打电话、发微信，有什么好写的”。舒瑶耐着性子，给学员们讲了自己刚参军时，因为想家，三天两头给家人写信的故事，讲着讲着，声音有些哽咽。受她的情绪所感染，学员们也陷入了对家人的思念中。课程下半段，不少学员手头的两张稿纸都写完了，又来找舒瑶要纸。有的女生写着写着，甚至伏案轻声抽泣起来。舒瑶见状，不觉有些伤感。

下课了，学员们都离开了教室。舒瑶看时间还早，拿着收齐的家书，在讲台上看了起来。对着一张张或整洁漂亮或龙飞凤舞的稿纸，她看得十分认真，时而点头微笑，时而眉头紧蹙，时而若有所思……终于，她看完所有家书后，长长叹了口气，站起身来直奔7204办公室而去。

萧意还在电脑前办公，见舒瑶进来，笑道：“怎么样，今天下午的课效果很好吧？”

“谢谢你！给我安排这么一堂很有教育意义的课。”

“哈哈！咱们关的金牌主持人，上这么一堂课还不是小菜一碟！”

“你就别拿我开涮了。哦，对了，我刚刚看了一下学员们写的家书，感觉沈吟雪写的这封特别好，拿过来给你看看。”

萧意接过舒瑶递过来的稿纸，仔细看了起来。

亲爱的爸爸妈妈：

你们好吗？好想你们！

还记得上一次给你们写信是在我上小学的时候了，后来上高中时偶然间发现小时候给你们写的贺卡、信件，以及做得很粗糙的手工礼物，都被完好地存放在你们卧室的一个小角落里，未曾丢弃。当时我的心情是既感动又愧疚，感动于珍贵而稚嫩的回忆原来一直被精心地存放，而愧疚则在于越是长大，反而在情感的表达上越是拘束，没能再像小时候一样，花尽心思百分之百地投入，为你们留下更多珍贵的回忆。时间一晃而过，已过去十几年，今天借着舒老师给予的这次机会，很高兴能够再写一封信给你们，说说我的心里话。

来越州海关培训已经两周了，每天感觉都有忙不完的事。尤其是第一周，适应环境加上高强度的军训，让我都来不及给你们打几个电话。我想你们一定时常关注手机，怕错过了我的来电。而每次你们的来电又那么小心翼翼，生怕打扰了我的生活。每次通话时间都不会太长，经常匆匆就挂了。而有时可能恰好我心情烦躁，说话语气不好，伤了你们的心，事后我都会懊悔不已。其实我真的应该再耐心点，因为你们是我最亲的人啊！我想说声对不起，却碍于情面说不出口，你们每次都会无条件地原谅我、包容我，因为你们真的很爱我，我心里都知道！

作为家里独生女的我，从小到大接受了你们太多的爱。每次我离家时，妈妈就会对我说："你不在家我们就吃得很随便了。"你们把最好的都给了我。每次回家小住，你们总会想方设法做各种好吃的给我，总觉得我在外面一定吃不好，担心我瘦了。其实我已经长大了，已经不是以前那个爱挑食的小女孩了。现在培训基地里伙食很不错，我每餐都吃得很饱，所以你们放心好了！

26号是我的生日，一早我就收到了你们的祝福短信和电话，让我吃点好吃的，说国庆回去再补偿我。那天我过得很开心，收到了很多祝福，基地有个小伙伴为我定做了蛋糕，还在电影院里为我准备了惊喜的生日party。当天还发生了一些小插曲，不过今天在信里我就不多说了，等国庆回去我再当面和你们说。

妈妈，还记得那天在机场送我时的情景吗？你一时找不到我们，就那样站在机场大厅，左右环顾，无所适从。当时我心里突然被触动了，觉得此时此刻，你才是小孩，正焦急地寻找家人的踪迹。我赶紧跑过去出现在你面前。也就是那一刻，我才真正觉得自己长大了，该由我来照顾你们了。

爸爸，我知道尽管你嘴上从来不说，但你对我的爱绝不比我妈少。我小时候体弱多病，为了让我健康成长，你经常带着我一起做运动，跑步、游泳、羽毛球、乒乓球……虽然我没有成为体育健将，但身体却变得越来越好了。在基地这边，我也一直坚持每天锻炼。老爸你在家也别忘了做运动哦！

从第一天到越州海关扳着指头数日子，到今天不知不觉已经过去了两周。这段时间真是很充实：交到了新朋友，学到了新知识，掌握了新技能……尽管后面日子还很长，但我会认认真真地过好每一天。所以，爸爸妈妈，你们放心，我在这儿挺好的。写信尽管让时空感变长，却可以将我们心的距离缩短，虽然我们远隔千里，但感觉我仍在你们身边！文字不能将我的思念表达千万分之一，万语千言汇成一句话：爸妈，女儿永远爱你们！

女儿 吟雪

2015年7月29日

萧意看完后，赞道："这篇写得真不错！情真意切，我估计沈吟雪爸妈看到，都会忍不住流眼泪。"

舒瑶道："我让班委跟进一下，从这些家书中选出优秀作品，在咱们关的'大卡爱创作'公众号上做一期推文，点击率一定不得了！"

"到底是政工办出来的，见到好东西就想宣传出去。"

"你就别寒碜我了，这次被你赶着鸭子上架，还好没出丑。希望下次萧老师您也能遇这么一出，让我见识见识您随机应变的本事。"

面对舒瑶略带几分怨气的调侃，萧意笑了笑，没说什么。只是萧意怎么也没有想到，竟然被舒瑶一语成谶——没过两天，他便经受了一场突如其来的教学考验。

07

临危上阵

25

7月30日晚，萧意忙完手头工作，一看时间，已经9点20分了。他现在虽然人在莲花山基地，但作为培训科科长，科里的日常事务一样都不能落下，所以把电脑也搬过来远程办公，不仅科里的计划、方案、总结、报告等公文必须及时处理，而且高晓鸿老师在另一个基地带的科长轮训班，他也得时时兼顾，经常是两眼一睁，忙到熄灯，像今天这样能在9点半之前处理完手头事情还真不多见。

萧意站起身来，伸了伸懒腰，关了电脑，准备回宿舍休息。经过一旁的7201办公室时，却见里面灯火通明，舒瑶正和陈凡、沈吟雪、杨思雨一起，人手一台电脑，忙得热火朝天。

萧意进去问道："你们在忙什么呢？"

舒瑶道："我想早点把这期'一封家书'的文章在关里公众号上推出来，她们仨正在帮我弄。"

"10点半就要熄灯了，学员还要回去洗漱，别弄太晚了。"

"明白，10分钟内收工。"舒瑶笑着做了个OK的手势。

萧意一脸无可奈何的表情，回了句："工作是干不完的，你们别太累了！"这两天孙兰兰因为吃错了东西引起食物过敏，在宿舍里休息；胡百川老婆带着儿子过来看他，萧意干脆给了胡百川两天假，让他好好陪家属在越州市区里逛一逛。于是全部工作都压在了萧意和舒瑶身上，偏偏舒瑶又是那种吃苦耐劳型的干部，见萧意忙不过来，往往主动帮他分担工作，天天加班更是毫无怨言，搞得萧意有时心里都过意不去。

回到宿舍，萧意好好洗了个热水澡，只觉得全身的疲惫一扫而空，身上似乎又恢复了活力。上床一看，还不到10点，时间尚早，他靠在床头，目光落在了床头柜的一本书上，书名叫作《学生管理的心理学智慧》，之前看了几十页，最近因为忙放了一个星期都没看。

萧意拿起书，认真看了起来。看着看着，他脸上露出了笑容，原来书中有两段话正好说到了他的心坎上：

1. 教师为什么需要学生"怕"一些呢？从学生层面来说，中国人常说"人之初，性本善"，认为学生本质上都是善良的，但其实，人性就其本质而言，既有善的一面，也有恶的一面。如果教师对于学生的本能欲望不加克制的话，那么，他们在显现善良、可爱一面的同时，自私、懒惰的本性也会自由发展，而有效节制这种负面效应的一种方式，就是对教师心存"敬畏"。

2. 所谓诛大赏小，是传统中国的管理智慧，正所谓"杀一人而三军震者，杀之；赏一人而万人悦者，赏之。杀贵大，赏贵小"（《六韬·将威》），如果杀一个人能让全军震惊，这个人无论是谁，都该杀头；如果赏一个人能让一万个人欢欣鼓舞，这个人无论是谁，都应该赏赐他；诛杀重在诛杀地位高的人，奖赏重在赏赐地位低的人。其中的意义在于，中国人的奖励与惩罚，其作用不单单是对进步或者犯错者给予应有之强化，更重要的是，通过对进步者的奖励，对犯错者的惩戒，给他人一个示范的作用。

正看得入神，手机突然响了，萧意拿起手机一看，见是法规处副处长马宇飞打过来的，赶紧接通。

“萧科你好！我下班后接到通知，明天上午要去参加一个紧急会议，这样原定于明天上午给新干部讲的课没法讲了，你看能不能安排其他老师先顶一下，我这堂课下周换个时间再讲？”

萧意一听急了，明天上午原定的课程是由马宇飞主讲的“海关法简介”，这个安排是半个月前就已经定好了的，现在突然来这么一出，简直就是要命啊！

“马处，现在都已经10点半了，我们去哪里找老师顶课呀？您能不能……”

萧意话没说完就被马宇飞打断：“实在不好意思，明天会上许关长要我做专项工作汇报，我现在还在赶材料，明天确实没办法过来上课，等下周有时间再补上。请见谅！”说完没等萧意接话便匆匆挂断了电话。

萧意心中如有一万只野兽奔腾而过，本以为今天太平无事，没想到睡觉前竟然又来这么一出突发事件，心里又生气又无奈：你说你明天讲课来不了就早点说嘛，现在都10点半了你才告诉我，你让我去哪里找人顶课？！

这个点找人顶课是不可能了，明天上午的课直接不讲也不合适，怎么办？萧意在房间内踱来踱去。终于，踱到第八圈时，他下定决心：明天上午的课，自己来讲！

本来开班前做课程设计时，萧意就想好了，除了讲一堂例行的“海关简介”外，再给自己多安排一堂文学讲座。之所以这么安排，实际上是因为萧意存了点私心，一直以来他都有教书育人的情结，所以大学毕业找工作时差一点就去中学当老师了，这两年在培训科做科长，虽说名义上干的是教育培训的活，可大部分时间都是在和文山会海打交道，没有多少机会上台讲课，这次好不容易出来带新干班，怎么也要“假公济私”上上课，过把当老师的瘾。刚好课程设计中本来就有几堂文化和艺术方面的公共课，萧意当时就想着来一堂文学讲座，他给自己安排的授课时间是9月上旬，这样可以有充分的时间来备课。只是没想到计划没有变化快，萧意还没来得及备课，现在就来这么一出突发事件，逼得他不得不仓促上阵了。

平时不烧香，临时抱佛脚。想到这里，萧意长叹了一口气，先去泡了一壶浓茶，然后打开了笔记本电脑。讲课的素材之前都准备得差不多了，只是一直没来得及做PPT，现在火烧眉毛，只能拾得篮中就是菜，因陋就简，做一个简单的课件了。

不知是遇到挑战后整个人像受了刺激一样干劲十足，还是因为喝了浓茶后大脑兴奋起来，萧意只觉得工作状态特别好，整个人仿佛沉浸在一种浑然忘我的状态中，房间里静得只能听见他噼里啪啦的打字声音。

终于，一番快马加鞭的操作后，萧意完成了最后一页PPT，他长舒了一口气，再看看桌面上的闹钟，已经指向了1点45分。

这时，萧意只觉得一股深深的睡意袭来，眼皮子似乎都要打架了，没办法，这段时间实在是太累了，白天在基地里是操不完的心，晚上还要忙科里的公务，几乎没有哪晚是在12点前上床睡觉的。本想着今天可以早点休息，没想到又遇上这摊事，真的是劳碌命呀！

萧意站起身来，去洗手间用冷水冲了下脸，强迫自己清醒。虽然课件完成了，可总得试讲一遍，要不时间进度、节奏把握、要点灌输等没法保证，万一上课卡壳或是讲错了，他这总教头的一世英名可就毁于一旦了。

萧意将笔记本电脑放好，再对着镜子调整好仪态，然后定好手机计时器，便开始试讲了。时间太紧张，他只能把开头部分重点讲一讲，中间部分走马观花过一过，有问题的地方做个记号。一遍极简版的试讲下来，也花了半个多小时。萧意又花了十几分钟做了些修改完善，看看闹钟，已经2点40分了。

终于备完课了，萧意起身走到阳台上，只见一轮明月挂在夜空，分外皎洁，整个基地万籁俱寂，仿佛是沉睡中的巨人一般。再过几小时，新的一天就要开始了，等待他的是一堂从来没有讲过的两个多小时的文学讲座。

26

平时每天早上，萧意都是将闹钟定在6点30分，因为6点50分到7点20分是学员早操及晨跑时间，萧意一般都会在现场督导。但是今天他实在太困了，于是临睡前给舒瑶发了条微信，将早上督操的事交给她，又把闹钟时间定在7点10分。

跟平时晚上睡觉还要辗转反侧半天不同，这一次萧意几乎是沾上枕头便睡着了，一觉睡得天昏地暗，直到被闹钟的“夺命三连call”唤醒。匆匆洗漱完，赶到食堂去吃早餐，正撞见舒瑶。

舒瑶一见萧意脸色，惊道：“你怎么了，这么憔悴？”

“昨晚马处给我打电话，说他今天上午的课因故上不了，没办法，我只好替他顶课，昨晚备课备到快3点。”

“萧科，你也太拼了！”

“唉，人生就是这样，总有意想不到的事情发生！”

“哈哈！早就听说萧科你讲课是一绝，上次听你讲业务课还没过足瘾，今天终于可以见识一下你的实力了！”

“但愿不要让你失望。”

上讲台的前1分钟，萧意还觉得十分疲倦，毕竟昨晚加班熬夜太猛了，一时半会还没恢复精神。但就在站上讲台的那一刻，萧意只觉得整个人开始进入一种亢奋状态，所有的疲惫似乎都被赶到九霄云外。

看着台下一双双带着疑问的眼睛，萧意笑道：“今天上午这堂课本来应该是法规处马宇飞副处长过来讲授的，但是很不巧，昨天马处接到通知，今天上午要去参加一个紧急会议，所以改由我给大家上一堂‘文学讲座’吧。”话音未落，台下响起了一片掌声，而带头鼓掌并鼓得最起劲的却是坐在教室前排左侧的舒瑶。

萧意轻轻摆了下手，说道：“讲课前，我想了解一下大家的课外阅读情况，我先随机点三位同学起来回答一下问题吧。”

台下学员一个个面面相觑，不知道萧意心血来潮会点到谁。

“陈凡。”被萧意点到后，坐在第二排的陈凡一头雾水地站了起来。

“过去一年，你读了几本书？印象最深的是哪一本？”

陈凡皱着眉头想了想，答道：“过去一年，因为忙着找工作，所以都没静下心来看什么书，如果说有印象的，可能就是《行政职业能力测验》和《申论》吧。”

陈凡的回答引起了一片会意的笑声，显然不少人也有同感。

“不错！看来这两本书你都看进去了，要不现在也没法坐在这里。”萧意示意陈凡坐下，见第四排的杨思雨主动举手要求作答，于是道：“杨思雨，你来回答一下这两个问题吧。”

杨思雨站起来道：“我过去一年看了十来本书，印象最深的是《明朝那些事儿》，后来知道作者当年明月最早就是干海关的，心想海关牛人怎么这么多呀，于是更想来海关了。”

“那你现在也算是得偿所愿了。”萧意示意杨思雨坐下，又指着第六排的程云道：“程云，你呢？”

程云站起身，先扶了扶眼镜，然后不缓不急道：“我很喜欢看书，每年都会看个六七十本，去年因为找工作，看书时间少了很多，所以只看了三十来本，其中印象最深的书有刘慈欣的《三体》、东野圭吾的《解忧杂货店》和马里奥·普佐的《教父》。”

程云的回答引起了一片轻微的赞叹声，学霸不愧是学霸，阅读量之大让一般人望尘莫及。

萧意笑道：“很好！你说的这几本书我看过，确实都是值得一看的好书！”说到这里，萧意转到重点：“听了三位同学的回答，我心里很欣慰，在这个各种娱乐方式层出不穷的时代，能够静下心来看书的人似乎越来越少，但在你们身上，我看到了希望，无论在什么时候，总会有热爱读书的人存在！”

停顿了一下，萧意接着道：“今天，我要向大家介绍一位伟大的华语作家，他的作品畅销了半个多世纪，影响了上亿读者，在我心目中，他是当今国内最好的小说家！他就是——”说到这里，萧意按了下手中的遥控器，大屏幕上立刻出现了一个面容慈祥的老人，学员中响起了一片惊呼声：“金庸！”

萧意道：“看过金庸小说的同学，请举手。”大教室中有四分之一的学员举起了手。

“看过金庸小说改编的电影、电视剧的同学，也请举下手。”这一次大教室中有一大半的学员都举起了手。

萧意笑了笑道：“很好，看来改编的影视作品的影响力还是远远大于原著，不过我建议各位，如果有时间的话，尽量读一读原著，因为一流的文学作品很难被改编成功。”

“金庸先生一生共写了十五部武侠小说，分别是《飞狐外传》《雪山飞狐》《连城诀》《天龙八部》《射雕英雄传》《白马啸西风》《鹿鼎记》《笑傲江湖》《书剑恩仇录》《神雕侠侣》《侠客行》《倚天屠龙记》《碧血剑》《鸳鸯刀》和《越女剑》。”萧意像说相声报菜单一样将十五部小说的书名一口气说了出来，台下响起一片惊叹声。

“对于一个金庸先生的书迷来说，记住这十五部书的书名并不难，因为金庸先生用他十四部小说书名的第一个字拼了一副对联，‘飞雪连天射白鹿，笑书神侠倚碧鸳’。有一位父亲跟儿子讲了这副对联，他儿子很不服气，说英国作家J. K. 罗琳全部小说书名的第一个字也能拼成一句话，父亲问是什么，儿子说是‘哈哈哈哈哈哈哈’，因为J. K. 罗琳写了七本《哈利·波特》。”萧意讲的这个段子又引起了一片笑声。

这时，学员中有人举手提问，是坐在第三排的方锐。萧意示意他站起来，方锐站起身道：“老师，我没有看过金庸先生的小说，但是国内这么多知名作家，像莫言拿过诺贝尔文学奖，贾平凹、余华、苏童、王跃文等也都是成名已久、享誉文坛的大家，为什么您单单认为金庸先生是当今国内最好的小说家呢？”

方锐提的这个问题很尖锐，一时间所有的目光都集中在萧意身上。

27

“你这个问题提得非常好，自古以来，文无第一，武无第二。刚才那个说法是我个人的一家之言，仅供参考。评价一位作家作品的优劣，可以从文学性、思想性和影响力这几个方面来综合考量。下面我先从影响力的角度，来谈谈为什么说金庸先生是一位伟大的作家。”

“金庸的小说畅销海内外，粉丝众多，其中大家最熟悉的恐怕就是马云。马云是个不折不扣的金庸迷。据说在阿里巴巴总部4号楼2楼有个书柜，里面只有金庸一个人的作品。阿里的企业文化也起源于金庸和武侠文化。比如，早期每个阿里员工入职时，第一件事是给自己取一个花名。马云的花名是‘风清扬’，就出自《笑傲江湖》。阿里总部的很多会议室都以金庸小说中的地名来命名，如‘桃花岛’‘罗汉堂’‘聚贤庄’，等等，甚至连洗手间也被改名为‘听雨轩’‘观瀑亭’。因为对金庸推崇备至，马云一直期盼着能与偶像一见。2000年，金庸应马云的邀请，来到阿里巴巴集团参观。临别之时，金庸先生挥毫泼墨，写下了‘善用人才为大领袖之要旨，此刘邦、刘备之所以创大业也，愿马云兄常勉之’。马云特别喜欢这幅字，所以把这幅字装裱好，挂在了自己办公桌的正对面，时刻都能看得到……”

眼见台下学员都听得入了迷，突然，萧意话锋一转：

“在金庸先生的众多读者中，马云算不上是最大牌的，因为有更重量级的人物！”说着，萧意按了下手中的遥控器，大屏幕上立刻出现了一张新闻照片，一位宽厚长者正亲切地接见金庸，学员中顿时响起了一片惊呼声：“邓小平！”

萧意微微一笑道：“不错，正是邓小平同志。邓小平是最早的金庸小说读者之一。当时金庸小说在内地尚为禁书，1973年3月，恢复工作的邓小平从江西返回北京后不久，就托人从境外买了一套金庸小说，并且对其爱不释手。1981年夏天，金庸到北京访问时，提出想见邓小平，邓小平同意了。1981年7月18日上午，邓小平会见了金庸。见面时，邓小平的第一句话是‘欢迎查先生回来看看。我们已经是老朋友了。你的小说我读过，我这是第三次重出江湖啊！你书中的主角大多是历经磨难才终成大事，这是人生的规律’。在邓小平接见金庸之后，回到香港的金庸立即给邓小平寄了一套《金庸小说全集》。也就是在此后不久，金庸小说在内地‘开禁’，并很快成为畅销书……”

萧意犹如说书人讲古，从金庸小说的巨大影响力展开，讲到其高超的文学性，接着又讲到其突出的思想性，一路娓娓道来，听得台下学员们一个个如痴如醉。讲着讲着，萧意突然感觉到口袋里的手机在不停振动，他拿出来扫了一眼，见是之前设置的11点40分闹钟提醒。不知不觉，这堂课已经讲了两个半小时，都过了下课时间，再讲下去，食堂里的师傅就该有意见了。

“因为时间关系，今天的课我就先讲到这里，如果大家有兴趣，下次找机会我再给大家接着讲。”萧意话音刚落，台下一片呼喊着“有兴趣”。

看着台下一双双热切的眼睛，萧意感叹道：“作为一名忠实读者，我要感谢金庸小说，伴我从青春年少，二十多年一路走来，它们让我在现实世界之外，还拥有了一个鲜衣怒马、琴剑江湖的武侠世界，可以快意恩仇、仗剑天涯，可以让自己的精神世界更加丰富和强大！最后，我想用一首打油诗来给今天上午的课收尾，这也是我读金庸小说多年的一点小体会，‘交友当如令狐冲，大哥唯有拜萧峰，娶妻莫如双儿好，良师难遇张三丰’。好，今天的课到此结束，下课！”萧意说完，台下响起一片山呼海啸般的鼓掌声。

学员们散去后，教室座位上还有两个人没走，坐在前排的是一脸笑意的舒瑶，站在最后一排的却是程副处长。萧意吃了一惊，上课时他讲得兴致勃勃，完全没有留意到程副处长是什么时候进来的，现在见他一脸严肃的表情，心中不禁有些忐忑，当即迎上前去道：“程处，您什么时候过来的？”

“萧意，你好大的胆子！事先也不跟我请示汇报一下就擅自改动课程，在课堂上堂而皇之讲起武侠小说来了！”程副处长板着脸，语气中充满问责之意。

萧意还没来得及解释，舒瑶已经凑过来道：“程处，您别生气，萧科这也是没办法才顶上的。”说着便将昨晚马副处长临时放鸽子的事情一五一十地讲了。

程副处长听了，脸色慢慢和缓下来，对着萧意道：“如果是因为救场而这样做，倒还说得过去，不过你记住，以后碰到这种突发事件，一定要第一时间请示领导，千万不要自作主张。不然万一出了事，领导还被蒙在鼓里，谁帮你兜着？”

萧意连连点头称是。舒瑶又在一旁打圆场道：“萧科今天虽然是临场发挥，但是讲得挺好的，连我这个从来没看过武侠小说的人，都忍不住想去读读金庸的小说。”

程副处长正色道：“老实说，我也是金庸的粉丝，看他的书都超过三十年了，所以今天萧意这堂课还蛮对我胃口的。不过政府部门终归是比较敏感的地方，你在培训课堂上讲武侠小说，要是被别有用心的人告到关领导那里去，后果可不太妙。所以今后，这种事情你一定要小心谨慎，绝对不能任性而为。”

萧意赶紧称谢，只觉得身上惊出了一身冷汗。作为一个在官场上浸淫了十余年的公务员，他深知程副处长这番话的分量，现在回过头来想，在初任培训班上贸然讲这么一堂课，确实有点托大。

正值饭点，萧意和舒瑶陪程副处长去食堂用餐。席间，程副处长问了一通初任培训的情况，萧意答得头头是道，一旁的舒瑶也时不时见缝插针地补充几句，直把萧意的工作夸出了花。程副处长听得频频点头，显然对几位班主任的带班情况比较满意。

吃完饭后，萧意和舒瑶将程副处长送走，正准备各自回宿舍，不料两名学员走上前来喊“报告”，正是程云和吕慧。

舒瑶问道：“有什么事吗？”

程云道：“老师，明天上午是课堂测试，很多同学向我们反映，既没有确定考试范围，也没有复习资料，连考试题型都不清楚，他们不知道如何复习呀。”

吕慧也补充道：“是呀，老师，万一有人考不及格了怎么办？”

萧意笑道：“你们俩回去告诉大家，这次是开卷考试，绝大部分内容在你们手头那本蓝皮的《海关初任培训教材》中都可以找到，有小部分内容在授课老师的PPT讲义里，你们只要今晚好好复习，绝对没问题。”

看着两人兴高采烈地离去，舒瑶不解道：“萧科，你为什么要安排开卷考试呢？这样岂不完全变成走形式了？”

“考试的目的是什么？主要是让学员巩固所学的知识。只要能达到这个目的，开卷又有什么关系呢？”

“可是开卷的话，很多学员就不会认真复习了。”

“哦，不管是开卷还是闭卷，认真的学员一样会认真对待，不上心的学员一样会敷衍了事。只不过对我们带班老师来说，开卷比闭卷考试要省心很多。”

“为什么？”

“一是监考轻松很多。如果是闭卷，132人考试需要两间大教室，监考人员至少在4人以上，而且考试过程中如果有人作弊，那么作弊人员如何处理，处理轻了、处理重了都不好办。而开卷考试基本不存在这个问题，一名老师监考就够了，对于学员来说，也没有作弊的必要。二是考试过关易于把控。闭卷考试中很容易出现学员考试不及格，这样一来又多了批评教育、补考等很多事；而开卷考试呢，在试题难度适中的情况下，只要是智商正常的人，过关绝对没问题，这对于师生双方来说，都是皆大欢喜的事情。并且根据领导要求，培训期间要安排四次考试，如果全部都是闭卷考试的话，从命题、监考、改卷到补考，不把我们几个人累坏才怪呢！”

“你这可真是上有政策，下有对策呀！”

“没办法，都是逼出来的。”

“可是开卷考试，题目又比较简单，怎样才能将‘学霸’和‘学渣’区分开呢？”

“能够通过国考考进海关的，学习能力都是杠杠的。如果还想分出个三六九等来，其实也很简单，试卷中我们会设置一道20分的论述题，实际上就是写一篇命题作文，通过写作和分析能力，基本上能把优秀学员都筛选出来。”

“我很好奇，这次考试最后一道论述题是什么？”

“题目是《谈谈自己参加2015年新入职干部岗前培训班的感受和体会》，要求字数不少于800字，另外学习方面必须结合具体课程来谈。”

“这跟第一期科长轮训班考试的题目很像呀！”

“上周六我去参加了第一期科长轮训班的监考和阅卷工作，考试就一道题，《谈谈自己参加2015年第一期科长轮训班的感受和体会》，不过字数要求不少于1500字。我当时就觉得把这道题改一下拿来考新干部倒也不错！”

“你可真够坏的，拿考科长的题目来考新干部！”

“我算是仁慈的，那些参训科长考试没过的，不仅要回炉再训，还要补考，而这些新干部，我可是想着法子帮助他们考试过关呢！”

“我代他们谢谢你这位仁慈的总班主任了！”

08

山外有山

28

日子一天天过去，仿佛是一个巨大的沙漏，在永不停歇地流走细沙。

在莲花山培训基地待了不到一个月的时间，萧意已完全习惯了这边的生活和节奏，虽然每天都有忙不完的事，虽然总有意想不到的状况发生，但是有三个好帮手和他一起去面对各种未知的挑战，有一百多个学员带给他那种久违的青春的朝气，他觉得每一天都过得很精彩，而这种感觉他已经很久没有过了。每天晚上睡觉前，他在床上总忍不住会将白天发生的大小事情都复盘一遍，想想还有哪些做得不到位的地方，有时想得兴奋了，甚至辗转反侧半天都睡不着。如果不是工作需要，每天还要抽出大量时间去处理科里的事情和其他公务，他觉得这个总班主任简直就是世界上最好的差事了。他甚至考虑过辞去科长一职，以后就在教育处固定做个负责培训带班的专职教员，可是这个念头只动了一分钟，他就马上想清楚这是不可能的事情。

作为总班主任，萧意的精力主要放在教务和管理方面，组织和宣传就放手交给其他三个班主任去跟进。用舒瑶的话说，这两个班的班委都非常给力，起到了很大的作用。在班委的推动下，各个兴趣小组都有条不紊地组织活动，各项文体活动也都热火朝天地开展起来了。每周七天，周日晚上是每周例会，由班主任通报一周情况；周一、周三、周五晚上一般是晚自习学习时间；周二、周四晚上则进行班委活动或兴趣小组活动。

犹如雨后春笋般冒出来的十几个兴趣小组里，最受欢迎的是篮球、羽毛球、动漫、读书、健美操等小组，而最悲催的莫过于足球小组，成立后一场球都没有踢过。原因很简单，培训基地面积不大，操场只有两个篮球场大小，平时都被人多势众的篮球组和羽毛球组瓜分了，根本没有足球组的份儿。而基地附近除了公路，就是类似城中村的居民区，也没有踢球的地方，于是可怜的足球小组因为“英雄无用武之地”，很快便自生自灭了。

这天晚上，萧意忙完手头一份材料，便叫上舒瑶一起去操场上散步。远远地就听到一阵阵呐喊助威的声音，待走到操场边，只见场边所有的夜灯都打开了，篮球场上十余个学员正热火朝天地打着篮球，其中有四名还是女生。一旁看球的学员也有二十几人。

萧意皱了皱眉头道：“今天不是晚自习吗？怎么这么多人在打球？”

舒瑶笑道：“晚自习8点半结束，现在都已经9点多了。这些学员是在为明天的‘篮球嘉年华’活动做准备呢。”

“哦，我都差点忘了这一摊事了。不过篮球比赛就篮球比赛吧，怎么又成了嘉年华活动呢？”

“除了重头的篮球比赛外，还有歌舞节目、啦啦队表演等，为了这场活动，程云和吕慧还专门做了很详细的方案呢。”

“这帮小年轻还真会玩！”

“现在啦啦队正在舞蹈室训练，要不我们去看看？”

“好啊。”

还没到舞蹈室，就听到一阵动感激扬的音乐飘过来，再一看教室外，七八个男生正在门口和窗边看得聚精会神。

舒瑶拍了拍最外边的陈凡的肩膀，笑道：“看什么呢？这么认真！”

陈凡回头一看，见是两位班主任，吓了一跳，不好意思道：“没什么，就看看热闹。”说着，身子让开，闪到一边。其他几个男生见了，尴尬而不失礼貌地打过招呼后，纷纷作鸟兽散了。

萧意和舒瑶走进舞蹈室，只见里面十名女学员正在孟晨鸽的带领下，有模有样地练着啦啦舞。她们都穿着统一的舞蹈服，上身是黄色的紧身T恤，下身是黑色短裙，跳动之间，活力十足，青春的气息扑面而来，难怪吸引得一帮男学员在外面看风景。

萧意道：“她们这舞蹈服是哪来的？我们没有发这种衣服呀？”

舒瑶道：“两个班都成立了啦啦队，并选出了队长，接着又在网上订购了不同款式的队服，1班是黄衣黑裙，2班是红衣白裙，都挺漂亮的。”

“确实挺好看！”

“还有你现在看的这舞蹈，她们已经排练一个星期了。”

“真没想到，她们会这么投入！”

“在一个优秀的集体里面，每一个人都会不自觉地被环境所影响，也想让自己变得更加优秀！”

“你说得很有道理！”

“哈哈！天天和萧老师一起混，不提高点个人修养怎么行呢？”

“你这话说得我都不好意思了！”

两人说话的功夫，学员们刚刚练完一段舞，音乐停后，孟晨鸽和三名学员走上前来和两人打招呼。

孟晨鸽道："老师，您看我们排练的这舞还行吗？"

萧意笑道："舞蹈我是外行，你们舒瑶老师是专业人士，还是让她来指点吧。"

舒瑶道："指点说不上，我就提一点小建议吧。你们刚刚用的是电影《歌舞青春》里的插曲*Together*做背景音乐，舞蹈动作也基本和片中保持一致。但是里面有个别动作难度较大，你们中间有部分学员没有进行过专业的训练，短时间内很难熟练掌握，所以我建议可以适当简化一些动作，这样利于整齐和美观。"

孟晨鸽喜道："太好了，舒老师，要不您帮我们设计一下动作吧？"

舒瑶爽快答应了，接下来的大半个小时里，她就负责帮啦啦队员们编排舞蹈、改进动作，见有些地方队员们听得不太明白，干脆现场示范了一下，动作漂亮至极，顿时赢得一片喝彩声。萧意在一旁看着，忍不住拿出手机录了一段视频。

时间过得飞快，很快便到10点了。萧意见舒瑶跟队员们讲得差不多了，于是上前道："时间不早了，还有半小时就熄灯就寝，大家赶快回宿舍洗漱休息。明天下午抽空再练两遍舞蹈就行了。"

队员散去后，萧意看着舒瑶额头上汗珠点点，递过一张纸巾给她道："辛苦了，不过你刚才示范那几下，真的是风采不减当年！"

"唉，跳不动了，跟这些小姑娘一起排舞，我都不由想起一句老话——长江后浪推前浪，前浪死在沙滩上！"

"你可别这么说，要照我看，你刚才的表现可以用唐代诗人元稹的两句诗来形容。”

“哦，什么诗？”

“不是花中偏爱菊，此花开尽更无花。”

“你这么一说，我可是受宠若惊了。”

两人说笑着从舞蹈室里出来，只见一轮明月当空，整个基地在皎洁月光的映照下，仿佛笼上了一层朦胧的面纱。

两人看着月亮，一时都没有说话。一会儿还是萧意打破了沉默：“今晚的月色真美！”

“是的，我也好久没有看过这样的月色了！”

29

第二天的“篮球嘉年华”没有办成，因为一场突如其来的大雨打乱了所有的活动安排。接下来几天也是三天两头地下雨，好不容易等到举办“篮球嘉年华”的那天，萧意偏偏不在场，因为他母亲肠胃炎犯了，守在基地大半个月的他赶紧回了趟家，陪他母亲去医院看病，遗憾地错过了这场新干班的重头戏。

回来后的萧意还是从陈凡写的一篇赛事报道中了解到这场活动的精彩：

龙争虎斗战犹酣，劲歌热舞大联欢
——新干班“篮球嘉年华”活动纪实

8 月 11 日，新干班第一次“篮球嘉年华”活动终于拉开了序幕，按捺不住喜悦之情的学员们一早就涌到操场上，红黄两色的队服让操场上呈现出番茄炒蛋一样的海洋。

因为三天两头地下雨，原定上周举行的篮球赛活动推迟了一周时间，在比赛当天也是一波三折，上午还是阳光灿烂的天空，中午却飘来乌云，随之而来的一场倾盆大雨让大家心头为之一凉。幸好老天没有那么绝情，大雨过后的炽热阳光将篮球场晒干了大半，也重新燃起了大家心中的热情，小伙伴们迅速出动，想尽办法清理操场上的积水，终于将比赛场地清理干净。

之前两个班曾有过一场男女混合的篮球友谊赛，吸引了无数眼球，也打出了两个班的集体荣誉感。这次作为升级版，代表 1 班的“飞虎队”，和代表 2 班的“霹雳火”都是精英尽出，放手一搏，绝对是火星撞地球一般的震撼！同时，这一次并不只是比赛那么简单，从头到尾，高潮迭起，有四大主持人爆笑串场，有劲歌曼舞嗨爆全场，更重要的是，两个班的啦啦队队员——二十多位青春美少女隆重登场，这无疑是全场最大的亮点。所以，这是一场众人期待的篮球嘉年华盛宴！

为了这场活动，篮球队、啦啦队队员们付出了很多！篮球场上，龙腾虎跃，球员们一遍又一遍地练习战术，挥汗如雨；舞蹈室里，灯光通明，啦啦队队员们同样在认真刻苦地练习着舞蹈，全情投入。他们付出的心血和汗水，就是为了等来今天的华丽绽放！

随着主裁判的一声哨响，篮球比赛正式开始。双方球员在赛场上龙争虎斗，互不相让，你一个狂飙突进、突破上篮拿下两分，我马上一个弯弓射虎回应三分；“飞虎队”从后场到前场打出一个漂亮的一条龙得分后，“霹雳火”也不甘示弱，立刻中场抢断，偷天换日后，一个“力劈华山”砍下两分……球员们在场上精彩角逐，场下的啦啦队队员们更是扯足了嗓子呐喊助威，为心目中的英雄加油。球员们精湛的球技和默契的配合，看得观众们无比兴奋，气氛十分热烈！

中场休息时，精彩的歌舞表演开始了。先由“歌后”余真真带来一首英文歌曲，那婉转悠扬的天籁之音听得大家如痴如醉；接着由靳蕾、周笑宇和张艺玮表演了一段舞蹈，优美的舞姿赢得大家掌声一片；最后随着美妙的音乐响起，万众瞩目的啦啦队终于出场了，二十多位青春美少女摆好阵型，跳起了欢快的舞蹈，充满活力的表演点燃了全场如火山一样的热情，两个班的啦啦队队员们都在以自己美丽动人的舞姿，为本班的球员们加油助威。

休息结束，战火再起。双方队员实力旗鼓相当，球场上的激烈程度好比擎天柱大战威震天，火光四射，地动山摇。1 班球员人高马大，跑位积极，敢打敢冲，尤其是方锐“方少侠”堪称“飞虎队”里的“科比”，刚刚走出伤病困扰的他眼疾手快，持球突破，锐不可当；2 班球员身手敏捷，快攻出色，三分神准，特别是周伟杰同学一手超准的三分球直逼 NBA“神射手”库里。双方时有精妙传球，漂亮上篮，比赛精彩纷呈，让观众也随之紧张、激动。

前三节结束时，2 班以 54∶46 的优势比分领先。第四节开始后，在舒瑶老师那极富激情和感染力的美丽声音的呐喊助威下，在啦啦队队员们声嘶力竭的鼓劲加油声中，1 班球员们像体内的小宇宙爆发了一样瞬间炸开了，一鼓作气将比分追了上来，眼看要有反超的势头，说时迟那时快，担任主裁判的胡百川老师果断吹响了结束的哨音，比分最终定格在 70∶70，双方握手言和。这是一个友好的比分，这是一个和谐的比分！

由此不难看出胡百川老师把控大场面的能力，对此我们真的要顶礼膜拜了。

球场上，高手过招，一决雌雄；球场下，友好拥抱，合影留念。这就是我们的兄弟篮球！

有美女帅哥，有劲歌热舞，有精彩节目，有火爆篮球，总之，这是一场成功的嘉年华盛宴，其必将在2015届新干班的大事记上留下浓墨重彩的一笔！

萧意看着，不觉笑出声来：“舒老师，看来你的呐喊助威声很有感染力嘛，让1班小伙子们的小宇宙都爆发了！”

舒瑶不好意思道：“这个陈凡，让他好好写篇宣传稿，结果被他带到沟里去了。”

“我觉得他写得挺好的，我不在场，看了都有身临其境的感觉。”

“那天你不在真是太遗憾了！其实现场还发生了一些意外事件，这篇报道没有写进去。”

“是吗？说来听听。”

“那天比赛中场休息时，第一个节目是由余真真演唱英文歌，她唱得非常好听，都够得上专业水准了。”

“真可惜我不在场，没能听到。”

“这不是重点，关键是当她唱完歌后，观众掌声雷动的时候，有一位男生捧着一束鲜花，当着众人的面跑上台送给她，还给了她一个拥抱。”

“这是事先安排好的吗？”

“不是，我看当时余真真都愣住了，完全没有思想准备，场外一片起哄声。”

“那个男生是谁？”

“2班的苏东来。”

“好小子，没看出来呀，居然敢在培训基地明目张胆地追女生，反了天了！等会我得好好收拾他一顿！”萧意一听，气不打一处来。

舒瑶赶紧拦住他道：“你不用找他了，那天晚上活动结束后，我单独找苏东来谈话，对他批评教育了半天，最后他承认了错误，第二天交了一份检讨，并向余真真道了歉。”

“就这样算了？”萧意似乎余怒未消。

“他们在这个年纪，喜欢异性是很正常的事情，只是不应该在这种环境和场合下用这种方式来表达，我觉得批评一下就够了，也用不着上纲上线。”

“舒老师你真是够心慈手软的，当天要是我在，绝对要好好收拾这小子一顿！培训基地是学习的地方，不是给他们来谈情说爱的！”

“你也别生气，其实政工办以前做过一个调查，发现我们关的双职工家庭，有不少都是在新干班认识，最后走到一起的。所以换个角度看，培训期间给这些优秀的青年们一个交流沟通、升华感情的平台，倒也不是坏事。”

“你说得没错，但是凡事都有个度，一旦过了便容易出问题。新干部培训期间，两个半月的朝夕相处，很容易让一些男女学员之间擦出火花。有分寸的学员会把这份爱意埋在心底，等培训结束后再找合适的机会去表达；而没有分寸的学员按捺不住心思便会瞎表白。这个时候如果纪律上一放松，就很容易把一个好端端的岗前培训学习基地，变成某些三流大学的花前月下、莺歌燕舞之地。”

“有这么严重吗？”

“跟你说件真事吧，两年前，有一次我陪周处到基地检查2013届新干部的培训情况，来之前也没和班主任打招呼，到的时候大概晚上8点多，结果在基地里走了一圈下来，发现两三对勾肩搭背、手拉手的小情侣，当时把周处气得七窍生烟，立马将几个班主任叫过来，狠狠训了一通。他的意思是：一，这里是培训学习的地方，不是谈情说爱的场所；二，不能助长这种歪风邪气，如果所有学员都这样效仿的话，还带什么班？！”

“看来下次再碰到这种事情，得由你来出手治一治！”

“我可不想老做坏人，只希望这帮孩子能够自觉点。”

“还有件事和你说一下，周四晚上，总关篮球队打算过来，和新干部打一场友谊赛。”

“哦，怎么会有这项安排？”

“是这样的，周二‘篮球嘉年华’活动结束后，我看小伙子们打得挺好的，问他们有没有兴趣和正在备战省直工委‘天心杯篮球赛’的总关篮球队打场友谊赛，他们满口答应，今天我和总关工会那边也联系好了，明天就可以开打了。”

“一帮不知天高地厚的小子，估计这回会被虐得很惨！”

“不会吧，我看新干部中有几个篮球打得挺好的，联合组队，应该还是可以跟总关篮球队拼一拼吧。”

“呵呵，到时候你就知道了，如果比分差距在20分以内，那就是总关篮球队很给面子了。”

30

为了迎接周四晚上的篮球明星对抗赛，“飞虎队”和“霹雳火”重新进行了选拔，最后联合组队，新成立的联队名叫“霹雳虎”，借以对抗总关威名赫赫的“金刚狼”篮球队。

为了给比赛增加一点噱头，周笑宇提议下点注赌比分输赢，结果得到了一帮“狐朋狗友”的响应，最后一番热闹起哄后，每人拿出100元来投注：身为球队主力小前锋的方锐信心满满地买了“霹雳虎”赢；赢得替补席位的陈凡和褚霄汉认为双方实力不会相差太大，选择了包括小胜小负（10分以内）在内的平局；至于周笑宇，毫不犹豫买了“金刚狼”大胜（10分以上）。

见周笑宇一副眉开眼笑、似乎钱已到手的欠扁模样，方锐不悦道：“笑宇，你就这么不看好我们赢吗？”

周笑宇赶紧解释道：“咱们‘霹雳虎’队要是人人都有方少你这样的球技，那肯定是稳赢，可现在短板太多，实力恐怕和人家关队有差距呀。”

周笑宇这个马屁算是拍得不露痕迹，方锐也不好多说什么，倒是一旁的陈凡听了，皱着眉头道：“你是说我打球太差吗？”

周笑宇笑道：“所谓术业有专攻，凡哥你打球的本事当然比你泡妞的本事差了那么一点点啦！”一番话逗得大家捧腹大笑。

因为总关篮球队队员要在市区吃完晚饭后再坐车赶来莲花山基地，所以球赛计划7点开始，“霹雳虎”队的一帮小伙子们，早早吃完饭，6点便在球场上开始了热身训练。球场周边围了一圈啦啦队的女生们，每当有球员投进一个漂亮的球后，便会引来一阵欢呼声。其中最受欢迎的便是方锐，他本就身材修长挺拔，运球投篮如行云流水般令人赏心悦目，效仿科比的招牌后仰更是姿势美如画，频频赢得女生的尖叫声。

方锐的虚荣心得到了极大的满足，偶尔扫一眼场外某处，发现沈吟雪正目不转睛地看着他，四目相对时，沈吟雪又马上移开目光，似乎有些不好意思。

“金刚狼”到来前的这一小时热身时间，也许是“霹雳虎”的小伙子们这一天内感觉最好的时刻了，每个人都踌躇满志，恨不得在女生的热切关注下，好好展现一下自己的身手。只可惜好景不长，7点05分的时候，总关篮球队乘坐的金龙大巴到了。

“金刚狼”的球员们下车的时候，“霹雳虎”的小伙子们一个个目瞪口呆，而场边的啦啦队女生们仿佛追星族见到了心仪已久的偶像似的，一个个拼命招手，并发出兴奋的尖叫声。也难怪，“金刚狼”的球员们都是玉树临风的长腿“欧巴”，颜值也不赖，个子最高的接近2米，个子最矮的也有1.85米，整体就像一支走秀归来的男模队。他们下地后，还没开打，“霹雳虎”的气势就矮了一截。

舒瑶本来还信心十足，看到这架势，回头问萧意道：“你说咱们能赢吗？”

萧意道：“就算技术相当，但十几厘米的身高差距，在篮球场上，几乎算是降维打击了。不过今天输了也没关系，让这帮小子明白‘天外有天，人外有人’的道理也好。”

“你就这么不看好咱们‘霹雳虎’呀？”

“等会你就知道了。”

比赛开始前，双方的首发球员各据一边围成一圈，进行最后的战前动员。见队友们士气似乎不太高，身为队长的方锐大声道："兄弟们，今天我们是主场，现场还有这么多啦啦队女生给我们加油，你们有信心打赢这场球吗？"

"有！"大家一起喊道。

"声音太小了，再来一遍！"方锐像巴顿将军一样吼道。

"有！！！"这回大家的声音大了一倍，引来全场瞩目。

相对于"霹雳虎"郑重其事的赛前动员，"金刚狼"似乎满不在乎，五名首发球员只是搭了一下手便散开了。

主裁判依旧是胡百川。一声哨响后，篮球抛往高空，方锐和对方15号中锋几乎同一时间起跳争球。

凭着出众的弹跳力，方锐手指先碰着篮球，一拨传向身后的周伟杰。周伟杰心领神会，接球后几个箭步连过两人，随后一个"流星赶月"传给拍马杀到的方锐。眼看对方7号球员如泰山压顶般扑过来，方锐一个"海底捞月"闪过去，紧接着一个"旱地拔葱"高高跃起，将球投进篮筐。顿时掌声雷动，同时响起了啦啦队的欢呼声。

方锐还没来得及高兴，"金刚狼"队的10号马上还以颜色，半分钟后便在篮下接前场一个妙传，以一个势大力沉的灌篮拿下两分。

接下来的比赛双方你来我往，互不相让，比分呈胶着状态，一会儿是15∶13，"霹雳虎"领先两分；没一会工夫，"金刚狼"便反超成28:27，场外观众一个个看得聚精会神，热血沸腾。

"金刚狼"队凭借着明显的身体优势，篮板、盖帽遥遥领先。"霹雳虎"队则充分发挥小、快、灵的特点，不吝体力地满场跑动，制造机会，同时依靠方锐神出鬼没的抢断，和周伟杰天外飞仙般的精妙三分这两项杀手锏，和对手苦苦周旋。

距离上半场结束还有30秒时，比分还是39:40，“霹雳虎”队落后一分。这时“金刚狼”队后场发球传给7号球员，7号接球后刚刚带球运过中场，没想到陈凡突然斜刺里杀出，一个出其不意的抢断抢下了球。7号恼羞成怒，和10号一前一后，如双鬼拍门般逼抢过来，说时迟那时快，陈凡一记精准的长传将球传给了三分线外的方锐。

方锐刚一接球，便觉身旁已有两三人围了过来，当下来不及多想，矮身一闪躲过对手干扰，随即一个潇洒的干拔跳投，篮球在空中运出一道漂亮的弧线后，稳稳地进了篮筐。就在这一刻，上半场结束的哨音吹响了，比分定在了42:40，“霹雳虎”反超两分，一时间场外响起了山呼海啸般的呐喊声！

舒瑶高兴道：“萧老师，你看我们上半场领先了！”

萧意摇头道：“方锐他们上半场拼得太凶，体力消耗太大，下半场对方换上主力，恐怕会输得很惨！”

一旁的孙兰兰听了，吃惊道：“难道他们主力都没上吗？”

萧意道：“今天这场比赛，总关篮球队一开始可能没太当回事，上半场是全替补阵容，主力一个没上，现在比分落后了，下半场肯定会换上主力，到时方锐他们可就不好打了。”

几个班主任讨论赛况的时候，方锐正抓紧时间和队员们布置着战术。作为一支临时组建的篮球队，没有现成的教练，他这个队长只好同时肩负起教练的职责来。

好不容易交代完，大家各自散开，喝水的喝水，擦汗的擦汗。方锐一边喝水，一边观察着对手的换人安排，突然一个温柔的声音从耳边传来：“擦擦汗吧。”

方锐侧身一看，不是别人，正是沈吟雪，只见她手里拿着一条雪白的毛巾，粉脸含羞，似乎是鼓足了勇气才做出这一举动。

方锐心中一动，说了声："谢谢！"赶紧接过毛巾擦起汗来。

沈吟雪低声道："你刚才打得真好！"

方锐喜道："谢谢！我们一定会赢的！"

"你脚伤刚好，千万要小心，别又受伤了！"

"我知道。"

急促的哨音打断了两人的对话，下半场马上要开始了。

31

看了对方焕然一新的阵容，一个个摩拳擦掌、杀气腾腾，方锐心头一惊："五名首发全换了，气势明显不一样，难道这才是真正的主力阵容？"

接下来的比赛似乎验证了方锐的猜测，随着主力球员正式进入比赛，"金刚狼"开始露出狰狞的獠牙：篮下有一个身高近2米的强力中锋镇守禁区，占据了绝对的制空权，篮板球十拿九稳，盖起帽来更是穷凶极恶、赶尽杀绝；8号球员是对方的组织后卫，一手运球过人看得人眼花缭乱，过起防守队员来就像过菜市场大妈一样轻松惬意，直把防守他的几名"霹雳虎"队球员气得七窍生烟却也无可奈何；最恐怖的是对方的24号球员，简直就是一个山寨版的科比，手感来了挡也挡不住，中投、干拔、三分，一投一个准，没一会工夫便砍下十来分……

下半场的20多分钟对“霹雳虎”的球员们来说是一场痛苦的煎熬，眼看着对方予取予求，毫不费力，哪怕自己拼了命上去争抢，却要么被对方巨大的身体优势碾压得拿不住球，要么在高强度防守下手感全无，频频打铁。很快，比分变成了82∶60，差距已经拉开到22分，如果不是方锐的抢断，和周伟杰的三分球能构成一定的威胁，只怕早已是兵败如山、倒地崩盘了。

最让“霹雳虎”的小伙子们失落的是，一开始，啦啦队的女生们都是大声给他们加油助威，可随着比分差距越来越大，加油的声音也越来越小了，反而是“金刚狼”队的球员每投进一个漂亮的球，都能响起一片欢呼声，其间还夹杂着“哇”“好帅呀”之类的赞叹声，顿时越打越没信心，越打越没斗志。萧意看得脸色发沉，舒瑶也越看越摇头。

比赛还有几分钟就要结束了，场上“霹雳虎”的球员们除了方锐还在咬牙坚持外，其他人感觉都已经放弃了抵抗，一个个没精打采地跟着球跑，似乎只等着比赛结束的哨音响起。

萧意眉头紧锁，找准时机喊了暂停，又做了个手势招呼球员们过来。球员们一个个围在萧意身边，满脸诧异，不知道这位总班主任怎么突然变成了临时教练。

“你们今天下半场的表现，跟上半场比起来简直是一个天上、一个地下，是不是觉得对方主力太强大，打不过就选择放弃了？这算什么？这是孬种、懦夫的行为！”萧意噼里啪啦一顿骂说得队员们都低下了头。

“不错，关队是实力强，可你们上半场不是还领先过吗？怎么现在连拼一下的勇气都没有了？你们还是男人吗？有这么认怂的吗？！”萧意越说越气，队员们一个个被训得面红耳赤。这时方锐接口道：“萧老师说得对，我们不能就这样投降了，就算输也要豁出去全力以赴，好不好？”

“好！”队员们异口同声道。

重新上场后的“霹雳虎”像换了一支队似的，每个人眼里都闪着愤怒的火花，仿佛被激怒的老虎一样势不可挡。比赛开始了，对方10号球员投篮不中，方锐高高跃起，抢下篮板，随即辗转腾挪，接连闪过两名防守球员。就在第三名防守球员迎面赶来之际，一个妙传将球传给了无人防守的周伟杰。

好个周伟杰，接球后如疾风闪电般带球连过几人，冲入前场，眼看对方中锋如巨灵神般扑了过来，当即轻巧避开，将球传给了三分线外的陈凡，陈凡接球后踩着三分线起跳出手。不料，篮球砸在篮筐上弹了出来。就在这电光石火的一瞬间，篮下一人纵身跃起，将球摁入篮筐。不是别人，正是替补上场不久的褚霄汉。一时间场外掌声四起。

82:62，比赛时间已到了最后1分钟，对方8号发球。也许是觉得已经大比分领先了，想控制一下节奏，8号慢条斯理地运着球，似乎并不急着过人。陈凡急了，招呼着周伟杰一左一右上去逼抢。

8号见势不妙，一个假动作晃过冲在前面的陈凡，随即准备传球给右侧的队友。说时迟那时快，早已窥破他传球意图的周伟杰伸手一拦，将球断下，紧接着带球连过两人冲到三分线外。

眼看对方两名防守球员围追堵截了过来，周伟杰一个投篮的假动作骗过两人后，轻舒猿臂，将球传给了禁区内的方锐。好个方锐，接球后更不迟疑，几个箭步拔地而起，将球狠狠灌进篮筐。在如雷般的掌声中，比赛结束的哨音响起了，比分最终定格在82:64。

比赛结束后有个环节是双方球员合影留念。方锐还沉浸在大比分失利的情绪里出不来，木木地跟着众人一起合影，脸上一点笑容都没有。合影之后，众人散开，突然有人拍了下方锐肩膀，抬头一看，却是“金刚狼”队那个穿着24号球衣的哥们。

“小子，打得不错嘛，你叫什么名字？”

“方锐。”

“下次有机会再好好切磋一下。”说完这句后，24号在队友们的召唤声中转身离去了。

方锐有些纳闷，一旁的萧意见状道：“他叫张卓，‘金刚狼’队的队长，估计是看中你了。”

球赛打完了，不过一堂思想政治课才刚刚开始。这回，一帮浑小子算是见识到“豹子头”的训人功力了，全队上上下下，从主力到替补，都被萧意骂了个狗血淋头。什么“不知天高地厚，基地内打了两场就不知道自己几斤几两了”，什么“欺软怕硬，打得了顺风仗，打不了逆风球，一见对方实力强大就萎了，还是不是个男人”，什么“比赛还没结束就打算放弃，连拼的勇气都没有，还谈什么体育精神”。

训到最后，萧意激动道：“今天这场球赛，我希望你们明白三点：第一，天外有天，人外有人。不要赢了一场球就尾巴翘到天上去，不知道自己是哪根葱了！第二，赛场就是人生。不管胜算如何，你们都要全力以赴，不能见到困难就想躲开！第三，失败并不可怕，最可怕的是你连面对的勇气都没有。面对强大的对手，明知不敌，也要毅然亮剑，绝不能低头认输！”说到这里，萧意又把声音提高了八度：“你们听明白了没有？！”

“听明白了！”队员们瓮声瓮气地应道。

“解散！”萧意话音刚落，一众球员顿作鸟兽散。看着他们失意的身影，舒瑶忍不住道：“你刚才是不是说得太重了？他们都还只是刚出校门不久的学生！”

“从踏进基地的那一天起，他们就已经不再是学生，而是一个个即将进入职场的公务员，所以我现在对他们要求严格一点，总比以后他们在单位里被领导狠批要好。”

方锐一个人走在最后，脑子里还在翻来覆去地想着萧意说的话。突然，一个身影出现在他面前，定睛一看，正是沈吟雪。

09 演讲比赛

32

“你脚没事吧？我看你刚才在场上摔了一下。”

沈吟雪这么一问，方锐才想起来下半场拼得太凶了，和对方中锋抢篮板时脚崴到摔了一跤，当时没觉得什么，现在脚踝处感觉有些隐隐作痛。他怕沈吟雪担心，故作轻松道：“没事，球场上免不了磕磕碰碰的。”话虽如此，走起路来却已经有些一瘸一拐了。

“还说没事，走路都成这样了。”沈吟雪说着，让方锐在旁边一张椅子上坐下，脱下鞋袜查看伤势。

“你看，都肿起来了。”沈吟雪一脸焦急，赶紧从包里拿出一包冰袋给方锐伤处敷上。

方锐惊讶道：“你包里怎么会有冰袋？”

“刚刚比赛时我看你崴到脚了，心想可能要用冰袋冷敷，所以去医务室要了一包。”

“你这么关心我，我就算受再重的伤也值得了！”

“乌鸦嘴。”

方锐突然想起了什么，问道：“你明天不是要参加演讲比赛吗？准备得怎么样了？”

“其实我不太想参加，只是吕慧鼓动了我好几次，说我们宿舍一直是标兵宿舍，这次比赛也一定要拿出夺冠的实力来，结果我就被推出来了。今天光顾着关注你们比赛去了，也没时间好好准备。”

“我觉得吧，就凭你这颜值和气质，只要上台，冠军非你莫属！”

“瞧你说的，好像我就靠脸吃饭似的。”

…………

这对小儿女在椅子上聊着，丝毫没有注意到身后不远处正盯着两人看的三位班主任。

孙兰兰冲萧意使了个眼色，意思是要不要上前去说两句。萧意摇摇头，做了个离开的手势，三人转身悄悄离去了。

走了一段距离后，孙兰兰忍不住道：“萧科，这两个一看就是在拍拖，难道我们不去教育一下吗？”

萧意道：“舒老师，你怎么看？”

舒瑶笑道：“看样子还没到那一步，不过相互喜欢应该是差不了的。”

萧意道：“这也许是人生中最美好的时刻，我们还是不要去打搅的好。”

孙兰兰打趣道：“所以我们铁面无私的总教头也不想做恶人，去坏人家的好事。”

舒瑶问道：“萧科，你之前不是说过‘培训基地是学习的地方，不是谈情说爱的场所’，怎么现在又网开一面了？”

萧意沉默了几秒钟，说道：“我这也不算网开一面，只是这个年龄段的学员看到喜欢的异性，春心萌动也很正常，只要没有公然在一起搂搂抱抱，破坏培训纪律，我还是可以睁一只眼闭一只眼的。当然，我觉得最好的处理方式是将这段感情暂时埋在心底，等出了培训基地的门，他们想怎么表白都没问题！”

孙兰兰开玩笑道：“萧科，你当年培训那会儿，有没有春心萌动过？”

萧意脸一沉道：“兰兰，我听说你男朋友昨天来基地了，怎么没有跟我报一声？”

孙兰兰紧张道：“他在深圳上班，因为我在基地值守，有阵子没见面了，昨天下午他特意跑来看我，我跟程处报告过了，但忘了跟你说一声。”

萧意又问道：“他现在走了没有？”

孙兰兰不好意思道：“还没呢，不过他明天上午就走。”

“以后这种事情，提前跟我说一声，不要随便带外人进基地。”萧意说完，也不看两人，便转身走了。

看着萧意的背影，舒瑶和孙兰兰面面相觑，一时无语。

每一届的新干班都会举办一场演讲比赛，这似乎已经成了一个传统，这一届也不例外，今年的主题是“青春心向党，共铸海关魂”。因为手头有一摊子事，所以萧意将组织发动的工作都交给舒瑶去跟进。等到8月14日中午，萧意看到选手名单的时候，不由吃了一惊：“十八人参赛，怎么有这么多人？”

舒瑶解释道：“前天通知下去的，昨天上午都还只有六七人报名，我觉得人数太少了，就把两个班长叫过来，让他们回去好好发动一下，结果后来人数翻了一倍还多。”

“我们的班干部还是挺给力的！”萧意赞了一句，又道：“我看这上面还注明了有几个地方是串场节目，到底是什么节目？”

“这个可要保密，到时候你就知道了。”

两人正聊着，程云走过来道：“老师，我刚刚和吕慧一起，让所有参赛选手和演员都彩排走场了两次，没发现什么问题，你们要不要再过一遍？”

舒瑶笑道：“不用了，你办事，我放心！”

萧意扫了眼名单，说道：“程云，演讲比赛这么好的机会，你怎么不上场？”

程云还没回答，舒瑶却来了句：“程班长比较识大体、顾大局，看参赛的选手已经够多了，但主持人却不够，于是主动请缨去做主持人了。”

萧意拍了拍程云的肩膀道：“不错，有觉悟！只是我更希望你上台去给男同胞们长长脸，十八名选手里只有两名男生，也太阴盛阳衰了吧。”

舒瑶吃了一惊，拿过名单一看，说道：“哎哟！真的只有两名男生，我怎么都没注意到这一点？”

萧意道：“相对男生而言，女生确实更擅长表达，所以演讲方面也会有优势，尤其是在煽情这一环节，我见过女生在台上演讲，把台下观众讲得潸然泪下的，但是你很难想象，一个大老爷们在台上煽情，把台下观众讲得一把鼻涕一把泪的。”

程云好奇道：“萧老师，您以前是不是也经常上台演讲呀？”

舒瑶笑道：“你们萧老师当年，可是代表顺德关去参加总关的演讲比赛呢！”

萧意愣了一下，心想舒瑶怎么知道这事，还没来得及问，却听程云道：“萧老师，您去参赛，那肯定拿冠军了吧！”

萧意摇摇头道：“我只拿了第三名。”

程云用惊讶的口气道：“您这么厉害，只拿了第三名？”

“山外有山，人外有人。”萧意说着，拍了拍程云的肩膀道：“以后不要随便拍老师马屁。”一旁的舒瑶看着两人的表情，忍不住笑了。

33

演讲比赛下午2点半开始，不过按照要求，所有学员2点15分前必须入场完毕，各就各位。至于参赛选手，吃完中饭后便在候场室里做着最后的准备。程云和另一位主持人孟晨鸽，则在紧张地对着最后才定稿的主持稿。

萧意让胡百川看着场子，自己和舒瑶、孙兰兰一起出了大教室，准备到楼下迎接过来观赛和出任评委的政工办领导。

等候的功夫，舒瑶在萧意耳边来了句："这次是我们周鼎昌主任带队过来做评委，怎么你们教育处一位领导都没过来呀？"

萧意答道："周处陪关领导去博物馆那边检查工作，程处颈椎炎的老毛病发作，去做理疗了，等会周主任要问起来你也帮忙解释一下。"

孙兰兰来了句："有萧科在这里坐镇，保准周主任满意而归。"

萧意扫了她一眼，还没来得及说话，却见50米外的基地铁门徐徐打开，赶紧道："领导来了！"舒瑶和孙兰兰一听，马上抖擞精神，进入状态。

黑色商务车开进基地后，缓缓停在教学楼前。车门打开后，周主任一出来见到正敬礼相迎的三人，还了个礼，笑道："上次在总关才艺表演后，许关都夸奖说你们这届新干班的苗子不错，看来你们几个班主任确实是带兵有方！"

萧意道："周主任您过奖了！我们得感谢您送了舒瑶这么一员大将来助阵，真的是帮了我们很大的忙！"

众人一路寒暄，走到了大教室前。进场时，只听胡百川喊了声“起立”，顿时全场上百名学员迅速起立，动作整齐划一，同时响起了如雷般的掌声。

周主任满意地点点头，挥手向众人示意了一下。胡百川又喊了声“坐下”，顿时全体学员迅速就座，鸦雀无声。

主席台上众人就座后，萧意冲程云点点头，程云会意，马上和孟晨鸽联袂登场，一场众人期待已久的“青春心向党，共铸海关魂——我心中的海关”演讲比赛终于拉开了帷幕。

主持人讲完开场白后，第一个上场的选手是杨思雨，她身材修长，气质婉约，虽然穿的是军训服，却依然给人一种楚楚动人的感觉。

“大家好！我是杨思雨，很高兴能站在这里，和大家做一个分享。今天，我演讲的题目是《海关，我的恋人》。”

那一天
沉醉于芙蓉盛开的清香
蓦然听见你为国把关的誓言

那一月
遍寻书卷报章，未作他想
只愿亲睹文字背后的你是何等模样

那一年
不惧三千里道阻且长
无畏离家别亲来异乡
非为追名逐利扬功绩

只愿以梦为马去远航
是你，越州海关，成为我旅程的方向……

听到这里，萧意忍不住笑了，作为一个也曾喜欢吟诗作赋、风花雪月的文学爱好者，他已经十几年没有听过这种抒情的调调了，没想到在今天的演讲比赛上居然重温旧梦，一时间让他有种回到年轻时读书的感觉。

在杨思雨婉转动听的演讲声中，萧意天马行空地放飞着自己的思绪，突然听到身旁的周主任轻声问了句："这选手是哪个大学毕业的？"

萧意愣了下，还没来得及回答，却听舒瑶答道："这小姑娘是浙江大学中文系毕业的。"只见周主任点点头，露出欣赏的表情。

杨思雨的文艺范演讲开了个好头，接下来的选手是八仙过海，各显神通，一如三天后陈凡在《培训简报》中描写的那样：

我们2015届新干班，是越州海关最富有朝气、最具创造力的群体。阳光，是我们的名片；张扬，是我们的个性；乐观，是我们的笑脸；青春，是我们的财富；奉献，是我们的心声；建功立业，是我们的理想！我们的光彩，在演讲中淋漓尽致地展现了。感谢这个舞台，让我们的思想在这里交流，观念在这里碰撞，号角在这里吹响，梦想在这里起航！围绕着同一个主题，选手们进行了各具特色的演绎。他们的演讲，有的热情奔放，意气风发，尽展青春畅想；有的含蓄简约，浅吟低唱，坦言曾经迷茫；有的立足现实，放眼未来，怀抱美好希望；有的飘逸浪漫，挥洒激情，展现真我风采；还有的以梦为马，砥砺前行，不忘初心……选手们的优秀和热血使演讲比赛显得文采飞扬、激情四射。在比赛中，我们看到了海关新人的抱负和理想，看到了越州海关的未来和希望。相信在不久的将来，我们一定能在不同的工作岗位上挥洒青春，为越州海关贡献自己的力量！

当然，比赛过程中也发生了一些小小的意外。有的选手讲得兴起时出现了明显的口误，将“海关，我愿投入你的怀抱”讲成了“海关，我愿倒在你怀里”，一时间引得哄堂大笑；有的选手上台时过于紧张，不留神被演讲台前的台阶绊了一下，差点行了个单膝跪地的大礼；还有的选手讲到一半时突然忘了词，卡壳了十几秒后又结结巴巴地强撑着往下讲，最后实在撑不住了直接说一句“谢谢大家”就匆匆下台了。

十八名选手中压轴出场的是沈吟雪。她一上场，仿佛童话王国里的公主亮相，立刻吸引了所有的目光。

沈吟雪微微一笑，轻启朱唇，开始了她的演讲——《梦想，从这里起航》：

说起海关，很多人也许会感到既熟悉又陌生。熟悉的是，“海关”这个词经常会在各种新闻或官方报道中出现；陌生的是，大多数人其实并不了解海关。曾有朋友对我说，海关给人的感觉是庄严肃穆、神圣不可侵犯。是的，庄严、神圣，我想，这也许就是大多数人心目中的海关形象吧。

但对我而言，海关并没有别人眼中那一层遥不可及的神秘面纱。它就如同我心中一个美丽的梦，即使尚未真正遇见，却也早已魂系梦萦，百转千回。因为我的父亲就是一名海关人，我自小便在海关的职工大院里长大,无论是那神圣的海关关徽，还是那笔挺帅气的海关制服，抑或是那庄严肃穆的海关钟楼，都是自我童年开始便已存在的记忆。还记得年幼时的我，每当看到穿着海关制服的父亲时,心中都有一股油然而生的自豪感。彼时年龄尚小的我，其实并未真正了解这一份职业的神圣，但因着这份挂念，“海关”一词成了我心中一颗早早埋下的种子，在之后的日子里悄无声息地生根、发芽、吸取营养，在岁月的流逝中慢慢成长。

而今天，这颗小小的种子终于开花结果，怀着懵懂儿时便有的情愫与梦想，我来到了这里——越州海关。

在这里，我遇见了一百三十多位优秀的小伙伴。与优秀的人在一起是怎样一种感受？是小河的鱼儿游至大海边界的那一刻？还是井底的青蛙跳出井口的那一刻？抑或是初飞的小鹰冲击长空的那一刻？如果从人类的视角去看的话，我想，也许就是在清晨时分出发，费尽力气终于登上山顶，看见日出时霞光万丈的那一刻吧！因为在那一刻，无论是挺拔的山峰，还是耀眼的日光，甚至只是叶片上一颗晶莹剔透的小小露珠，都是那么的美，美得让人震撼，心生敬畏。在那一刻，我不会因为自己过往的任何成绩而沾沾自喜，亦不会因为自己登上绝顶而心生自满。在那一刻，我看到了自己的渺小，我明白了这个世界上从来就没有所谓的终点,有的,只是一个又一个新的起点——朝着更高、更远的目标前进！

在这里，我还遇见了才华横溢、满腹经纶的老师。在他们的谆谆教导下，我了解了“海关”这个词背后的故事，那标志性的钟楼建筑，那悠远浑厚的钟楼钟声，都蕴含了历史沧桑的巨变，诉说着百年以来的血泪与腾飞！“依法行政，为国把关，服务经济，促进发展”，短短十六字的工作方针，涵盖了海关作为国门的深远意义，也赋予了海关人作为国门卫士的重任。

在这里，我的梦想即将启航。“忠诚公正，兴关强国”的海关精神将是我航行途中的明灯，也将是每一个海关人的明灯。在迷途之时，它将指引着我们走向正确的方向；在困难之时，它将支撑着我们迎难而上，攻克难关。作为一个海关人，我想，这将会是伴随我们一生的信念吧！

不忘初心，方得始终，百年回眸，钟声依旧。海关啊海关，我的青春，我的梦想，将从此启航！

沈吟雪演讲完后，如雷般的掌声经久不息。萧意见周主任高兴之情溢于言表，不禁和舒瑶交换了一个眼神，两人心下都明白，不出意外的话，冠军非沈吟雪莫属了。

34

参赛选手演讲完毕，在众人等待评委出结果的时候，精彩的串场节目开始了。主持人先在大屏幕上播放了两段视频，这都是由学员们自己拍摄的，模仿了时下流行的广告片，加入了一些新的创意后马上妙趣横生。虽然限于条件，视频简单得只能用宿舍和教室作为背景，学员自己真人出镜，特效更是粗糙得连五毛都不值，但却乐得台下观众们一个个前仰后合。萧意留心看了看周主任的神色，见他面带微笑，似乎颇为欣赏。

视频放完后，孟晨鸽款款走出，朗声道：“接下来，由我们新干班的当红组合‘莲花山男孩’隆重登场，为大家带来一首原创歌曲《美好时光的信》。”话音刚落，四个红衣黑裤的小伙子帅气十足地走上台，摆好造型，正是方锐、陈凡、周笑宇和褚霄汉。

居中而站的方锐手里拿着把吉他，轻轻拨了下琴弦，随着悠扬的旋律响起，台下无数女生发出了震耳欲聋的欢呼声，这一刻，好好的演讲比赛似乎变成了偶像明星的演唱会。

萧意不禁皱起了眉头，却听到身后的孙兰兰兴奋道：“哇！简直比TFBOYS还受欢迎！”

萧意诧异道：“啥？TFBOYS？”孙兰兰还没来得及回答他，富有穿透力的男声小合唱已经回荡在大厅里：

这封记载美好时光的信
溢满我所有心思
回想我依然感激
你让我成为现在的自己

这个炎热的七月
大家在海关聚齐
第一次遇见你
我们有着奇怪的熟悉
来到莲花山基地
与你共度这夏季

慢慢读取着回忆

它们是那样清晰
初来时的青涩
军训后的情谊
都让人贴心

穿上制服，烙上印记
为国把关的目标埋心底
军训分离，泪下如雨
天涯比邻，何处无知己

相聚一堂，破冰游戏
我们一天天靠近
户外拓展，放下矜持
培训让我们憧憬
不再迷茫和迟疑
一步步走近了你

操场上排列整齐
树叶间闪着晨曦
侧耳听脚步声音
你和我每早的约定

篮球场上奔跑的身影
乒乓球台上一较高低
心中海关演讲说出你心意

淅沥淅沥的雨不停
挂出娃娃求放晴
期待的篮球嘉年华冲破雨季

球场上的龙争虎斗
篮球宝贝的助威打气
嗨爆全场的气氛
面对强敌你要我永不放弃

莲花盛开的时节
我们珍贵的忆记
还有那早已说好的约定

谁坚定了谁的信心
谁鼓舞了谁的勇气
我们都挺过时间的侵袭

向着未来我们招手
心中充满了感激
这个夏天我的信仰就是你

这封记载美好时光的信
溢满我所有心思
我将用一生来铭记
在这莲花山下的记忆

对于这场校园民谣般的组合弹唱，萧意初时还不以为意，可听着听着，却不自觉地被打动了，感觉仿佛回到了十几年前新干班结业的离别时刻，自己就要和一帮好友各奔东西。

萧意看了看舒瑶，却见她眼眶已经湿润了，赶紧递了张纸巾过去。舒瑶擦了下眼角，不好意思道："不知怎么，刚才听着听着，突然有些感伤，仿佛马上就要跟他们离别似的。"

萧意道："我也是这种感觉，好在接下来还有一个多月的时间我们可以慢慢适应。"

节目表演完后，"莲花山男孩"组合在山呼海啸的欢呼声中缓缓谢幕。周主任感叹了一句："现在的年轻人不得了！看到他们这样，我真感觉自己老了！"

舒瑶马上来了句："主任，您哪里老了？现在正是当打之年！"

周主任"呵呵"笑了下，没说什么。

在比赛结果出来前还有一个点评环节，萧意本想邀请周主任来点评，可周主任说自己这次纯粹是作为特邀嘉宾来看比赛的，至于点评还是由总班主任来说吧。推辞不下，萧意只好从命。

在众人的目光聚焦下，萧意大步流星走上舞台，拿起话筒，开始点评。他在台下做评委时听得很认真，加上自己也有过演讲比赛的经验，所以对每个选手都进行了客观公正的点评，优点和缺点都说得一清二楚，选手们听得频频点头、心服口服。

讲到最后，萧意忍不住动情道："今天这场演讲比赛，让我刷新了对你们这些'90后'的认识，你们让我感觉到一股喷涌而来的蓬勃朝气、昂扬锐气、浩然正气，我相信，因为你们的加入，海关的明天会更加美好，祖国的未来会充满希望！最后，我想把一百多年前梁启超先生在《少年中国说》中的一段话送给你们——”

故今日之责任，不在他人，而全在我少年。少年智则国智，少年富则国富；少年强则国强，少年独立则国独立；少年自由则国自由；少年进步则国进步；少年胜于欧洲，则国胜于欧洲；少年雄于地球，则国雄于地球。红日初升，其道大光。河出伏流，一泻汪洋。潜龙腾渊，鳞爪飞扬。乳虎啸谷，百兽震惶。鹰隼试翼，风尘翕张。奇花初胎，矞矞皇皇。干将发硎，有作其芒。天戴其苍，地履其黄。纵有千古，横有八荒。前途似海，来日方长。美哉我少年中国，与天不老！壮哉我中国少年，与国无疆！

总结陈词讲完后，萧意在热烈的掌声中回到座位上。舒瑶侧身在他耳边道：“你最后那段演讲太帅了，简直就是超级演说家的范儿！”

萧意回了句“谢谢”，心里感觉像三伏天吃冰淇淋一样妙不可言。

35

宣布比赛结果的时候到了，程云和孟晨鸽站在舞台一侧，萧意站在台中央，准备给获得三等奖的五名选手颁发荣誉证书。

孟晨鸽宣布了获得三等奖的选手名单，里面有杨思雨、吕慧和苏东来。杨思雨看上去并不开心，似乎为自己发挥得不够好而沮丧。萧意注意到这一点，给她颁发荣誉证书时特意打气道：“你今天的表现还不错，一点小失误不用放在心上，下次继续努力！”

杨思雨接过证书，冲萧意甜甜一笑道：“谢谢老师，我会努力的！”

接着，程云宣布了获得二等奖的选手名单，正好是余真真和陈凡。由舒瑶来给两名获奖选手颁奖。

陈凡看上去比拿了冠军还高兴，一双眼睛一直围着余真真在转，拍照时都没留意到自己将荣誉证书拿反了，直到舒瑶提醒才明白过来。

最受关注的冠军名单终于从孟晨鸽口中报出，不出所料，正是众望所归的沈吟雪。这一次是由周主任亲自给冠军颁奖。在众人的欢呼声中，沈吟雪含笑接过了荣誉证书。

最后，所有参赛选手、演职人员都走上台来，和评委及领导合影留念。拍完照后，人群还没散开，站在周主任身旁的舒瑶轻声道：“主任，先别走，还有个快闪节目。”

周主任诧异道：“什么快闪？”话音未落，十几名女生结队走上台来，做出了邀请的动作。领头的是吴果，只见她头上戴了个兔女郎的夸张头饰，后面的女生双手搭在她的肩膀上，一字排开。

周主任正莫名其妙，舒瑶笑道：“周主任，我们也接上去吧。”说着，带领大家跟上队伍接龙，没一会儿，便接成了一条浩浩荡荡五六十人的长龙。吴果带头，引着长龙在大教室里穿来穿去，美妙动听的歌声也同时响了起来，正是脍炙人口的《青春舞曲》：

太阳下山明早依旧爬上来
花儿谢了明年还是一样的开
美丽小鸟一去无影踪
我的青春小鸟一样不回来
我的青春小鸟一样不回来
别的那呀呦 别的那呀呦
我的青春小鸟一样不回来
…………

欢快的歌声中，相机的闪光灯闪个不停，所有人的笑容都留在了照片里。

演讲比赛圆满结束了。周主任一行吃过晚饭后便坐车回去，而萧意又一头扎进了办公室，忙着手头永远处理不完的公务。

萧意是个做事情非常专注的人，一忙起来就不知道停下来。不知什么时候，他感觉面前突然多了一个人，抬头一看，是面带微笑的舒瑶。

“萧老师，怎么这么拼呀？”

“没办法，手头事情忙不完呀！”

“你也是的，忙不完的事情可以分派一些让我和胡老师、兰兰去做嘛，不要一个人把所有事情都扛下来。”

“有很多是科里的事情，白天没时间弄，只有晚上抽空处理了。”

两人闲聊了一会，舒瑶提议下去走走，萧意欣然从命。

从办公室里出来后，只见数间教室灯火通明，有的是学员在里面安静地看书，有的是兴趣小组在开展活动，其中人气最旺的动漫小组筹办的“日漫沙龙赏”竟然吸引了三十多名学员参加。萧意和舒瑶在门口看了一会，笑着离开了。

经过拐角的一间教室时，只见里面只有一个人，孤零零地看着电影，是2班的陆一帆。这是一个身材不高、相貌清秀的男生，平时在班上表现很低调，以至于萧意经常会忽略他的存在。

陆一帆见到老师进来。赶紧起身打招呼道：“萧老师好，舒老师好！”

萧意摆摆手道：“你一个人在这里做什么？”

陆一帆道：“我们电影小组明晚组织佳片欣赏和交流，我提前调试一下。”

舒瑶笑道：“对了，你是电影小组的发起人。怎么样，参加的人多吗？”

陆一帆不好意思道：“我没组织好，第一次来了十几人，第二次只来了六个人，这一次报名的目前只有两个人。”

萧意皱了皱眉头道：“你准备的是什么片子？”

陆一帆道：“是经典影片《海上钢琴师》。”

萧意道：“这样吧，明晚的佳片欣赏活动我也参加，不过我建议换一部影片，你看如何？”

陆一帆喜出望外道：“太好了，萧老师，您打算换什么影片？”

“这个先保密，不过我会提前准备好。”

“好的，好的，我马上通知组员。”

从教室出来后，舒瑶看着萧意，打趣道：“萧老师打算给同学们上一堂电影欣赏课吗？”

萧意悠悠道：“我读大学时就觉得，看电影比从课堂上学到的东西更多。”

两人在操场上散着步，却听见不远处传来孙兰兰尖厉的呵斥声，听声音是从基地大门口发出来的，两人赶紧走过去。

走到基地门口，只见铁门紧锁，外面八名学员，分别是陈凡、周笑宇、褚霄汉、周伟杰、张艺玮、余真真、吴果和万萍，样子十分沮丧。铁门里面是孙兰兰，只见她左手叉腰，右手戟指，声音比平时高了八度，训斥的话语像黄河之水滔滔不绝：“你们还有一点纪律观念吗？规定了晚上9点之前必须返回基地，你们倒好，吃个饭吃到9点多都不回来！规定了培训期间不许喝酒，你们偏要顶风作案，在外边喝得不亦乐乎，现在挨批评，有意思吗？还有你们三个女生，大晚上的非要和一群男生出去吃饭喝酒，他们没脑子，你们也没脑子吗？……”

萧意和舒瑶在旁边一听就明白了是怎么回事：演讲比赛结束后，一帮学员兴奋至极，又感觉意犹未尽，于是约着晚上到基地外面的馆子里打牙祭，吃得起劲便忍不住点了啤酒喝起来，酒酣耳热之余，一帮人忘了时间，等到匆匆忙忙赶回基地已是9点45分，铁门紧锁，又被孙兰兰逮了个正着，于是迎来了一顿暴风骤雨般的批评。

萧意见孙兰兰越说越起劲，几个男生被她训得面红耳赤，女生中有一个眼泪都快掉下来了，当即走上前去，轻轻拍了拍孙兰兰的肩膀。

孙兰兰回头一看，见是萧意，愣了下道：“萧科，他们违反纪律，我正在训话呢！”

萧意问：“你训了多久？”

“十几分钟吧。”

“交给我来处理吧。”

孙兰兰点点头，站到一边。

10 佳片有约

36

萧意朝门卫做了个开门的手势，门卫将铁门缓缓打开。在萧意的示意下，八名学员垂头丧气地走了进来，自觉地站成了一排。

萧意板着脸道：“晚上聚餐是谁的主意？”

陈凡和周笑宇对望了一眼，周笑宇还有些犹豫，陈凡头一扬，站出来道：“是我！下午演讲比赛结束后大伙都很开心，于是我提议晚上到外面撮一顿，大伙就跟着我一起出来了。”

萧意道：“你知道错在哪里吗？”

“我知道，一是违反了晚上9点之前必须返回基地的禁令；二是违反了培训期间不许喝酒的禁令；三是不该拉上女生晚上出去聚餐。”

“好，对自己的错误还算有清楚的认识，接下来，你知道该怎么做吗？”

“知道！”说着陈凡马上趴在地上，老老实实地做起俯卧撑来。一个、两个、三个……一口气做了三十个，才喘着粗气站起来。其他四名男生也准备趴下去做俯卧撑，却被萧意打住了。

“刚才孙老师已经对你们进行了严厉的批评，我也不想再多说什么，现在是10点10分，还有20分钟就要熄灯就寝，你们赶快回宿舍洗漱休息。明天早操时间，你们八个人单独列队跑两公里。明晚8点之前你们每个人再交一份深刻的检讨到我这里。明白了吗？”

“明白了！”八个人异口同声道。

“解散！”随着萧意一声令下，几名男生迅速作鸟兽散。可三名女生没走出几步，交谈了几句，又折回来找舒瑶。

不一会儿，舒瑶走到萧意身边，低声道：“那三名女生可能跑不了两公里，其中一个还来了例假。”

萧意道：“明早你带着她们三个在操场上走几圈就行了。”

舒瑶点点头走开了。

这时，孙兰兰走到萧意身边道：“萧科，我觉得您这次处理得太轻了，起不到什么惩戒作用。”

萧意反问道：“你觉得应该怎么处理？是不是要把他们一直关在铁门外面，整晚不让进来才好？”

孙兰兰愣了一下，说道：“那倒不是，我只是觉得，这种群体性违纪事件是个不好的苗头，如果不严肃处理的话，学员们恐怕会变本加厉地犯错误。”

萧意耐着性子道：“批评教育也要注意方式方法，刚才我在旁边看你把他们骂得狗血淋头，余真真眼泪都快掉下来了，陈凡喝了酒，看上去像是控制不住要发作的样子，这时候你话讲多了、讲重了只怕会起到负面作用。所以要惩戒，还是等到明天他们酒劲过了，清醒一点时为好。”

孙兰兰还想再说点什么，却见萧意已经转身走了。这时舒瑶走过来道：“批评人是要看场合的，尤其是对喝了酒的人，不要说太重的话。以前有军转干在基地培训，晚上溜出去喝酒，回来时基地大门锁上了进不来，于是直接撞门撞得震天响，后来带班老师过来处理，双方一言不合差点打起来，造成很不好的影响。这些都是教训啊！”

孙兰兰吐了下舌头道：“我哪知道有这么多名堂！”

陈凡回到宿舍，用10分钟的时间搞定刷牙、洗澡，钻进被窝时刚好响起了熄灯哨。方锐刚刚从周笑宇口中得知晚上的风波，说道：“你们也是的，9点前赶回来不就行了，非要迟到，喝酒又被抓了个现行，以后我们再想出去喝酒只怕是难上加难了！”

陈凡见他哪壶不开提哪壶，气道：“你别站着说话不腰疼！你今天是没跟着一起去，你要去了，就那场合，你9点前回得来吗？”

方锐得意道：“幸好今晚沈吟雪约我去图书室看书，要不然我还真躲不过你们这一劫，所以说吉人自有天相！”

陈凡听了，气不打一处来，将自己带的蚕沙枕头朝方锐扔了过去。

方锐一把接住，又扔回来道：“省点力气吧，你明天还要跑两公里呢。”

陈凡一听泄了气，快快躺下了。没想到方锐又来了句：“你们今晚出去吃饭，你和余真真碰杯了没有？”

陈凡没好气道：“她和我碰没碰杯，关你屁事？”

方锐似乎心情不错，不怒反笑道：“这个可大有讲究，女生和一帮男生一起出去吃饭，一般很少会喝酒，如果她能和你碰杯，说明她对你印象还不错。”

“是吗？我今天喝酒挨个打通关了，三名女生中就只有余真真和我碰了杯，我当时还以为是她性格比较爽快的缘故呢！”

“呵呵，谁都看得出来，你今天提议出去吃饭为的就是余真真，拉上其他人不过是做电灯泡罢了。”

“今天饭桌上气氛还不错，大家聊得也很开心，只可惜回来晚了，被孙老师训了一通，不知道余真真会不会怪我。”

“肯定会怪你，不过可以补救，关键看你怎么做了。”

“方少，你赶快教我吧。”

“来，叫我三声‘大哥’。”

“切，你还摆起谱来了！”

“得，叫三声‘大哥’，教你一招危机公关，这买卖可不亏呀！”

“好吧，大哥、大哥、大哥，你现在教我吧。”

“很简单，你给余真真发条微信，说今天都是你的缘故害得她也受罚，你感到无比内疚、万分自责，为了弥补她心灵的创伤，你请求给个机会负荆请罪，同时献上一份小礼物表示歉意。接下来你就看她的反应了。”

“大哥，你太牛了！”陈凡兴奋得从床上爬起来，打开夜光小台灯，绞尽脑汁想了半天，好不容易打了条微信发出去。

过了一会儿，陈凡手机响了一下，他赶快抓起来一看，果然是余真真回的一条微信，他看了有些不明白，于是又问方锐：“大哥，余真真给我回了句‘道歉接受，礼物免了。晚安’，你说接下来我该怎么做呢？”

“这还不简单，你回一句‘再次真诚地说一句对不起，希望你能给我一次机会去弥补。晚安！’就行了。接下来几天，你选一份小礼物送给余真真，然后再找个机会请她吃饭，只要她接受了，你们接下来的发展就顺理成章了。”

“可是，如果她不肯接受礼物，不肯和我吃饭，那我该怎么办呢？”

“兄弟，追女生关键在于‘脸皮厚，能吃肉；脸皮薄，吃不着’，你要想追到手，就一定要厚着脸皮，锲而不舍地追下去。当然，也要注意方法，像苏东来那样当众献花，就完全是反面教材了。”

“别提那货！我差点就要好好修理他一顿了。”

“千万别这样，就是要靠他的鲁莽轻率来反衬你的成熟稳重嘛！”

“大哥，我现在越来越佩服你了！哦，你和沈吟雪谈得怎么样了？”

“怎么样？当然是渐入佳境了！”

“怎么个渐入佳境法？有没有什么亲密接触哇？”

“去去去，谁像你小子一样满脑袋的龌龊念头！”

“喂，你可不要说你和沈吟雪是纯洁的革命友谊关系哟！”

“沈吟雪是个好女孩，我想和她好好谈下去，不过现在是培训期间，还是低调点好。”

“方少，真没看出来，你还挺为他人着想的！”

“好了，睡你的觉去吧。”方锐一句话结束了这场卧谈会。

37

第二天一早，在众目睽睽之下，陈凡、周笑宇、褚霄汉、周伟杰、张艺玮五人痛不欲生地跑着两公里。萧意本想自己带他们跑，结果胡百川主动接过了这摊活，说自己在部队时经常带着战士跑五公里拉练，还是不劳总班主任亲自下场了，萧意只好谢过他的好意。

虽是清晨，但8月的太阳一早便释放出它的威力，饶是体力最好的陈凡，跑到最后一圈时都已经大汗淋漓，再看其他人，一个个累得上气不接下气。落在最后的周笑宇几乎是踉踉跄跄地在走了，胡百川不客气地在他屁股上轻踢了一脚，斥道："给我跑起来！"

周笑宇指着远处被舒瑶带着走的三名女生道："胡老师，为什么她们女生可以走路，我们男生却要跑完这两公里？"

胡百川板着脸道："第一，她们女生是被你们叫出去吃饭喝酒的，你们是主谋，所以要严惩；第二，她们女生会来例假，你们不会。"

周笑宇一听，顿时欲哭无泪，只好强撑着继续跑下去。

晚上6点55分，萧意来到电影小组开展活动的7305教室，只见里面已经聚集了十几名学员，正在叽叽喳喳地聊着天。陆一帆见到萧意，赶紧迎上前道："萧老师，今晚来了十六人，大家都很好奇您会推荐什么片子呢。"

萧意将手中一张影碟交给陆一帆，说道："等会开场我先跟大家简单介绍一下影片，讲完你就开始放映。"

陆一帆应了声"好"，接过影碟看了一眼，满脸笑容地去试投影机了。

7点整，第三期"佳片欣赏"活动正式开始了。陆一帆走上前台，拿起话筒道："各位同学，大家好！今天的第三期'佳片欣赏'，我们有幸请到了总班主任萧意老师作为特邀嘉宾出席，和我们一起分享一部经典影片。下面，让我们用热烈的掌声欢迎萧老师的到来。"

萧意走上前台，接过陆一帆手中的话筒，说道："很高兴今天能参加电影小组的佳片欣赏活动！老实说，这么多兴趣小组，我最想参加的就是电影小组的活动，因为我是一个不折不扣的电影迷，大学四年，我看过的电影就超过一千部。”

听到这里，台下一片惊叹声。

萧意接着道：“为什么很多人喜欢看电影？原因有很多，在我看来，电影是人类技术和想象最完美的结晶，它不仅仅是光和影打造的一种视觉艺术，它更具有一种神奇的魔力，可以让你经历一些此生没有机会经历的事，体验一些没有机会体验的感情。换句话说，一部好的电影会让我们好像经历了另一种不同的人生，这是一种安全的、奇妙的感觉。”

见台下众人都听得入了神，萧意突然意识到今晚是以看电影为主，而不是讲课，于是马上转到正题：“今天是8月15日，70年前的这一天，日本正式宣布无条件投降，这也标志着中国抗日战争的伟大胜利。在这个特殊的日子里，我想放映一部抗日题材的爱国主义影片，让大家也接受一下思想上的洗礼。”

台下众人的表情顿时有些复杂，有的一脸错愕，有的哭笑不得，还有的不以为意。萧意对众人的想法早已心知肚明，于是笑道：“大家是不是担心我会放时代感太强的老片，或者是一些过于说教的主旋律影片？不用担心，我今天要放的是一部功夫片，一部在国内曾被严重忽视，但在国外却大放异彩甚至被称为‘功夫片教科书’的经典影片，它和当年周星驰的《大话西游》一样，都超越了所处的时代，以至于在当年没有引起太大反响，后来才开始展现出其真正的价值！”

见学员们的好奇心都被调动起来，萧意提高了音量道：“这部影片就是——”随着他右手一抬，投影上出现了大大的片名，台下学员一片惊呼：“《精武英雄》！”

萧意问道：“之前看过这部片子的同学请举手。”话音刚落，台下一半学员举起了手。

“很好。”萧意做了个手势示意大家把手放下，接着道：“这部片子我前前后后看过六遍，每看一次都会有新的收获。等会大家观看时，注意从三个方面来感受。一是精彩的剧情演绎。香港的电影拍过很多次精武门的题材，电影、电视剧都有。我个人最喜欢的这一版，不仅故事讲得引人入胜，起承转合非常到位，节奏明快，毫不拖泥带水，而且格局远远超出了一般港产片，可以说是一部里程碑之作。二是一流的动作设计。拍摄本片时，李连杰不过三十一岁，颜值和体力的状态相当不错，而该片的动作指导则是有‘天下第一武指’之称的袁和平，两人的合作可谓珠联璧合、相得益彰。片中的每一场动作戏都值得细品，而其中陈真单挑虹口道场、陈真力战霍廷恩、陈真大战船越文夫、陈真血战藤田刚这四场重头戏都已成为载入影史的经典。三是演员的出色表现。这部片子中，从主角到配角，都交出了完美的答卷，无论是李连杰饰演的陈真，钱小豪饰演的霍廷恩，中山忍饰演的山田光子，还是仓田保昭饰演的船越文夫，以及周比利饰演的藤田刚，都给人留下了深刻的印象。一部以打斗为主的功夫片，能够塑造出如此多有血有肉的人物形象，可以说非常难得。接下来，在观片过程中，大家好好体会这几点。”

萧意讲完后，朝身后的陆一帆做了个手势，片刻间，教室内灯灭，音乐声响起，投影屏上开始放起了《精武英雄》。

投影屏不够大，为了看得更清楚，学员们都集中坐在前四排。萧意一个人坐在第五排，静静地看着电影。这已经是他第七次看《精武英雄》了，却依然像第一次看那样投入。虽然这是一部纯正的功夫片，但萧意却被里面不多的爱情戏所打动，每次看到光子离开后，陈真读信这一段时，萧意都会忍不住落泪，这一次也不例外。只是当他擦完泪水后，却发现第四排有一名女生正回头诧异地看着他，看模样像是杨思雨。萧意自觉有些失态，赶紧双手揉了揉太阳穴，试图掩饰。

38

不知不觉，电影放完了。当灯光亮起时，萧意捂了下眼睛，不太习惯这突如其来的光亮。

陆一帆几个箭步走上前台，拿起话筒道："萧老师推荐的影片果然不同凡响，我看大家到现在似乎还沉浸在片子的情绪中不能出来。这样吧，我们请萧老师上台，和大家做一下交流和分享。"

萧意走上台，笑道："前面我已经讲了自己的观影感受，下面我更想听听大家的看法，有谁愿意主动站起来和大家分享的？"

萧意话音刚落，一个男生站起来道："我觉得，这部片子里的李连杰真是酷毙了，比他在《黄飞鸿》《方世玉》中的表现更加出彩，不愧是'功夫皇帝'！"

萧意点点头，还没来得及说话，却见陈凡站起来道："片子里的陈真实在太牛了，既显英雄本色，又有儿女情长，我读中学第一次看时，晚上兴奋得睡不着觉，当时就想做一个像陈真这样的男人！"

陈凡的话引来一片笑声，萧意也笑了笑，说道："刚才发言的都是男生，女生有什么想说的吗？"

吕慧站起来道："我觉得片中饰演霍廷恩的钱小豪挺帅的，虽然他没有李连杰的主角光环，只能作为绿叶来衬托主角，但我觉得他表现得非常好！"

萧意做了个肯定的手势道："确实如此，不仅仅是钱小豪，片中饰演山田光子的中山忍，以及饰演船越文夫的仓田保昭，这两名日本演员的表现也可以用惊艳来形容。"

这时，杨思雨站起来道："我很欣赏片中的光子，能够为爱情奋不顾身，做出自己最大的牺牲。她为了不影响陈真，在陪伴他一段时间后留下一封信独自离开。我喜欢她在信里说的那段话——'陈真，对不起，我终于决定还是要走。人生有些事情比爱情更重要，没有我在你身边，你能做的事更多了。遵守你的诺言，在日本军队回到日本的时候，我会在京都等你。'"

教室里回荡着杨思雨饱含深情的声音，所有人都惊讶地注视着她，没有人想到她竟能将这段台词背下来，看来这部电影她已看了不知道多少遍。萧意尤其吃惊，他万万没想到自己最喜欢的电影对白，竟然有感同身受的人当众念出来，这种感觉，就仿佛你喜欢上了一株空谷幽兰，而某一天你发现了每天给它浇水施肥的那个人。

时间仿佛凝固了。杨思雨说完后，教室里一时鸦雀无声，似乎陷入一种奇怪的氛围，所有人都陷入了沉思，或是因为剧情，或是因为其他。终于，有人先反应过来，鼓了下掌，马上掌声响成一片。

待掌声平息后，萧意道："刚才杨思雨同学的发言让大家产生了共鸣。确实，《精武英雄》这部影片贡献了很多经典台词，除了刚才那段之外，我印象最深的，还有陈真说的那句

‘光子，出生在这个年代，你我都无法选择’。相对于陈真和光子在苦难时代下身不由己的命运来说，生活在当下的我们无疑是幸福的，所以我希望在座各位珍惜这一切，珍惜我们今天的美好生活！”

萧意画龙点睛的点评迎来了一片热烈的掌声。接着又有几名同学畅谈了自己的感受。眼看时间不早了，萧意给陆一帆示意了一下，结束了这场回味无穷的佳片欣赏活动。

出了教室，萧意心里想着事情，一个人走在最后。下到一楼时，一个俏丽的身影突然出现在面前，不是别人，正是杨思雨。

萧意诧异道：“这么晚了，怎么还不回宿舍？”

杨思雨似乎是鼓足了勇气说道：“老师，如果你现在碰到光子那样的女孩，你会怎么样？”

萧意看着她那双大眼睛在黑暗中熠熠闪光，犹豫了一下，说道：“很多美好的东西只适合放在心里。”

杨思雨似乎有些不甘心，又问道：“如果生活在这个和平年代，陈真难道不应该和光子在一起吗？”

萧意笑道：“你想得太多了。夜深了，早点回去休息吧。”

杨思雨欲言又止，看着萧意，默默点了点头，转身走了。在昏黄的路灯下，她修长的身影给人一种弱质纤纤的感觉。萧意静静地看着杨思雨进了女生宿舍楼，长叹了一口气。

这时身后突然传来一阵咳嗽声，萧意回头一看，却是舒瑶。从她脸上的表情来看，刚才那一幕似乎都被她尽收眼底。

“不好意思，刚才我在校园里巡查，远远看到你，想过来和你谈点事，可不是故意要偷听你们谈话的。”舒瑶赶紧解释道。

萧意笑了笑，说道："你听到也没什么，每个人都会有困惑的时候。"

舒瑶见萧意一副毫不介意的样子，带着八卦的口吻道："我感觉这女生对你有意思。"

萧意摇摇头道："你觉得我会是那种借职务之便和女学生谈恋爱的老师吗？"

"其实就算你们师生恋也不碍着谁，你单身，她未嫁，挺合适的嘛！再说，咱们政治部以前不就有过先例吗？"舒瑶的口气既像是开玩笑，又带着点试探的意味。

萧意明白舒瑶说的先例，指的是十几年前政治部一位年轻班主任在带新干班期间，爱上一名班花，狂追不已，最后历尽艰辛，终于修成正果，这在当年也算轰动一时的新闻了。沉默了一会，萧意正色道："首先，我经历过一次失败的婚姻，现阶段暂时没有重新开始一段感情的打算。其次，我不太接受师生恋，尤其是带班期间，因为我觉得这违背了一个教师的职业操守。如果我喜欢班上某个女生，我会在结业之后再去和她交往，而不会在带班期间用一个老师的身份去创造某种便利。"

舒瑶看着萧意的眼睛，良久道："你确实是一名好老师！"

"你也是。"

11

醉不成欢

39

在一起合作带班一个多月了，三个搭档的性格脾气萧意也都摸得一清二楚了：孙兰兰是他的下属，共事较久，小姑娘聪明伶俐得很，就是最近陷入爱河里有些犯迷糊，还好上次“空座事件”被他说过之后，改进了一些，倒也没再出什么岔子；舒瑶做事相当认真负责，交给她的事情都能办得妥妥帖帖，最关键的是，她做思想工作很有一套，很多时候萧意在台上黑着脸批完人、训过话后，还有一些学员情绪激动、不服气的，舒瑶看在眼里，都会适时地去安抚、开导一下，将矛盾消弭于无形，对此萧意也是看在眼里，记在心里；至于胡百川则是典型的北方汉子（陕西人，阴差阳错去了南陵海关），干活实在，不管交办啥工作都没二话，做起来的效果也丝毫不打折扣，日常的晨训跑步、早操队列、准军内务等工作，他更是主动承担了一大半，照他的说法，就是“闲着也是闲着，刚好再找找部队的感觉”。

和三位搭档的配合日益默契，新干班的管理也都走上了正轨，一切似乎都在有条不紊地进行中，萧意一直绷紧的弦也开始慢慢放松下来。如果说还有什么美中不足的话，就是胡百川嗜酒这一点让萧意隐隐觉得有些不妥。

老实说，萧意对于喝酒倒没什么看法，他自己也喝酒，平时和朋友们聚餐时，兴致来了喝个半斤八两的倒也不在话下。但他并不好酒，独处时从来滴酒不沾。自从担任了新干班的总班主任后，他大半时间都蹲守在基地，一个月回市区都没两次，亲朋好友的饭局也都推掉了，自然更谈不上喝酒。只是，萧意能管得住自己，却没法完全说服胡百川。

胡百川是真正的好酒之人，照他的说法，以前在南陵海关时，每天在家吃晚饭，都要自斟自饮，喝上几两老白干。萧意知道他这个习惯后，苦口婆心劝了他几次，好不容易说服他将“每日一饮”改成了“每周一饮”，就是可以每周六晚上喝几杯，过过酒瘾。为这个，萧意还陪胡百川吃了顿饭，饭桌上，胡百川胸口拍得山响：“萧科，我知道你是为我好，一怕我喝酒误事，二怕给学生看到影响不好。我答应你，以后每周我只喝周六晚上这一顿，绝不喝多，你放心好了！”

这天是周二，中午胡百川兴冲冲地找到萧意道：“萧科，有两个南陵关的同事来越州出差，他们都是当年和我一起转业的战友，听说我在莲花山带新干部，下午特地抽空过来看我，晚上要不我们一起吃个饭？”

萧意有气无力道：“我昨晚受了凉，今天有点不舒服，应该是感冒了，晚上没办法陪你们吃饭了。”

胡百川关心道：“我送你去医院看看吧。”

萧意摆手道：“不用了，我吃了感冒药，下午睡一觉就好了。你战友好不容易来一趟，你下午陪他们去莲花山上走一走，不过晚上吃饭千万不要贪杯。”

胡百川道：“你好好休息，不用担心。”

胡百川走后，萧意摸了摸额头，感觉还在发低烧。这段时间手头事情太多，白天忙于教务，他只能用晚上的时间来处理杂事，连着几天熬夜加班，他感觉自己的身体似乎都要被掏空了。昨晚好不容易在9点前干完活，他一看时间还早，想着好久没运动了，一时心血来潮，换了身运动服，出了基地沿着江堤跑起步来，结果跑了不到两公里，突然下起倾盆大雨，饶是萧意快马加鞭跑回基地，也被淋成了落汤鸡。回到宿舍，还没来得及洗澡，就接到周处长的一通电话，为高老师带的第五期科长班结业考试时出的一起作弊事件说了他半天。现在想来，应该就是浑身湿透接电话那会工夫被空调吹感冒了。结果今天一早起来就头痛脑热，鼻涕直流，浑身酸软，一点力气都提不起来。没办法，只好谢绝胡百川的邀请，下午好好休息一下。

舒瑶今天有事回市区了，不过胡百川和孙兰兰都在，下午也没什么特别的事情，所以萧意把手机调成震动，安心上床睡了。不知是太久没有好好休息，身体缺觉缺得厉害，还是感冒药的致困因子起作用了，萧意一沾枕头便沉入了梦乡，一觉睡得天昏地暗。等他睡到自然醒时，发现已是晚上8点多，下床时感觉头痛、鼻塞没那么厉害了，精神也恢复了七八成。

正想泡碗速食面吃，却见床头手机在震动，一看是孙兰兰打来的，萧意赶紧接通。电话里孙兰兰的声音听来颇为焦急："萧科，胡老师和他战友聚餐，拉了我和几名新干部作陪，我担心他们会喝多，你方不方便过来一下？"

萧意一听，不由火冒三丈："好个胡百川，招呼都不跟我打一声，居然拉新干部去陪他战友吃饭，简直不把培训班的纪律当一回事！"

萧意强忍着心头的火气，向孙兰兰问清了吃饭的地点，穿好衣服，就心急火燎地出门了。

胡百川是在基地附近一家叫"洞庭人家"湖南菜馆的"岳阳楼"包间里用餐。萧意赶到后，推开门进去，只见里面正喝得热火朝天：胡百川和两个中年男子正在碰杯，脸上红光满面，看样子已喝了不少；旁边坐着的除了孙兰兰外，还有两男两女四名学员，分别是程云、陈凡、余真真和万萍，男生面前都放着斟满的白酒杯，女生面前放的是椰汁。

见到萧意突然进来，屋里众人都吃了一惊，四名学员不约而同站起身道："萧老师好！"

胡百川看样子正喝到兴头上，见萧意进来，也没多想，上前搭着他肩膀道："萧科，你来得正好，这两位都是我的老战友，我介绍你们认识一下。"

萧意笑了笑，左手抄起桌上一个小酒壶，右手拿起一个空酒杯，给自己倒满了，说道："今天见到胡老师的两位朋友，同时也是南陵海关的同事，实在有缘，我一定要单独敬一敬。"

胡百川急忙给萧意介绍，瘦高身材的朋友姓吴，矮胖身材的朋友姓汪，都在南陵海关缉私局工作。萧意和他们两人分别碰了一杯，客套了几句。接着，萧意又给自己倒满第三杯酒，对着胡百川道："胡老师，你来基地一个多月了，帮了我们很大的忙，平时也没有机会陪你好好喝两杯，今天这一杯，是我敬你的！"

胡百川哪敢怠慢，赶紧拿起酒，和萧意碰过杯后，一口干了。

三杯酒下肚，萧意脸上有些发热，见胡百川又在给自己倒酒，他摆摆手道："感冒还没好，今晚我只喝三杯，接下来你们继续，学员跟我先回去。"

听了萧意这番话，胡百川和两名战友脸上都露出诧异的表情。胡百川贴近萧意耳边小声道："萧科，大伙正喝得高兴，今晚就给我个面子，让大伙再多喝一会儿吧。"

萧意用严厉的目光扫了胡百川一眼，用不可商量的语气说道："我已经很给你面子了，你们可以继续，学员我必须带回去！"说完也不看胡百川的脸色，叫上四名学员，转身离开了房间，背后似乎是酒杯摔到地上的声音传来。

刚出房门，孙兰兰跑上前道："萧科，我是不是跟你们一起回去？"

萧意道："你留下来看着，别让他们发酒疯，如果有什么情况随时给我打电话。"

孙兰兰应了一声回去了。

40

回基地的路上，四名学员都一声不吭，似乎知道萧意一肚子的火气正无处发泄。快到基地门口了，萧意突然停住脚步道："你们今天都喝酒了吗？"

四名学员马上停下来，互相看了一眼，还是程云硬着头皮道："我和陈凡陪着喝了三四杯，女生都没喝。"

萧意黑着脸道："你是班长，怎么能够带他们出来喝酒呢？"

萧意语气比较重，程云被吓到了，嗫嚅道："对不起，萧老师，我本来不想去的，但胡老师说他做东请吃饭，而那两位都是海关的前辈，没什么所谓。他是老师，我们只好跟他去。"

萧意叹了口气，说道："今天这事也不怪你们，不过吃一堑长一智，以后再碰到拿不定主意的事情，及时向我请示汇报。"

程云满口答应，其他三人也都不停点头。

萧意看着四人，正色道：“今晚的事情到此为止，你们回去后，不要跟其他同学乱嚼舌根，听明白了没有？”

“明白了！”四个人异口同声道。

回到宿舍，萧意的情绪半天都没平静下来，他没想到胡百川居然会做出这种事来！他越想越生气，正想洗个澡让自己冷静一下，却听到有人在门口“咚咚咚”地用力拍打着房门。

打开门一看，却是一身酒气的胡百川，旁边孙兰兰正用力搀扶着他一只胳膊，似乎怕他摔倒。见了萧意，孙兰兰连忙道：“萧科，你走了没一会工夫，他们仨就把剩下半瓶酒喝完了。那两位同志打车回酒店去了，胡老师回来时说要来你这儿评评理，我实在拦不住他……”

孙兰兰话没说完就被胡百川粗声打断了：“萧意，你是不是瞧不起人？我战友大老远地过来看我，我跟他们吃个饭，叫几个学生过来作陪，有什么大不了的，你犯得着给我脸色看吗？你是存心让我在战友面前下不了台吗？！”

胡百川的声音越说越大，萧意担心被楼道另一头的学员听到，伸手将胡百川拉了进来。进屋没几步，胡百川一把推开萧意的手，口里还骂骂咧咧道：“萧意，你要瞧不起我就直说，我知道你是文化人，和我这大老粗尿不到一个壶里！”

“胡老师，我对你没有任何成见，只是培训班有纪律，我们做老师的更应该以身作则。”萧意尽量用委婉的口气解释着。

“当老师就不能喝酒吗？我请学生喝酒也犯法吗？”胡百川嚷嚷道。

看着胡百川发酒疯的样子，萧意一时束手无策，他知道此时的胡百川已经喝高了，跟他说什么都没用。可由着他这么胡言乱语地闹下去，还真不是个事儿。

就在这时，虚掩的房门被人推开了，一人走了进来，正是舒瑶。她手里拿着个手机，对胡百川道："胡老师，嫂子有事找你，打你电话你没接，打到我这里来了，你要不接一下吧。"

一听说老婆打来电话，胡百川神色一变，赶紧接过手机："老婆，我在基地呢……刚刚，刚刚在外面吃饭，现在已经回来了……这不两个老战友来看我，陪他们喝了点酒……没有，没有，怎么会喝多呢……好了，好了，我没事，现在和几个老师在吹水，你就放一百八十个心吧……"

接完电话，胡百川酒意似乎也醒了大半，他又看了看萧意，沮丧地摇了摇头，转身走了。孙兰兰想上去扶他，被他推开。大家看着他踉踉跄跄地走回自己的房间，掏了半天钥匙打开房门，进去后"啪"的一声重重带上门。

孙兰兰对舒瑶道："舒科，你那通电话真是给得太及时了，刚才胡老师发酒疯那架势，大家都不知道怎么办呢！"

舒瑶笑道："电话实际上是我给胡老师爱人打过去的，没想到还挺管用。"

萧意问道："你今天回市区办事，不是明天才回来吗？"

舒瑶道："下午兰兰给我打电话，说你生病了在宿舍休息，又说胡老师战友来了，晚上要出去吃饭。我担心基地晚上没人看着不太好，所以办完手头事就马上赶回来了。"

萧意看着舒瑶，点点头，两人都没再说什么，眼神的交流中却又似说了千言万语。

回到宿舍，萧意坐在床头，脑子里翻来覆去想着晚上发生的事情。一开始孙兰兰告诉他胡百川拉新干部去陪战友喝酒的事，他心里十分恼火。一来出去喝酒本来就违反纪律，更何况是老师带着学生去；二来他对这种让学生去陪酒应酬的事情素来深恶痛绝。没想到胡百川居然堂而皇之地做了出来，还认为萧意把学生带走是拆他台，不给他面子。老实说，萧意觉得今晚自己已经算是够克制了，放到十年前，依他的脾气，说不定会直接掀桌子，天王老子的面子都不给。可即便是这样，胡百川依然认为他今天的举动是砸场子，肚子里这口怨气消不掉，接下来的工作中只怕难免会有些磕磕碰碰的。

萧意正想得头痛，突然手机响了，一看是老友薛超打过来的，赶紧接通。

“大律师，这个点打电话过来，也不怕扰人清梦呀！”

“喂，萧教头，你请人讲课给点诚意行不？不派车过来接也就罢了，我自己开车过来，可你好歹发个定位给我吧，要不然我怎么知道你们基地在哪个山旮旯？”

“真是贵人多忘事，当年战斗过的地方，你还需要我发定位吗？”

“兄弟，我都出去十几年了，鬼知道基地还在不在老地方。”

“你就放心吧，这里有棵树上还有你当年刻着的‘薛超在此’几个字呢。”

“我去！”

两人在电话里又闲聊了一会儿，挂电话后，萧意轻轻叹了口气。薛超和他是十几年前同一批进海关的同学，在莲花山基地参加新干部培训时又是同一个班、同一个小队，两人意气相投，很快便成了无话不说的好友。

新干部培训结束后，两人又分到同一个隶属关，于是几年下来，吃饭、喝酒、打牌、撸串、K歌、踢球……革命的友谊与日俱增，两人成为有福同享、有难同当的死党。萧意的性格比较随意散淡，觉得一辈子在海关待下去也无妨；薛超的性格恰恰相反，觉得在体制内束缚太多，完全没办法施展手脚，一直都有辞职的念头，可又下不定决心，没想到组织推波助澜帮了他一把。2005年，一向以政治强关自居的越州海关响应总署“阳光工程”号召，在海关系统内带头减薪，薛超见势不妙，赶紧辞职，一头扎进了波涛汹涌的商海。事实证明他的这一选择非常明智，不过三五年时间，萧意的工资收入直线下降，差点连楼都供不起，而薛超的年薪已经是他的十倍之多。回想往事，说起来都是一把辛酸泪。

这次邀请薛超过来讲课，萧意也很费了一番思量。之前设计新干部培训课程的时候，萧意注意到一个问题。全部课程涉及数十个业务种类，教育处一般会提前将授课邀请发送到相关部门，由其选派兼职教师过来讲课。可问题是，有的兼职教师虽然是业务骨干，可缺乏授课技巧，教学效果差强人意；更有甚者，连业务骨干都算不上，只是因为凑人头而被所在部门派过来讲课，授课效果可想而知。

萧意深知其中弊端，干脆自作主张，在发给相关部门的函件中，直接点名想要的授课人选，这些基本都是他在工作中有过交集或合作过的，知道其能力水平足以胜任教学，还有的更是和他一批进关的同学，早就知根知底，也算举贤不避亲了。除了理论课和业务课外，还有一些公共课，里面有一块涉及知识产权案例分析的，萧意马上想到已经开起了律师事务所的金牌大状薛超，于是向他发出了邀请。薛超一开始还有点犹豫，萧意直接把话挑明了：“大律师，请你过来讲课，主要有三个原因。一来你是专业人士，在我认识的人里面，没有比你更懂知识产权的。二来你在海关也待了四五年，多少有点香火之情，现在发达了，难道不应该尽点绵薄之力吗？三来我们一批入关时的几个好兄弟，剑哥、老叶、阿强都被我叫过来讲课了，就差你，你这次过来正好故地重游，重新缅怀一下当年的青春岁月。”

萧意这么一说，薛超也不好再推辞，只好答应了。至于课酬的事，萧意直接说付不起薛超的出场费，只有一点车马费意思一下。对此，薛超也没计较什么，毕竟他现在的出场费已经到了五位数，而按相关规定，教育处能给的课酬才不过两千元。

41

第二天，薛超过来时开了辆雷克萨斯，萧意在基地门口接他时打趣道：“可以呀，大律师，都开上雷克萨斯了。”

薛超笑道：“其实我平时见客户开的都是奔驰，不过这次过来给学员讲课，考虑到还是要低调一点，所以就开辆雷克萨斯过来。”

“瞧你这口气，钱赚了不少，成功人士爱显摆的坏毛病也都学会了。”

“唉，都是生活所迫啊，当年在海关，如果工资能高一点，兄弟我也不至于要跳出去混饭吃了。”

“你就别得了便宜还卖乖了。还有，我提醒你一句，等会你在课堂上讲知识产权案例就好了，不要讲什么你们律所啊，创业啊，那些不相干的东西。”

“怎么，你担心我会挖你们学员墙角？”

“我相信你不会做这种没品的事情，不过现在年轻人想法都比较多，对物质方面的要求也高，去年南陵关就有一个外请老师在新干班讲课时，大吹特吹自己的公司如何厉害，结果半个月后就有一个学员辞职去他公司了。”

“哈哈，还有这种事！老实说，我要挖人，可不会去挖这些没有什么工作经验的新人，要挖就把你萧教头挖过去做校长。”

“开什么玩笑！”

“我可不是开玩笑。”薛超搭着萧意肩膀，声音压低了道：“我现在除了律所外，还准备和朋友合伙办个培训机构，万事俱备，就差一个负责教务和管理的校长了，你有没有兴趣过来？”

萧意见薛超的表情不像是在说笑，当下正色道：“人各有志，你还是去找别人吧。”

薛超笑了笑，又拍了拍萧意肩膀道：“做人得为自己留条后路。反正，兄弟这儿始终给你留个位置，只要你想过来随时都可以。”

“谢谢啦！等会在台上你可得收着点，别天南海北地瞎忽悠。”

薛超授课前，萧意特地向学员简单地介绍了一下他，随后将话筒递给他。

薛超仿佛俞敏洪在北大校园里演讲一样意气风发，道：“各位同学，上午好！今天看到大家，我心情非常激动，因为十四年前的今天，我也和你们一样坐在台下，听老师在台上侃侃而谈，所以这一刻，我感觉好像昨日重现，回到了那激情燃烧的岁月！”

看到台下一双双有些诧异的目光，薛超有意停顿了一下，又说道："刚才萧老师介绍我时说漏了一点，我和他是同年同月同日进海关，入关培训时在同班同小队，结业后又分到了同一个隶属关，十几年的兄弟情，老实说，我觉得比对自己老婆的感情还要深。所以，虽然我现在不在海关了，但他一个电话打过来，我就屁颠屁颠地过来给你们讲课了。凭的是什么？凭的就是兄弟感情和你们萧老师的人格魅力！"

薛超话音刚落，台下已是掌声四起。在一边旁听的萧意无可奈何地摇了摇头，早提醒这哥们上台不要乱讲，没想到还是免不了信口开河。不过玩笑归玩笑，听了薛超这番话，他心里多少还是有些感动。十几年的兄弟了，虽然平时联系得不多，不过彼此还是记挂在心里。

接下来的授课内容，薛超拿出来的都是满满的干货，从耐克乔丹和中国乔丹的品牌之争，讲到了广药集团与加多宝之间关于"王老吉"的商标之争；从高通和苹果的专利大战，讲到了褒贬不一的印度仿制药……一通高谈阔论下来，不仅台下学员个个听得如痴如醉，连旁听的萧意都禁不住频频点头。虽然早就知道这哥们能说会道，专业方面更是有过人之处，但他还是第一次近距离地听薛超讲课，心中不禁暗自感慨："士别三日，当刮目相看！"

等到薛超讲完课后，有五六名学员上去围着他，请教知识产权方面的问题。薛超似乎也很享受这种"传道授业解惑"的感觉，很有耐心地回答着学员们提出的问题。萧意在一旁等着，好不容易等到答疑结束，学员们离开，已经快12点了。

"大律师，辛苦了，我请你去农庄吃烧排骨。"

"切，我这么辛苦跑一趟过来讲课，你也不请我吃点山珍海味什么的。”

“你别小看这一家的烧排骨，真不比什么山珍海味差。”

薛超开着车，在萧意的指引下，20分钟后到了一家名为“独沽一味”的农庄。这农庄地方不大，条件也很简陋，但大堂内的桌子全都坐满了人，看样子生意十分红火。进场后，西侧角落里有人不停招手，正是舒瑶和孙兰兰，原来她俩按照萧意的吩咐提前过来占位和点菜了。

坐下来后，萧意给双方做完介绍，问舒瑶：“胡老师怎么没过来？”

舒瑶道：“胡老师说他酒还没醒，想多休息一会，就不过来了。”

萧意“哦”了一声，没再说什么。

薛超拍了下萧意肩膀，说道：“来之前，我还纳闷你小子怎么有兴致在这个鸟不拉屎的基地待这么长时间，现在才明白，除了可以过把说一不二的校长瘾外，主要是因为身边每天有两个大美女相伴。”

萧意眉头一皱，正要反唇相讥，却听舒瑶笑着回了句：“薛律师真会说笑，当年越州海关没把你留下来确实是一大损失呀！”

“说实在的，其实我还挺怀念当年在海关的时光，一帮单身汉，每天工作之余，想着法找乐子，也没有现在这么多烦恼。”

孙兰兰突然来了兴趣，问道：“薛律师，听说你和我们萧科是同年进关的，那你们在新干班时有发生什么好玩的事情吗？”

“好玩的事情多着呢。有一次我和室友阿强聊起来班上哪几位女生可以被评为班花，结果在场的蒋少突然来了句

'视野放宽点，要评就评出2001届的四大美女来'，说完马上拿出一张记有七八个女生名字的备选名单。当时我们一看都目瞪口呆，因为我们那一批新干部差不多有两百人，除了本班同学外，外班的同学大多叫不出名字来，没想到蒋少不到两周时间就把最重要的情报打听清楚了……"

薛超话没说完，舒瑶和孙兰兰都乐不可支，孙兰兰一边笑一边说道："原来你们那时候就已经有这种无聊把戏了。"

薛超听得丈二和尚摸不着头脑，将质询的目光投向了萧意。萧意一五一十地给他讲了2015年版"四大美女"评选的故事。听完后，薛超叹了口气道："人不风流枉少年，谁都有年轻的时候！"

孙兰兰又问道："那你们在新干班的时候，有没有追过女生？"

薛超道："我当时是有贼心没贼胆，毕竟刚通过国考考入海关，情况还没摸熟，加上当时管得也很严，所以就没有贸然行动了。不过你们萧老师就不同了。"

萧意一听急了："你可别无中生有啊！"

薛超笑道："咱们萧老师那时就已是正人君子一个，平日里道貌岸然得给人不近女色的感觉，自然不会主动去撩女生，可是架不住有女生主动去招惹他呀！"

舒瑶和孙兰兰一听都大感兴趣，不顾萧意一脸尴尬，连忙追问薛超详情。

薛超绘声绘色道："有一次我正在萧意宿舍打牌，结果一个漂亮女生过来敲门，说想请萧意帮她拍下照片，结果萧意在一众兄弟们大眼瞪小眼的注视下飘然离去，一小时后才回来。事后我问他那女生是谁，他说是他老乡，见他有台单反相机，所以请他帮忙拍照。我说我也有单反相机，为啥不找我，萧意说也许对方觉得我不像好人。”

薛超说完最后一句话，舒瑶和孙兰兰都忍不住哈哈大笑。萧意摇摇头道：“没想到这个仇你记了这么久。来，我以茶代酒敬你一杯，算是赔罪吧。”说着，和薛超碰了一杯，一饮而尽。

42

吃完饭后，薛超开车将大家送回了基地，萧意陪着他在基地里走了一圈。两人边走边聊，聊到当年培训时发生的趣事，都忍不住会心一笑。

“还记得于小冬吗？”萧意突然问道。

“是不是上海关校出来的？他好像在基地待了一个多月就提前分配了，我印象不太深。”

“是的，他们那一批在基地待的时间不长，和我们接触不多。我上周听到消息，于小冬去世了。”

“到底是怎么回事？”薛超大吃一惊，满脸难以置信的表情。

“上周四发生的事情，听佛山关的同事说，于小冬从家里阳台上跳楼自杀了。我问是什么原因，他们说可能是压力太大，得了抑郁症。”

“唉，真可惜，他应该才三十五六岁，丢下一家老小，往后日子怎么过呀！”薛超摇头叹息道。

“前两天老叶、阿强约上我去佛山看望了他的家人，大家凑了一些钱作为慰问金，也算是聊表心意。”

“这事我之前不知道，没和你们一起去，现在知道了也得表示一下。”薛超说着，从怀里掏出一个信封，正是之前萧意给他的课酬，“这钱你帮我带给他家人，算是我的一点心意吧。”

萧意点点头，收下信封。两人又走了一段路，默默无语，似乎刚才的话题太沉重，让人一时没有想说话的欲望。

过了一会，还是薛超打破了沉默：“越州关有个叫马宇飞的，你认识吗？”

“哦，他是法规处的副处长，上月底本来新干班有一堂课由他主讲，结果他临时有事放了鸽子。”

“马宇飞准备辞职去当律师了。”

“什么？你怎么知道的？没见关里发文呀。”萧意被这个消息震撼到了。

“我一个朋友是大金律所的负责人，上周吃饭时聊起来，越州关有个叫马宇飞的副处长和他们谈好了，准备跳槽过来，已经递了辞职信，就等单位同意了。”

“马宇飞不到四十岁就成了副处长，这在海关已经是很年轻的中层干部了，怎么还要跳槽去做律师呢？”

“就像你说的，人各有志。我在海关待过四五年，总体感觉有两点：一是政府部门把太多的精力耗费在文山会海、检查考核等形式主义的事情上，不客气地说，一半的时间都是在做无用功，当然欧美国家也好不到哪里去，也许这是维持一个庞大的国家机器正常运作所必需的吧，但对于有想法的人来说，实在是太浪费生命了；二是体制内的生活过于循规蹈矩、一成不变，也许一个朝气蓬勃的年轻小伙，在里面待个三五年，就可以知道自己二十年后将变成一个言语无味、面目可憎、因循守旧的油腻中年男，这不是我想要的生活。不是有句话说得好，生活除了眼前的苟且，还有诗和远方。所以我能够理解马宇飞为什么辞职。”

“哈哈，你和马宇飞辞职，主要原因难道不是嫌海关收入低吗？”

“不错，收入低是最主要的原因。如果留在海关，估计我这辈子也开不上奔驰。”

临别前，薛超拍了拍萧意的肩膀，说道：“人生苦短，说不定哪天就挂了，所以要抓紧时间做自己真正喜欢做的事情。好好考虑一下我的邀请，只要你过来，底薪按你现在海关收入的三倍起。”

萧意笑道：“我现在做的，就是我喜欢做的事情！”

薛超意味深长道：“在体制内，能够做你喜欢做的事情的时光，注定是短暂的。大多时候，你都不得不去做你不喜欢的事情。你和我一样，都是有想法的人，所以不适合永远待在海关！记住，给自己留条后路不会有错的。”

看着薛超开动雷克萨斯绝尘而去，萧意伫立在原地，久久没有离去。

下午，萧意独自在办公室里处理文件，突然听到门口有人喊“报告”，抬头望去，原来是杨思雨。自从上周六参加过电影小组的“佳片欣赏”活动后，萧意就对杨思雨另眼相看，觉得她和别的学员有点不一样。现在看她站在门口，一副心事重重的样子，赶紧招手让她进来。

“有什么事吗？”萧意问道。

杨思雨嗫嚅道：“萧老师，我想请几天假，回一趟辽宁老家。”

萧意皱了皱眉头道：“原则上培训期间是不允许休长假回去的，你家里是有什么事吗？”

“我中午接到爸妈电话，说我外婆病危，可能撑不了多久，她想见见我，爸妈问我能不能回去一趟。我是外婆一手带大的……”杨思雨说着说着，声音有些哽咽。

“你这情况比较特殊，我不能马上给你答复，你先回去，晚点我给你答复。”

杨思雨走后，萧意马上打电话给周处长，将情况一五一十地告诉了他。

萧意说完，电话另一头沉默了几秒钟，然后马上传来周处长那震得人耳鼓嗡嗡响的声音：“你先确认清楚，她说的情况是不是真的。如果是真的，你问一下人事处干部科的余镭科长，这种情况能不能给她批假。按照新干班的管理规定，培训期间是不允许出省回去探亲的，当然她这情况比较特殊，所以需要人事处给个意见，行还是不行，我们都照人事处的意见办理。”

萧意一听豁然开朗，挂机后马上拨通了余镭科长的电话，将情况又说了一遍。

萧意话音刚落，就听余镭说道：“新干班是由你们教育处全面接管，其间的考勤、休假等事务当然也由你们统一负责，不需要请示我们。”

萧意耐着性子道：“按照新干班的管理规定，培训期间是不允许出省回去探亲的，只是这名学员家里的情况比较特殊。我们周处的意思是，全关的人事考勤休假等都是由人事处统一管理的，所以想听一下你们的意见。”

余镭用不容置疑的口气说道：“刚才已经说过了，新干班是由你们教育处全面接管，培训期间是否同意学员请假由你们自行决定，不需要我们出具意见。”说完，还没等萧意反应过来便挂断了电话。

萧意摇了摇头，又拨通了周处长的电话，将情况汇报完后说道：“周处，人事处不肯给明确意见，说由我们自行决定，您看怎么办？”

“怎么办？当然按章办事了，人事处不愿意负这个责任，难道要我们教育处承担这个责任吗？”

“可是周处，如果我们不让这名学员回去探亲，似乎很不近人情。”

“一个女学员，你同意她回去，如果她休假期间出事了，谁来负责？如果其他学员知道她能破例休假了，又会怎么想？”

挂了电话，萧意长叹了一口气，转身却发现舒瑶正在身后，用同情的目光看着他。

“你刚才打电话我都听到了，就按领导的意思去做吧。”

“我就不明白，学员想回老家探望一下病危的亲人，也算是人之常情，为什么两个部门要推来推去呢？”

“领导有领导的难处。”

萧意没说什么，拨通杨思雨的电话，让她马上来办公室。

12 空山灵雨

43

5分钟后，杨思雨出现在办公室，她似乎预感到情况不太妙，一脸的愁容。

萧意道："我们把你的情况向领导及人事处都反映过了，回复是只能按章办事，你恐怕……"

萧意话说了一半便停住了，似乎觉得之后的话难以启齿。再看看杨思雨，脸涨得通红，低声道："老师，我，我明白……"后面的话没说完，眼泪却已掉了下来。

看着杨思雨嘤嘤哭着，如梨花带雨一般，萧意只感到一阵揪心的痛。终于，他叹了口气道："算了，这次给你特事特办，你可以休假回去一趟看望你外婆。"

杨思雨几乎不敢相信自己的耳朵，惊问道："真的吗？"

"你必须答应我两个条件：一是路上一定要注意安全，绝对不要出事，如果遇到什么问题随时给我打电话；二是周日晚上点名前一定要赶回来。"

"老师，我答应您一定做到！太谢谢您了！"

杨思雨走后，舒瑶看着沉思不语的萧意，幽幽道："现在所有的责任都在你身上，如果周处知道了，肯定会不高兴。你这样做，值得吗？"

"我没想过值得不值得，只是换位思考了一下，如果我是一名学员，培训期间，亲人病危了想见我最后一面，那么无论如何，我都会赶回去的。"

舒瑶看着萧意，似乎想说什么又没有说出口，最后，她只说了句："等会我和吕慧说下这事，让她和杨思雨的舍友也打声招呼。"

这周周六迎来了新干班的一次大型集体活动——莲花山户外拓展训练。说是拓展训练，实际上就是一次郊游活动，不过一旦出现在要报上级领导审核的课程方案里，只得取一个能显得高大上的名头。

在筹备郊游活动的前期工作时，萧意碰到了一个不大不小的麻烦。新干班是在莲花山脚下一个曾经的海关中专学校里受训，而在莲花山风景区内还有越州海关的一个带有招待所性质的培训基地，一般用于处级干部和临退休人员培训用，同时也用于对外接待。因为是常驻莲花山的地主单位，所以出入海关培训基地的人员可以凭工作证或房卡免票。于是，舒瑶提醒萧意跟莲花山基地办的管镇经理打声招呼，把门票钱省下来，也可以节约点经费。

萧意一听也是，赶紧打了电话过去，管镇听了后说请示完领导再给回复。

半小时后，管镇打来电话，萧意开了免提和舒瑶一起听。"我们领导和莲花山管委会沟通过了，他们同意免票，不过有两个条件：一是入场时要穿海关制服，带上工作证，以证明身份；二是因为人数比较多，所以不能在游客多的周末去，只能周一到周五中选一天去。"

挂机后，萧意摇了摇头道："我估计周处不会同意这两个条件。"

舒瑶诧异道："为什么？"

萧意没有回答，直接拨通了周处长的电话，汇报了情况。话音刚落，电话里便传来周处长那爆豆一般的声音：“这两个条件我都不同意！周一到周五是工作时间，一帮公务员出现在公共景区，传出去像什么话？至于穿制服更是荒唐，一百几十号人穿着制服出现在风景区，要是被游客拍照发上网，岂不成舆情事件了？你们长点脑子好不好，这样的条件怎么能答应？！告诉基地办，我们只能周末去，而且着便装，他们能免票就免票，不能免票就拉倒。”

挂了电话，萧意和舒瑶面面相觑，还是舒瑶先开的口：“周处说得也对，这年头，领导都怕舆情事件，要不你再跟基地办那边沟通一下？”

萧意苦笑了一下，又拨通了管镇经理的电话，将周处长的意见说了。电话那头沉默了一会儿，接着传来管镇经理那略带沙哑的声音：“如果是这样，我也没办法。我们领导费了老大的劲，才做通莲花山管委会那边的工作，现在两个条件你们都不答应，你叫我们怎么办？”

舒瑶在一旁看着，知道事情陷入了僵局。本来不算多大的一件事，现在却成了烫手的山芋，两边都有各自的道理，可放在一起却无法协调，眼看这样弄下去，郊游活动只怕要泡汤。

看着萧意一脸沮丧的表情，舒瑶灵机一动道：“我们之所以希望莲花山基地办那边帮忙免票，主要是因为新干班培训的预算中没有郊游活动经费这一块，其实莲花山景区门票也就50元一张，我们完全可以用班费来解决嘛。”

萧意惊讶道：“班费？”

“班委会成立后，考虑到开展多项文体活动需要经费支出，于是每名学员预收了200元班费，由班长统一管理。之前1班和2班各自定做班服的费用都是从班费里支出的，现在应该还有不少结余。”

“用班费来买门票，学员会不会有想法？”

“你放心吧，我让班委去跟进这事，个别不愿意去的也不勉强。”

看萧意还有点不放心的样子，舒瑶嗔道：“你是总班主任，就不要在这种小事上耗费精力，这事交给我和班委去办就行了。”

话说到这个份上，萧意只能作罢。舒瑶一个电话将程云和吕慧两个班长叫过来，跟他们讲了事情原委，两人二话没说便接下了任务，同时还主动提出，写一份拓展活动方案和出游注意事项。

程云和吕慧领了任务后便兴冲冲地走了。舒瑶冲萧意打趣道：“说到出去玩，人家小年轻可比我们想得周全多了，你也不要总像家长一样，想着把事事考虑周全，年轻人就应该多给他们压压担子。”

萧意叹了口气道：“看来我是操心操过头了。”说着，他似乎想起了什么，又问道：“胡老师这两天情绪还好吧？”

“还好，不过我感觉他心里的结还没解开，找个机会你得好好和他沟通一下，不管怎么说，人家也是大老远过来给我们帮忙的。”

“你说得对，我打算周六晚陪他喝两杯，跟他好好解释一下，你能不能陪我一起去？”

“怎么不叫兰兰呢？她酒量可比我好多了。”

“兰兰周六回市区见她男朋友。再说了，有你在，我不用担心胡老师心里疙瘩解不开，给我脸色看。”

“好吧，萧老师既然有请，那我就恭敬不如从命了。”

44

也许是老天爷想和新干班师生们开个玩笑，周五的狂风暴雨持续了一天，一直到晚上8点都还没停歇。萧意看着窗外下得正欢的倾盆大雨，眉头紧锁，心里想着，如果明天郊游取消，该采取什么B计划。

正当萧意对着天气发愁的时候，5408宿舍的沈吟雪，却对着挂在床边的晴天娃娃，双手合十，口中念念有词。

同宿舍的吕慧见了，笑道："美女，在许什么愿呀？"

"我希望这雨今晚下完，明天是风和日丽的好天气。"

"是不是盼着明天郊游，和方锐比翼双飞呀？"

"慧姐，你不要老开我玩笑好不好？我和方锐又没什么。"

"呵呵，要不是为了你，方锐会每天晚上陪你去上晚自习？"

听了吕慧的话，沈吟雪沉默了一会，说道："慧姐，你觉得方锐这个人怎么样？"

"挺好的，高富帅三样全占了，你们两个站一起，还真是郎才女貌、天生一对。"

"可是和他在一起，我总有种不踏实的感觉。他说过，他家里给他规划的道路，一个是在家族企业干几年准备接班，另一个是出国留学深造，而进海关纯粹是一个意外。我怕和他在一起，以后的变数太大。"

"你想得太多了，世界上的事情，往往是计划没有变化快，与其为未来还没发生的事情烦恼，不如过好当下的每一天。"

“慧姐，你讲得好有道理哟！”

“少拍我马屁啦，快帮我收拾下东西，明天要带一堆野餐食品过去呢。”

天公作美，下了一天的大雨在周五深夜终于停歇了。等到周六上午，已经是艳阳高照、晴空万里，新干班师生们期待已久的莲花山户外拓展活动终于可以按原计划进行了。

吃完早饭后，130多人的队伍在基地门口集合完毕，8点半准时出发。为了让各小队的队员们多点接触、加深了解，程云、吕慧提前将原来的12支小队打乱，男女混编成10个小组，每组均安排一名班委或队长负责。

从基地到莲花山景区不过两三公里的路程，学员们一路说说笑笑，煞是热闹。学员们都穿着统一的班服：1班是蓝色的文化衫，上面写着“燃情岁月”四个字；2班是白色的文化衫，上面写着“且听风吟”四个字。最开始萧意看到文化衫设计方案上的文字时还觉得有点别扭，但当舒瑶告诉他还有一个版本是“江山多娇”“英雄折腰”时，他苦笑着接受了这个相对文青的版本。

蓝白相间的百人青年团队，走在路上颇为引人注目。不时有三五成群的摩托车拉客仔，将车停在路边看热闹。萧意让舒瑶和胡百川在前面带路，自己走在队伍的最后面，随时注意着路中央呼啸而过的大货车和街边拐角处横冲直撞的各种非机动车。他现在终于可以理解小学郊游时带班老师的心情了。

半小时后到了莲花山景区，师生们进去后找了个合适的景点，拍了大合影，接着便以小组为单位，兵分多路，自由活动，约好12点在望海观音处集合。

萧意交代完注意事项后，一声“解散”，上百人的队伍很快散得干干净净，仿佛溪流汇入了江海不见踪影，唯一还在身边的只剩下舒瑶。

萧意笑道：“你要走开，我可真成孤家寡人了。”

“别把自己说得那么惨，你可是我们的龙头老大呢。”

“你猜我刚刚想起了什么？”

“我怎么知道。”

“十四年前，差不多也是这个时候，我们那一届的新干班组织出游，去的是虎门，当时一帮年轻人意气风发的样子我至今还记忆犹新。没想到一转眼十四年过去了，我成了总班主任，带着一百多名新干班学员来莲花山郊游，真的有种物是人非、前尘如梦的感觉！”

“你是觉得那时候做学员好玩呢，还是现在当班主任开心呢？”

“当然是做学员的时候好玩了，无忧无虑的，对未来充满了憧憬。那时候在新干班，名义上是参加了工作，但还没有走上岗位，整个人还有点在大学校园里的感觉，每天就是培训学习，还有工资拿，加上又认识了一帮优秀的好朋友，这算是我进海关后第一段开心的时光。”

“后面还有这样的时光吗？”

“后面还有一段，培训结束后我被分配到顺德办事处，当时一起分过去的有十几个同学，那时大家还年轻，都没结婚，工作之余经常约着一起吃饭、踢球、打牌、撸串，真的是一段难忘的日子！”

“后来呢？”

“后来大家各自结婚生子，有了自己的生活，加上2005

年起越州关响应总署号召，在海关系统内带头降薪，从此，快乐的时光结束了！”

“你现在恢复了自由身，咱们关的收入也开始提上来，你的幸福时光应该马上就要到了。”

“哈哈，我现在经历的事情越多，越信奉古人的一句话：人生不如意事，十之八九。”

“你也是的，在学生面前，给他们灌输的都是正能量，鸡血打得十足。怎么到我这里，就变得负能量满满呢？”

“因为你不是外人嘛。”说完这句后，萧意自觉有些轻佻，赶紧把话题岔开道：“胡老师去哪了？”

舒瑶道：“我刚才看到他好像给几个组安排定向越野去了。”

萧意“哦”了一声，和舒瑶聊起工作上的事情，两人边走边聊，一路上不时见到嬉笑玩闹和拍照留念的学员，纷纷和两人打招呼。

一路走马观花，突然传来“轰隆隆”一阵雷声，一大片乌云遮住了太阳，接着几滴雨星落在了萧意头上。

“要下雨了，我们赶紧找个地方避避吧。”萧意说着，撑开雨伞，护着舒瑶往不远处的一个亭子走去。

刚进亭子，外面的雨便噼里啪啦地下了起来。萧意见雨下得不小，担心道：“这雨下大了，不知道学员们会不会淋到？”

“你放心吧，今天出发前，已经叮嘱过大家都带上雨具。而且，我留意了今天的天气，是局部阵雨，应该下不了多久便会停的。”

“看来，还真应了那句话，‘贵人出门招风雨’。”

45

萧意和舒瑶在亭子里避雨的时候，方锐和沈吟雪正在燕子岩旁的一个废弃石室中避雨。

半小时前，方锐所在的5组组员先到了千层梯平台处。看着平台下一眼望不到头的台阶，大多数组员都打了退堂鼓，想留在原地休息。方锐见沈吟雪望着古采石场的方向发呆，知道她想过去看看，于是说道："我们下去看看吧。"

沈吟雪"嗯"了一声，回头问吕慧去不去，吕慧笑道："我就不去做电灯泡了，你们注意安全。"沈吟雪脸色一红，还是跟着方锐走下去了。

两人沿着千层梯台阶走到尽头，抬头便看到燕子岩。

燕子岩是莲花山的一个著名景点，位于古采石场的一侧。区内悬崖峭壁，巨石横空，或形成一线鸟道，或形成一处深洞，既似人工，又似天成，雄伟壮观，气势巍然。两人站在石级上向上仰望，只见四面崖壁连环对峙，奇峰突起，怪石嶙峋，观之目眩神摇。

这些奇形怪状的巨石，有些像刀削斧劈似的，断面十分平整；有些石壁深陷，像个巨大的神龛；还有些屹立深谷，直指青天，仿佛擎天玉柱。方锐见沈吟雪看得出神，问道："你说这些巨石是自然界的鬼斧神工，还是古人人工凿出来的？"

沈吟雪不假思索道："这么大的石头，肯定是自然界天然形成的，人力怎么可能做到呢？"

方锐用手摸了摸最近的一块巨石，说道："你看这个截面这么平整，明显是人力劈凿而成。你再看这里还有个石眼，应该是当年石匠用凿子敲出来的。”

“古人是怎么做到的呢？”

“虽然古代石匠们使用的工具十分简陋、粗笨，但他们非常聪明，而且经验丰富，他们会根据石头的纹理走向，在岩石上打三个石眼，顺次轮流敲凿，石块就会沿纹理轰然断开。据说，两千年前西汉南越王墓的石料就采自莲花山。”

“没想到，你知道的还挺多的。”

“没办法，为了不被你看成是不学无术的纨绔子弟，我只能努力提高自己。”

“少贫嘴。”

两人正说笑间，天色突然暗了，伴随着雷声，七八点雨星已经性急地落了下来。方锐赶紧带沈吟雪就近找了个石室避雨。说是石室，实际上是古人采石遗留下来的石洞。在这片古采石场遗址处，大大小小的石室不下百个，而这处地方不大，里面空间约20平方米，由于阴雨天气，光线不足，显得更加幽暗诡秘。

两人站在洞口，看着外面的雨淅淅沥沥下个不停。沈吟雪看了看手机，发现信号都没了，沮丧道：“我们真不该跑这么远，现在跟大部队都联系不上了。”

方锐安慰道：“别担心，这雨下不了多久，等会雨一停，我们就回去找他们。”

沈吟雪“嗯”了一声，没再说什么，呆呆地望着洞口顶上的雨水一滴滴地落在地上。

“你看，这是什么？”方锐惊喜道。

沈吟雪顺着方锐手指的方向看过去，只见洞口左侧有一个砍伐剩下来的老树桩，上面长着一串白色的蘑菇，最大的足有巴掌大小，肥厚圆润，在雨水的滋润下，显得格外诱人。

沈吟雪兴奋地蹲下去，轻轻用手指点了点蘑菇上面的菌伞，欣喜道："好可爱呀，我要把它们带回去。"

方锐提醒道："这蘑菇可是野生的，小心有毒哦！"

"没关系，我又不吃，采回去让吕慧她们也看看。"沈吟雪一边说，一边小心翼翼地将最大的几个蘑菇采了下来。方锐赶紧从背囊里拿出一个塑料袋，帮她装好。

"你这么喜欢采蘑菇，小时候应该唱过《采蘑菇的小姑娘》。"方锐打趣道。

"那你小时候应该唱过《小小少年》，要不然怎么会老给我一种忧郁的感觉？"沈吟雪回敬道。

"你别说，我小时候还真的挺喜欢《小小少年》这首歌，要不我唱给你听吧。"方锐清了清嗓子，用他那充满磁性的声音唱了起来：

小小少年，很少烦恼，
眼望四周阳光照。
小小少年，很少烦恼，
但愿永远这样好。
一年一年时间飞跑，
小小少年在长高。
随着年岁由小变大，
他的烦恼增加了。
…………

方锐唱得十分投入，仿佛自己已化身为那个勇敢善良的小小少年。沈吟雪被他的歌声所打动，最后也忍不住和他一起哼唱起来。悠扬的歌声飘荡在烟雨蒙蒙的山谷中，仿佛将其变成了一个仙乐飘飘的世外桃源。

歌唱完后，两人相视而笑，片刻无语，不过这不是那种无话可说、令人尴尬的沉默，而是心有灵犀一点通的默契。

看着沈吟雪近在咫尺的俏丽身影，闻着她身上深谷幽兰般的淡淡清香，方锐一时心魂俱醉，情不自禁伸出手去抓住沈吟雪的玉手。

沈吟雪一惊，赶紧将手抽了回去。这段时间她和方锐虽然经常一起去上晚自习，偶尔也会在操场边散步，随着相交日深，两颗心的感觉也越来越近，但两人始终保持着一定的距离，一来是限于新干班纪律的约束，二来也是怕同学说闲话。于是关系总是停留在那种亲近而未亲密的地步。直到这次郊游，因为避雨，这对年轻人终于有了一个单独相处的机会。

沈吟雪只觉得心口在“怦怦怦”地乱跳，她知道方锐的心意，但她并不知道该如何去应对。在这个男女关系显得越来越开放和随便的时代，她的传统和保守甚至被好友视为不合时宜。从小到大，除了大学阶段曾经谈过一段短暂的恋爱外，她的感情史几乎是空白。说来奇怪，虽然她才貌出众，但追求她的男生并不多，能入她青眼的更是少之又少，可能是她与生俱来的高冷范儿，和拒不知好歹的示爱者于千里之外的排斥，使得很多爱慕者对她，都停留在只敢暗恋不敢表白的地步，直到遇见了率性而为的方锐。

沈吟雪把手抽回去后，方锐心里咯噔了一下。在他心中，沈吟雪犹如女神一般，每天魂系梦萦的都是她的身影，可有时见了她，他连话也不知道怎么说，平日的潇洒大方都变成了笨口拙舌。他自问不是一个愣头青，拍拖方面也算有点经验，但一到了沈吟雪面前，感觉就像英雄无用武之地，处处束手束脚。就像今日天赐良机，两人终于有机会独处一室，他好不容易鼓足了勇气去牵沈吟雪的手，却被对方拒绝了。他想继续牵她的手，又怕沈吟雪会翻脸，一时犹豫不决。

石室里的气氛变得微妙起来。沈吟雪只觉得脸上有些发烫，心想："他如果再牵我的手，我该怎么办？"心慌意乱了半天，却发现方锐没有任何动静，一时心头又有些失望。就在这时，突听方锐叫道："什么东西？"

46

沈吟雪一惊，循方锐所指方向望去，只见石室里面的岩壁深处竟然有一个直径约一尺半的洞口，一只灰不溜丢的小动物从里面窜了出来。

沈吟雪大吃一惊，吓得往方锐身上靠过去，颤声道："这是什么动物？不会是狼吧？"

方锐紧紧抱住沈吟雪，安慰道："有我在，别害怕！"两人定睛看了看那小动物，只见它一身黄褐色的皮毛，鼻子尖尖的，尾巴长长的，很蓬松，既像一只大一点的松鼠，又像一只小一点的狐狸。还没等两人看清楚，那小动物仿佛见人受了惊，噌地一下子又窜回洞里去了。

沈吟雪松了一口气，回过神来，发现自己正靠在方锐怀里，两只手还不自觉地抱住了他，顿时脸上一红，赶紧松开手，想要挣开，没想到方锐却用力搂紧了自己。

沈吟雪只觉不妥，还想要挣脱，却哪里挣得开。此刻她能感觉到方锐厚实的胸膛上传来“咚咚”的心跳声，更能感觉到一股强烈的雄性荷尔蒙气息扑面而来。她想反抗，却觉得浑身酥软无力，身体似乎很享受这种感觉。

看着方锐那张英俊迷人的脸越来越近，沈吟雪意乱情迷，不知所措地闭上了眼睛，接下来她只觉得嘴唇一热，一股天旋地转的感觉冲昏了她的头脑，禁区似乎在这一刻沦陷了，她仿佛到了另一个美妙的世界……

望海观音处是一个宽阔的广场，新干班的学员们从不同方向汇集过来，准备集合。吕慧召集组员后，发现方锐、沈吟雪还没到，焦急道：“快到12点了，怎么这两人还没到呀？”

一旁的周笑宇嬉皮笑脸道：“有道是‘十年修得同船渡，百年修得共枕眠’，那两位，我估计此刻是白蛇遇许仙，山洞赛神仙哪！”

吕慧恼道：“少说风凉话，他俩要出什么事，我唯你是问！”

周笑宇吐了吐舌头，闪到一边。就在这时，他看到不远处两个熟悉的身影正走过来，兴奋道：“我看到他们了！”

片刻工夫，方锐和沈吟雪便来到众人面前。吕慧抱怨道：“你们跑哪去了，这么久才回来？”

方锐解释道：“刚才我们走到燕子岩处，下了一阵急雨，找地方避雨去了，所以耽误了一些时间。”

吕慧看沈吟雪头发有点乱，帮她捋顺了，意味深长地笑了笑，没说什么。

集合哨响起来了，1分钟内，10个小组全部列队集合完毕，各组清点过人数，全部到齐。萧意跟学员们强调了一下注意事项后，交代好各组组长，以组为单位进行活动，午餐自行解决，3点整在景区正门列队集合返回。

萧意宣布完计划后，学员们欢声雷动。本来萧意打算12点集合完毕后，就带领学员们打道回府，结束今天的郊游活动，主要是考虑到：一来天气不太好，雨后山路湿滑，行走不便；二来觉得景区吃饭不够干净卫生，怕学员吃坏肚子。后来跟舒瑶以及几个组长交换过意见后，考虑到这帮年轻人出来放风玩一趟不容易，于是改变了原定的计划。

各组散开行动后，分头找地方去用餐。有的组直接去凉亭长廊处，摊开桌布，每人都将自己带的零食小吃贡献出来，一起分享；有的组去了景区最好的酒家，开了包间，准备大吃一顿；还有的组沿着美食街的小店，一家家特色小吃扫荡过去。

吕慧带着一帮饿得前胸贴后背的组员先去找吃饭的馆子，留下方锐和沈吟雪在望海观音下许愿。

望海观音是莲花山上最著名的景点，高40余米，据说是世界上最高的箔金观音立像。观音手持玉净瓶，慈眉善目，俯视南海，仿佛在为人们祈祷风调雨顺、国泰民安。在信奉佛教的人心中，这尊观音是非常灵的，因为据说自从其建成之后，二十多年来都没有台风正面侵袭过越州。而历史上，临近海边的越州曾饱受台风危害。更神奇的是，每逢初一、十五、观音诞以及重大节日的晚上，在射灯的折射下，观音宝像都会放出万道金光，照耀方圆数十里，观者无不称奇。

多年前，方锐曾随父亲在观音诞当天来拜过观音，至今记忆犹新。刚才他随口跟沈吟雪一说，没想到沈吟雪上了心，非要拜一拜观音，方锐只好陪着她。

跟沈吟雪讲过规矩后，方锐看着她在观音像前跪下，虔诚地许着愿，不知怎么，心里突然触动了一下。等到沈吟雪回来，方锐道："我也去拜一下。"他在观音像前跪拜的时间比一般人长，沈吟雪看着他虔诚许愿的样子，不觉有些痴了。

等到方锐回来，沈吟雪问道："你刚才许了什么愿？"

方锐道："我在神前许愿，希望你许的愿望都能成真。"

"你又不知道我许的什么愿。"

"无论你许的什么愿，我都希望你的愿望能成真。"

方锐这平平淡淡的一句话，在沈吟雪心中却似掀起了惊涛骇浪。一直以来，她对所谓的"富二代"都没什么好感，觉得他们大多没有什么真才实学，无非是投胎投得好，沾了家庭的光，虽然表面看上去光鲜耀眼，但实际上都是不学无术的纨绔子弟。所以一开始她对方锐的印象并不好，更没有什么感觉。7月26日那天，方锐在影院包场向她表白，尽管她当时有一点小小的感动，却还是断然拒绝了他的追求，因为她觉得他和她骨子里就不是一路人。但是那天回去的路上，因为堵车耽误了些时间，回基地迟到了，当众接受惩罚时，方锐毫不犹豫地站出来替她做了30个俯卧撑，累得旧伤复发，差点连路都走不了。就在那一刻，她的心被他打动了，她开始发现，方锐其实是一个很不错的男生。之后一段时间，方锐经常约她晚上出来散步，她虽然婉言谢绝了，却劝他一起去上晚自习，没想到这个看上去不怎么喜欢学习的男生，居然天天晚上陪着她去上晚自习，风雨无阻。一天天下来，她已经习惯了他的陪伴。而在今天，燕子岩下石室避雨的那半小时时光，无疑是属于两个人的秘密，它让两人感情有了一个质的飞跃。但之前的所有经历也许都是前奏，直到方锐刚刚说出那句话，沈吟雪终于意识到，她命中注定的那个真命天子已经出现了！

13

对酒当歌

47

下午回到基地已是4点多，队伍解散后，萧意回宿舍洗了个澡，然后抓紧时间睡了一觉。这段时间经常熬夜加班，睡眠严重不足，好不容易今天的活动结束得早，可以见缝插针地补一觉。

一觉醒来，萧意只觉神清气爽，简单收拾了一下，就直奔“小洞天”。“小洞天”是培训基地大食堂里面仅有的一个包间，大小只能容下一桌六人。原本魏主管打算将这包间单开，专供领导及带班老师使用，午餐、晚餐由食堂师傅单独准备几个小炒菜式送过来。萧意一听，觉得太过特殊化了，断然拒绝。于是基地就在大食堂内隔出一小块地方作为教师用餐区，伙食一律对照学生标准。魏主管看不过去，有时也会叮嘱食堂师傅单独做两个小炒送过去，萧意见他一片好意，也就接受了。这次，萧意破例在“小洞天”设宴。一是觉得环境比较清静，没有外面那么嘈杂；二是有心陪胡百川喝两杯，而且基地新请的一个湖南师傅能做几道拿手的下酒菜。

吃饭的时间定在了7点，萧意提前十几分钟到了，跟掌勺的洪师傅交代了菜式，便坐下来等待。没多久，舒瑶陪着胡百川到了。

两人一进门，萧意便站起身来迎道：“胡老师，你来这么久了，我一直想找时间陪你喝两杯，没想到直到今天才有这个机会。”

胡百川道：“萧科，我是个粗人，你这么客气我受不起呀。”他脸上虽没有笑容，但却是周二晚闹出不愉快后，这几天来第一次和萧意搭话。

舒瑶道：“你们两个又不是第一天认识，在这里客套什么？”说着，招呼两人坐下。

胡百川一眼瞧见桌上放着瓶“剑南春”，拿过来，一边端详年份，一边笑道：“萧科破费了，请我喝这么好的酒，其实老白干、二锅头就够了，哪用得着剑南春呀？”

萧意道：“今天这饭局，我是特意来赔罪的，如果用老白干、二锅头呢，显然诚意不够，可用茅台、五粮液呢，兄弟我银子不够，喝这剑南春呢，则刚刚合适，而且非常应景。”

舒瑶不解道：“为什么说非常应景呢？”

“先干了这第一杯，我再跟你们解释为什么。”说着，萧意给三人杯子都斟上酒。

三人碰了一下杯，胡百川感叹道：“带班一个多月，这算我们仨第一次喝酒。”

“还差了孙兰兰，争取在培训班结束前，咱们四人一起好好喝几杯。”萧意说完，和胡百川将杯中酒一饮而尽，舒瑶只抿了一小口，又问道：“快回答我刚才的问题。”

萧意道：“我和胡老师两个，说好听点是性情中人，说不好听点都是‘八股文度日，五斗米折腰’，混迹于体制内十几年，一无所成的贱男，搭配上舒老师你这个大美女，就是‘贱男的春天’，简称‘贱男春’。”

萧意话音刚落，胡百川和舒瑶都捧腹大笑，舒瑶笑得太厉害都有些岔气了，连忙捂住胸口。好不容易缓过劲来，舒瑶道：“萧老师，我本以为你是个不苟言笑、道貌岸然的正人君子，没想到讲起段子来也一套一套的。”

胡百川补刀道：“舒老师，你用‘道貌岸然’这个词太贴切了。我觉得吧，萧科长和我确实是一路人，在体制内待久了，装了一肚子的不合时宜，只能借酒来浇浇块垒，发发牢骚，只不过我是明骚，他是闷骚。”

说话的功夫，几道下酒菜都端了上来，分别是木桶牛肉、回锅肉、爆炒鳝片、酸辣土豆丝和油炸花生米。三人边吃边聊，或聊工作中的趣事，或聊时事政治、天下大势，大家都有默契，对于周二晚上闹出的那场不愉快反倒只字不提。

酒过三巡，菜过五味。洪师傅怕菜不够吃，又多做了个红烧肉，让服务员拿上来。看着油汪汪的红烧肉，舒瑶想吃又不敢动筷子。萧意见了，不管三七二十一，用公筷给她夹了一块道：“你身材已经够好了，再吃点皮肤会更好。”

舒瑶听了，也不客气，三两口吃完后，意犹未尽道：“真好吃，简直是入口即化。”

胡百川听了，笑道：“你说到这个入口即化，我倒想起一个段子。从前有个女主持人，做美食节目的，她有一句口头禅——‘入口即化’。吃榴莲酥饼，她入口即化；吃油炸糕，她入口即化。某天他们节目做驴肉火烧，她又来了个入口即化。可能她长了个什么入口都会化的嘴巴，真让人心疼她老公。”

胡百川的段子讲完，舒瑶还没明白是什么意思，一头雾水。萧意拍了下胡百川肩膀道：“老胡，你可别欺负舒老师，让人家在部队的老公知道了，你可是吃不了兜着走。”

舒瑶这才明白过来，脸上微微一红，马上给胡百川斟满酒，说道：“胡老师，你刚才说错话了，罚酒一杯。”

胡百川道：“是我说错话了，该罚！”说完将酒一口干了。

见胡百川爽快喝了，舒瑶又给他斟满酒，说道：“看胡老师喝酒像喝水一样，我也想起了一个段子。”

萧意连忙问道：“什么段子？说来听听。”

舒瑶娓娓道来：“有一家三口在沙发上看电视，父亲渴了，叫三岁的儿子倒杯水过来，儿子吭哧吭哧地从沙发上爬下来，又吭哧吭哧地走了出去。不久，又吭哧吭哧地抱着杯水走了回来，父亲接过杯子喝了一口，表扬了儿子。母亲问：‘他那么矮，从哪能弄到水？’父亲苦思良久，痛苦地得出结论：‘只有马桶。’”

舒瑶刚讲完，萧意和胡百川都笑得前仰后合。大笑方歇，萧意冲着胡百川道：“老胡，你把我们舒美女也拖下水了，认识这么久，我可是第一次听她讲段子。”

胡百川脱口道：“今天兴致来了，我就再讲一个亲身经历的故事吧。”

见萧意和舒瑶都竖起了耳朵，胡百川慢条斯理地讲了起来：“我读初中时当过班长。一次课间休息时，班主任叫住我说‘找几个班花’。我一时没反应过来，班主任又大声说了一遍‘找几个班花’，然后就走了。我当时很纳闷，但师命不可违，于是和几个男生一起讨论后，最终选出几个漂亮的女生，然后让她们去找班主任了。半小时后，那几个女生回来了，一个个花容惨淡、筋疲力尽的样子。班主任跟在后面，很生气地对我说：‘我让你找几个男生搬花，你怎么找了几个女生？这可是体力活，你看把她们累的。’”

胡百川讲完，萧意大笑道：“老胡，还好舒瑶当时不在你们班上，不然也得去搬花了。”舒瑶听了，一口水在嘴里差点没喷出来。

48

借着酒兴，三人越聊越起劲，胡百川尤其兴致勃勃，当聊到自己从部队转业到海关，辗转多个部门一直郁郁不得志，最后看淡仕途，随遇而安的心路历程时，胡百川感叹道：“世人笑我太疯癫，我笑他人看不穿。不见……”念到这句时似乎忘词了，一时接不上来。

萧意赶紧帮他接道：“不见五陵豪杰墓，无花无酒锄作田。”

舒瑶道：“这好像是周星驰主演的一部电影里的台词，但我忘了是哪部片子里的。”

“《唐伯虎点秋香》。”萧意顿了下，又道：“我很喜欢这部电影，后来还特意去查了这首诗的原作，确实是出自唐伯虎之手，写得非常精彩。”

舒瑶问：“这首诗全文你还记得吗？”

萧意拿起面前一杯酒一饮而尽，说道：“对酒当歌，人生几何。今晚，我就用唐伯虎的这首《桃花庵歌》来借花献佛，为大家助助兴。”说完，用富有感情的声音吟诵起来：

桃花坞里桃花庵，桃花庵里桃花仙。
桃花仙人种桃树，又摘桃花换酒钱。
酒醒只在花前坐，酒醉还来花下眠。
半醉半醒日复日，花落花开年复年。
但愿老死花酒间，不愿鞠躬车马前。

车尘马足贵者趣，酒盏花枝贫贱缘。
若将富贵比贫者，一在平地一在天。
若将花酒比车马，他得驱驰我得闲。
世人笑我太疯癫，我笑他人看不穿。
不见五陵豪杰墓，无花无酒锄作田。

“好！”胡百川大叫一声，随即给萧意酒杯斟满酒，说道：“萧科，老哥我这辈子没服过几个人，但今天对你是心服口服，既能写文章，又能做教头，能文能武，诗酒风流，放到部队里也是个当主官的料。来，咱哥俩干了这杯，有什么不愉快的都一笔勾销！”

舒瑶也拿起酒杯站起来道：“你们别落下我呀！”三人一起碰了杯，各自干了。

胡百川正准备继续倒酒，发现酒瓶已经空了，说道：“我宿舍还有瓶泸州老窖，我去拿过来。”萧意赶紧拦住他道：“今天酒已经喝到位了，咱们适可而止吧。”

一个坚持要拿，一个不让再拿，两人正争执间，舒瑶手机响了，她一看屏幕，向萧意、胡百川做了个噤声的手势，低声道：“周处打来的。”萧意和胡百川马上停止动作，看着舒瑶接电话。只见舒瑶眉头紧皱地听着，最后回了句“好的，我们马上过来”，便挂断了电话。

“周处说什么？”萧意问道。

“周处说他刚到基地，没见着我们，让我们赶快去办公室和他碰头。”

胡百川纳闷道：“今天是周六，现在又这么晚了，你们领导大老远地来基地干吗？”

萧意也有同样的疑惑，不过现在没时间去思考这个问题，他对胡百川道："胡老师，要不这样，你先回去洗漱，我和舒老师去和周处碰头，一小时后我打你电话，你不用接，挂断之后打给我，然后过来办公室和周处见个面。"

"我跟你们一起去见周处就行了，何必这么麻烦呢？"

萧意解释道："周处今晚应该是有事要跟我们谈，但他口水比较多，我怕他一讲起来就没完没了，所以我们分两拨去应付。胡老师你先回去洗漱休息一下，一小时后你打电话，刚好可以把我或者舒老师换出来。"

胡百川笑道："行，你们周处侃大山的功力，我是领教过的。"

三人兵分两路，胡百川回自己宿舍，萧意和舒瑶直奔办公室而去。

到了办公室，只见周处长坐在沙发上看文件，表情十分严肃。见了两人，周处长带着些许怒意对萧意道："我打你电话，你怎么不接？"

萧意急忙道："我手机在充电，没放在身边，下次我一定注意。"

闻到萧意身上的酒气，周处长似乎很不高兴，板着脸道："你们在跟谁喝酒？"

舒瑶见势不妙，正想如何解释，不料却听萧意道："胡老师来这里帮我们带班一个多月了，老婆孩子不在身边，情绪有些低落，所以今天我和舒瑶特意陪他喝两杯。"

舒瑶听了，心里暗暗叫好。再看周处长，脸色缓和了一些，说道："胡百川确实不容易，你们是地主，平时要多关心一下他。"说着，突然口风一转："那个叫杨思雨的学员，你是不是同意她回去探亲了？”

萧意一惊，硬着头皮道：“是的，我觉得她外婆病危，她想回去探望也是人之常情，所以考虑再三，还是同意了。”

周处长厉声道：“说得倒轻巧，一个女生，如果她休假期间出事，你能承担这个责任吗？”

萧意沉默了几秒钟，一字一句道：“我愿意承担所有责任！”

萧意这个回答似乎出乎周处长的意料，他沉着脸问道：“她什么时候回来？家里情况怎么样？”

萧意道：“她已经买好返程票了，明天下午应该可以赶回基地。她外婆昨天晚上去世了，好在临终前终于见到她一面。”

周处长似乎也被触动了，一时无语。

两人说话的功夫，舒瑶在旁边倒了一杯水，端到周处长面前。周处长喝了两口，盯着萧意问道：“周三是不是有一个外请老师过来讲课？”

萧意道：“是的，我们请了一位叫薛超的资深律师，过来给学员讲授知识产权的知识，他课讲得不错，学员反馈很好。”

周处长冷冷道：“这人是不是从海关出去的？你为什么要找他？”

萧意愣了一下，说道：“薛超是和我同年进海关的，2005年辞职后去做律师，可以说跟海关没有任何业务关系。新干班课程设置中本来就有一门知识产权案例分析，我觉得他作为专业人士来讲这门课非常合适，所以就找他了。”

“你们做事情前能不能动动脑子呀？”周处长一副痛心疾首状，“我不管他现在干的跟海关有关系还是没关系，总之，他既然是从海关出来的，就不要找他来给海关讲课”。

萧意还没来得及说话，一旁的舒瑶已经问道：“为什么呀？”

周处长耐着性子解释道：“从海关辞职出去的人，很多从事的还是与进出口贸易有关的工作，我们习惯称之为‘海外军团’。海关系统近二十年来发生的腐败塌方案件，不少都与‘海外军团’有关，所以，不论是从廉政还是避嫌的角度来说，最好都不要找从海关出去的人过来讲课。”

虽然萧意心里不以为然，但他知道周处长的脾气，如果发表不同意见，只会被领导训得狗血淋头，于是应道：“好的，我明白了。”

周处长并不满意，继续问道：“你们剩下的课程中，还有没有外请老师是从海关辞职出去的？”

萧意想了想，回答道：“还有一门课，请的是华南工业大学的陈逸群教授过来讲授‘大数据时代下的人类社会’，陈教授是十五年前从海关辞职出去的，不知道算不算在这个范围内？”

周处长摆摆手道：“陈逸群这个人我知道，二十年前就是越州关出了名的才子，当年总关办公室的一支笔，不过他既然出去了，再请他回来讲课也不合适，这门课还是换掉。”

萧意本想说一下自己的意见，不过见周处长这副不容商量的架势，还是忍住了，闷声道：“好的，回头我跟陈教授说约课取消。”

周处长看出了萧意心中的情绪，说道：“你也不要怪我专制武断，你想一想，假如你是关长，有人向你报告说，新干班请来讲课的外请老师中，有两名是从海关出去的，而且这两人身上都有故事，你会怎么想？你会慢慢听教育处解释吗？你绝对不会！你只会觉得教育处做事情欠考虑。所以说，想问题要考虑周全，不能只顾眼前，要把前因后果、方方面面都想清楚才行。”

萧意忙不迭地点头说是。见萧意态度诚恳地接受了批评，周处长似乎比较满意，表情轻松了不少，喝了两口水，说道：“在职能部门工作，一定要注意细节，细节没处理好，有时甚至会导致前功尽弃。我给你们讲个故事吧。”

49

一看周处长准备开始长篇大论的架势，萧意心知不妙，却也没办法，赶紧拿来两把椅子，和舒瑶坐下，听周处长细细说来。

“1930年年底，第一次反围剿胜利，红军活捉了张辉瓒，但这只是对外的政治宣传，其真正的重大意义并没有对外公布，你们知道是什么吗？”周处长卖了个关子。

“活捉了张辉瓒还不算，那到底是什么呀？”舒瑶好奇道。

“那是一项中央明令严守的秘密——俘虏了吴人鉴。”

“吴人鉴是谁呀？怎么从来没听说过？”萧意问道。

周处长笑了笑，没有直接回答这个问题：“这个人不简单，后面你就知道了。当时作战胜利后打扫战场，战士发现了两个奇怪的铁盒子。有个莽撞的战士疑惑：‘这是什么鬼东西？’一刺刀捅漏了一个，马上被班长批评叫停了，一切缴获要归公。铁盒子送到总部，领导惊呆了，这就是传说中的电台！本来两部完整的电台，其中一部被捅坏了发电机，变成一部半了。红军没人会用，于是提审俘虏询问，他们都指向了一个人，那个人就是黄埔军校第六期通信科毕业的，由美国大兵亲自教授的第一批国民党报务员吴人鉴。”

讲到这里，萧意和舒瑶开始有些明白是怎么回事。周处长又接着往下讲：“吴人鉴很精明，偷偷跟另一个同伴协商：‘咱身份特殊不能暴露，提审时改个名吧。’他自己改名叫王诤，另一个人改名叫刘寅。结果提审时被揭穿了，这时候毛主席出面了，用革命道理说服了他俩，于是他俩自愿加入红军。既然改名叫王诤了，那以后就继续叫下去。王诤亲自操纵电台，并成立了红军的第一支无线电队。当时严密封锁了这个消息，国民党并不知道红军已经获得了电台，电报都还是明报，他们的第二、第三、第四次‘围剿’失败，其中我党及时掌握情报是关键。长征开始后，印刷机等坛坛罐罐陆续被扔掉，但电台和发电机作为重点保护对象，一直背到了延安。”

故事讲完了，萧意和舒瑶还在琢磨其中的意味，周处长已经发话了：“萧意，我讲这个故事，你悟出点什么东西没有？”

萧意想了想，说道：“如果红军没有认真打扫战场，没发现那两个铁盒子，就会错过最大的战利品——无线电台；如果不是提审发现了吴人鉴，并让他弃暗投明，也就不会有红军的第一支无线电队，并成为情报工作的重要一环。所以说，细节决定成败。”

周处长点点头，说道：“你说得很对！但还有一点你忽略了，就是工作中不要犯不必要的错误。就像你们带新干班一样，出成绩不是必需的，但绝对不要给我捅出篓子来。我听程处和魏国说了，你们方方面面的工作都开展得很好，学员的精气神都很不错，但越是这个时候越不能掉以轻心，不要因为一些容易节外生枝的事情而让关领导产生想法。”

萧意心想：“这都哪跟哪呀，完全不是一码事。”心里虽这么想，嘴上还是连声称是。

周处长又道：“最近程处因为腰椎间盘突出太严重，要做手术治疗，接下来几个月都上不了班，基地这边我没法经常来，你可要给我看好摊子！”

萧意忙不迭地点头。一旁的舒瑶为了转移话题，询问起周处长新买的奥迪性能如何。一聊到爱车，周处长的话匣子算是彻底打开了，从德系车、日系车和美系车的优劣长短，聊到国产车的任重道远，滔滔不绝。

萧意在椅子上如坐针毡，低头看了看手机，时间是10点35分，周处长找两人谈话已经一个半小时了，却依然没有结束的意思。萧意实在等不及，手机放在桌子下偷偷拨通了胡百川的电话，随后马上挂掉。

一分钟后，意料之中的电话响起来了，萧意赶紧接通，一边给周处长做了个抱歉的手势，一边往外走着说：“我这边信号不好，我出来和你说。”出门前还不忘给舒瑶使了个得意的眼色。

萧意拿着电话走到楼梯拐角处，没一会便见到了匆匆赶来的胡百川。萧意笑道：“等你过来救驾呢！”

胡百川叹道：“你们周处身体真好，都这个点了还不去休息。”

萧意道：“当领导的都是工作狂。”说着，他突然想起了什么，又提醒胡百川道：“周处问我们晚上为什么喝酒，我说你妻小不在身边，情绪有些低落，所以我和舒瑶陪你喝两杯。你等会可别说穿帮了。”

胡百川给了萧意肩膀一拳道："好你小子，找起借口来一套一套的。"

和胡百川分开后，萧意在基地里巡起场来。这是每天晚上例行的工作，培训班规定每晚10点半为就寝时间，时间一到所有学员必须熄灯休息。但总有些学员时间观念不强，快到就寝时间了还在教室自习，在舞蹈房练舞，或是在操场上闲逛，萧意只好和几个班主任分好工，每晚10点20分左右在基地里巡场，督促还没回宿舍的学员赶快回去洗漱休息。

今天巡场的时间晚了，已经过了10点40分，按常理来说，学员应该都回宿舍了。不过萧意有点不放心，打算在周处长出来前先到处看一看。他知道周处长有个习惯，每次来基地都会到处走一圈看看情况，不过今天太晚了，周处长应该会直接回房休息。只是萧意自己觉得不巡场看看，心里总有些不踏实。

萧意拿着强光手电筒，看完操场后便往校门口方向走去，校门口西侧还有个网球场，看完就可以回去了。

网球场外有几棵枝繁叶茂的大树，昏黄的路灯下树影婆娑，不远处隐隐传来男女说笑的声音。萧意心里纳闷："这么晚了，怎么还会有人？"几个箭步走上前去，只见网球场旁休息用的桌椅前坐了两男一女，三名学员正谈笑风生，桌子上还摆满了零食、小吃和饮料。

看到萧意突然现身，三名学员大吃一惊，不约而同站起身来，话都不知道怎么说。萧意定睛一看，三人分别是陈凡、褚霄汉和吴果，当下沉着脸问道："你们三个在这里干什么？"

三人面面相觑，都不知如何回答，还是陈凡反应快，小声道："我们在探讨人生。"

萧意一听，肺都差点要气炸了，本想将这三人破口大骂一顿，转念一想，周处长马上就要出来了，万一看到这一幕只怕不好收场，当下强行压住心中的怒火，厉声道：“我给你们10秒钟马上回宿舍，明天中午前把检讨交给我！”

话音刚落，三人马上收好台面上的东西，如蒙大赦般逃走了。看着三人身影迅速消失在宿舍楼里，萧意摇了摇头。这时又听到说话的声音传来，循声望去，正是舒瑶、胡百川陪周处长聊着天走过来。

萧意心里暗暗松了一口气，还好刚才处理得快，要是动作再慢几分，后果不堪设想！依周处长眼里容不得沙子的火爆脾气，如果撞见刚才那一幕，必定会大发雷霆，当场将学员骂得狗血淋头也就罢了，只怕会连同几个班主任一起，上纲上线地训一通，从两男一女深夜聊天不归，目无纪律、作风涣散，批到培训班管理混乱，班主任管教无方，绝对会训得在场众人一佛出世，二佛升天。还好自己见机行事，马上将肇事鬼赶走，就那么半分钟的时间差，一场轩然大波消弭于无形。

将周处长送回房间休息后，三个班主任一起往回走。萧意如释重负地舒了一口气。

舒瑶问：“你怎么了？领导来，你紧张成这个样子？”

萧意苦笑着把刚才的突发情况简单说了一下，舒瑶和胡百川都吃了一惊，胡百川怒道：“这三人胆子也太大了，明天让我来好好收拾他们一顿！”

舒瑶道：“这件事可大可小，现在年轻人对批评的承受能力都不咋地，话说得太重了可能会带来负面作用，要不我私下找他们好好谈谈。”

萧意斩钉截铁道：“这件事还是由我来处理吧，现在开班一个多月了，学员们已经完全适应这里的环境了，也摸清了我们的管理套路，纪律方面开始有些松懈了，这件事就是一个非常不好的苗头，所以明天等领导走了之后，我们一定要来一次整风，不然，这班就没法带了！”

舒瑶和胡百川见萧意主意已定，便不再说什么。夜色已深，三人各自回房间休息了。

2205宿舍，方锐见陈凡从洗手间出来，一边打开床头的小夜灯，一边问道：“怎么这么晚回来？干吗去了？”

陈凡没好气道：“唉，别提了，晚上练完舞都快10点了，阿褚非要拉着我，和吴果去网球场吃夜宵。”

方锐打趣道：“吃夜宵是假，是阿褚想追吴果，拉你做电灯泡吧。”

“为了兄弟，做回电灯泡也没问题，偏偏这两人聊得兴起，熄灯时间到了也不回去，结果被‘豹子头’抓了个正着，害得我受牵连。”

“被抓到也没啥，无非是罚做俯卧撑，或是跑两公里呗，你又不是没被罚过。”

“我感觉这次没那么简单，不知道‘豹子头’要出什么重拳对付我们。”

“是福不是祸，是祸躲不过。想开点，他还能把你开除了不成？”

“去你的，有你这样安慰人的吗？”

50

第二天周日，下午3点，萧意正在办公室里处理文件，突然听见有人敲门并喊了声“报告”，于是回了句“请进”。抬头一看，却是杨思雨。几天不见，只见她面容清瘦了一些，略显憔悴。

萧意笑着招呼杨思雨坐下，给她倒了杯水，问道：“怎么样，路上还顺利吧？”

杨思雨喝了口水，说道：“路上很顺利，我在那边有人接送，一分钟都没耽搁。”

“你家人都还好吧？”萧意话一出口，猛然想起杨思雨之前跟他提过，她外婆前天已经去世，想来她家人还沉浸在悲伤中，现在问这个问题似乎不太合适，可话一出口，想收回已经来不及了。

“我爸妈情绪还比较稳定，毕竟我外婆已经八十多岁了，入院后没有遭什么罪，也算寿终正寝，而且见到了我一面，老家人都说是喜丧。”杨思雨说着说着，声音有些哽咽了。

见杨思雨的眼泪已经掉下来了，萧意也不知如何安慰她，只能抽了几张纸巾，默默递过去。

杨思雨接过纸巾，擦干了眼泪，抬头看着萧意，说道：“萧老师，谢谢您批假让我回去一趟，我爸爸妈妈都说您真是个好人。”

被杨思雨这么一说，萧意都有些不好意思了，回道：“没什么，这都是我应该做的。”

“萧老师，我还想麻烦您一件事情。”

“你说吧。”

“我听说昨晚吴果和两个男生违反纪律，吴果是我室友，她平时表现都很不错，我想代她求个情，您给她处理轻一点，可以吗？”

萧意犹豫了一下，没有说话，可看着杨思雨那充满哀求的眼神，他忍不住心头一软，说道：“好吧，我会对她处罚轻一点，不过批评是免不了的。”

看着杨思雨的窈窕身影出了办公室，萧意无奈地摇了摇头。不知为何，在别的学员面前，他都能扮演好那个铁面无情的总教头角色，可在杨思雨面前，他却硬不起来，每每她软语相求，他便会妥协，难道真应了那句话：卤水点豆腐——一物降一物？

晚上的每周例会充满了火药味，四个班主任在台上正襟危坐，表情严肃。台下学员看到这架势，都知道一场暴风雨即将来临，一个个坐姿端正，噤若寒蝉。

首先由舒瑶对本周情况做小结，接下来便进入会议的重头戏——由萧意对8月22日晚的违纪情况进行通报批评。

萧意黑着脸，讲完22日晚的违纪情况后，突然厉声道：“陈凡、褚霄汉出列！”话音刚落，陈凡、褚霄汉从座位上站起来，在众目睽睽之下，垂头丧气地走到了大教室的最前面。

萧意用锋利的眼神扫了一遍全场，说道：“这次违纪的三名学员中，有一名是女生，这次老师给你留点脸面，不让你上台做检讨，但你记得会后去找舒瑶老师做检讨。至于带头的陈凡和褚霄汉，现在当着大家的面，做公开检讨。”

陈凡和褚霄汉你看看我，我看看你，都不太情愿第一个做检讨。萧意见了，心头火起，重重咳了一声，陈凡一惊，只好硬着头皮，拿着自己的检讨书，老老实实地念了起来：

尊敬的班主任老师：

我对我昨晚做出的错误行为感到无比的内疚和抱歉，在此做出深刻的检讨。

先反思一下自己的错误行为：昨晚10点半基地熄灯后，我没有按照要求正常就寝，而是和其他两位学员在网球场边聚会聊天、吃零食、喝饮料，一直到10点45分被班主任老师发现，制止了我们这错误的行为。

对于昨晚的所作所为，我感到深深的后悔和愧疚。首先，我应该明白自己已经不是一名大学生了，而是海关这个准军事化纪律部队中的一员。在这个新的集体里，我应该严守纪律、服从命令，而不应该破坏纪律、任性妄为。昨晚的事情看上去不严重，但并不是小事，本质上是我们没有把纪律放在心里，从而导致错误行为的发生。其次，作为一名班委，我没有起到积极向上的带头示范作用，在同学中产生了不好的影响。再次，我们自私的行为严重影响了班级的正常秩序，给老师的工作带来了不便，也给自己的班级团队丢了脸。最后，我对此表示万分的歉意！

这一次的错误行为对我来说是一个深刻的教训，我一定会铭刻在心，绝不再犯。不以规矩，不成方圆，凡事如果没有规章制度的制约，一定办不好。通过这件事，我再一次明白严守纪律的重要性，在今后的工作和生活中，我会时刻提醒自己是一名海关人，身处纪律部队之中，绝对不能自由散漫无纪律，一定要严格要求自己，严守纪律，服从命令，听从指挥，遵守各项规章制度。同时还要以身作则，在同学们面前做一个好的榜样。

最后，再一次向大家表达我的歉意！我以后绝不再犯同样的错误，请老师和同学们监督我！

检讨人：陈凡

陈凡念完后，深深地鞠了一躬，然后退到一边，轮到褚霄汉上场念自己的检讨书。他写的内容和陈凡基本上大同小异，只是前面将原因交代了一下，说是昨晚练完舞之后，有点想吃夜宵，但时间较晚，基地已不允许外出，于是便约上同学去网球场旁，边吃零食边赏月，不料聊得兴起忘了就寝时间，结果违反了相关纪律。褚霄汉的检讨书写得还没有陈凡的条理清晰，但他的态度看上去却更加端正，一个原本健壮如牛的汉子，眼下却耷拉着脑袋，一脸忏悔地做着检讨，其语气之诚恳让人感觉像是一个误入歧途的少年等着被人救出泥潭。

陈凡和褚霄汉做完检讨后，全场鸦雀无声，所有人的目光都集中在萧意身上。只见他一张脸冷若冰霜，声音里似乎都带着股杀气："昨天晚上发生的这起违纪事件，我非常生气！我没想到，新干班开班四十多天了，居然还有人能犯这样的低级错误，实在令我非常失望！"两个脱口而出的"非常"，毫不掩饰地表露了萧意心中的怒火，一时间空气中仿佛充满了待燃的火星。

"我知道，你们在座不少人，认为这不是什么大的错误，从思想上就没有绷紧这根弦。你们都听过一句话，'千里之堤，溃于蚁穴'。在我看来，昨晚这起违纪事件就是一个不容忽视的蚁穴，如果我们思想上不警醒，不赶快端正作风的话，整个培训有可能以失败而告终！”萧意的声音本来就很洪亮，眼下放开了音量对着话筒讲，整个大教室的空气中仿佛有一股有形的音浪在回响，每个人都听得心头一震。

“这起违纪事件至少反映出三个问题。一是漠视纪律，作风散漫。基地规定了晚上10点半熄灯就寝，你们三个学员10点45分还不回宿舍，在外闲聊，你们脑子里还有没有纪律意识？还有没有时间观念？为什么别的学员都能做到按时就寝，你们就做不到？你们是特殊材料做成的吗？”听到最后一句时，学员中有人忍不住笑出声来，意识到场合不对，马上强行打住。

“二是顶风作案，唯恐天下不乱。昨天晚上，教育处周兖处长来基地检查工作，了解了新干班各方面的情况，给予了充分肯定。你们三个倒好，这个时候来捣蛋，真会挑时候呀！是不是打算让领导见识一下你们的无组织、无纪律？还好领导没撞见，如果撞见了，你们就是三粒老鼠屎，坏了一锅汤！”萧意越说越激动，台下学员们一个个大气都不敢出。陈凡在台上，本来内心深处还有点无所谓，现在听萧意的语气越来越严厉，心情一下子紧张起来。

“三是本末倒置，任性妄为。你们来培训班是干吗的？是学习，学会基本的岗位技能，完成从大学生到公务员的角色转换，不是让你们在这花前月下探讨人生的。要探讨人生你们在大学校园里探讨好了，来海关基地，你们要做的就是赶快融入新的环境，争取做一名合格的国门卫士。”

“昨晚这起违纪事件，不只给他们三个人，也给你们所有人敲响了警钟。你们在座各位，不要以为自己已经适应了这里的环境，思想方面开始松懈了，要知道一句话，‘行百里者半九十’，现在培训进行了还不到一半，你们距离一名合格的关员还有不小的差距，我希望在剩下的时间里，你们每个人都能向自己身边优秀的同学多学习，见贤思齐，努力提升自己，争取更大的进步！”萧意一通训话讲完后，会场陷入了久久的沉寂，所有人都觉得心头仿佛压了块石头，变得沉重起来。

最后还是舒瑶出声打破了沉默：“三名违纪的学员留下来，其他人由班长各自带回。散会！”

学员散去后，舒瑶又给三名学员做了半天思想工作，主要是安抚还没上台就已哭得泪人儿一般的吴果。当着四位班主任的面，三名学员都郑重地作了承诺：牢记教训，以后绝不再犯同样的错误！就这样，一场说大不大、说小不小的违纪事件终于翻篇了。

陈凡三人走后，舒瑶看了眼萧意，见他似乎余怒未消，说道：“萧老师，你刚才训话的口气太重了，我在旁边都听得心惊肉跳的，真怕这些孩子接受不了！”

萧意还没回答，胡百川在旁边来了句：“萧科这是用霹雳手段，显菩萨心肠。要是放在古代带兵的话，可是要杀一儆百的。”

孙兰兰见这两位关系突然有了180度的转变，纳闷道：“你们没事了？”

胡百川笑道：“古代的英雄好汉都是不打不相识，萧科是文化人，不会和我这粗人动手，所以只能闹一架来增进交情了。”

众人听了，哈哈大笑，整晚的紧张气氛终于烟消云散了。

14 龙争虎斗

51

接下来的一周太平无事。照萧意的说法，发一通火至少要管半个月，要不然三天两头为纪律的事情伤脑筋，时间一久，学员疲了，老师的心力也耗尽了。所以碰上苗头性问题，一定要毫不客气地打压下去，绝不能助长歪风邪气。8月23日晚的“整风运动”看上去有明显成效，新干班的风气为之一振，不要说迟到早退，连上课看手机的情况都少了很多。但这似乎也带来了一个副作用，就是除了班委外，其他学员平时在基地里远远看到萧意来了，便会躲到一边，就像老鼠见了猫一样，搞得萧意心里也纳闷：“我有那么凶吗？”有一次他把这个问题抛给舒瑶，舒瑶一本正经道：“我要是学员，看到你也会躲得远远的，要不犯了错被骂成‘老鼠屎’，谁受得了呀？”

萧意一听哭笑不得，却又无从反驳，只好苦笑道：“好吧，恶人都由我来做，你们负责做好人就行了。”

幸好，虽然大多数学员对萧教头是敬而远之的态度，但还是有一位学员经常主动凑到萧意面前刷存在感，她就是杨思雨。

这天中午，萧意正一个人在办公室里写着科长轮训班的总结报告，越写越上火，恨不得将面前的电脑砸了。科长轮训班是越州海关今年的一项创新工作，据说关领导是受了年初中央召集全国上千名县委书记进行大轮训的启发，产生了这么一个与时俱进的想法，于是开年之后，为了这一浩大工程，教育处全员开始马不停蹄地动起来。全关近五百名正科级领导干部，分成八个班参训，每期两周脱产集训，从研究方案、经费列支、课程设计、师资延请、食宿安排，到教学管理、活动开展、结业考试、试卷批改、信息报送，等等，铺天盖地的事情压过来，而其中大部分都压在萧意身上，感觉真是压力山大！

好不容易全程带完了前面三期科长班，各方面工作都基本理顺了，萧意又投入新干班的工作中。因为分身乏术，处领导同意他将科长班的带班工作转交给高晓鸿老师，专心去带新干班。不过所有跟文字材料有关的活他还是免不了，没办法，科里能写材料的就只有他。现在科长轮训班办到了第八期，还剩下篇一锤定音的总结报告，六千多字的篇幅，因为需要关领导审定后报总署信息专刊，周处长十分重视，前前后后已经让他改了七八稿，简直让萧意改得“吐血”了！

平时忙于新干班的管理事务，萧意很难静得下心来写材料，除了晚上熬夜赶稿外，只能利用中午时间来加班了。好在他没有午睡的习惯，喝了杯浓咖啡，对着电脑开始冥思苦想。正想得头疼的时候，突然听到敲门声，接着是一个熟悉的声音在喊“报告”，抬头一看，正是杨思雨。

不知怎么，一见到杨思雨，萧意的心情便开始好起来，应道：“进来吧。”

杨思雨缓步走上前，眨了下大眼睛，问道：“萧老师，您中午不休息吗？”

“手头一堆事，只能用中午的时间来处理了。”

“您别太辛苦了，小心累坏身体。”

萧意说了声“谢谢”，又道：“你找我有事吗？”

“您这么忙，我都不好意思开口。”

萧意笑道：“有什么不好开口的？”

杨思雨犹豫了一下，说道：“是这样的，我们电影小组为了激发组员的创造力和积极性，准备拍一部短片，陆一帆做导演，我也是主创成员，正在排练阶段，但是大家都没经验，想请您做一下指导。陆一帆不敢来找您，我就主动请缨过来请您了。”

萧意苦笑道：“我又不是老虎，他们这么怕我？”

杨思雨看着萧意的眼睛，说道：“同学们都很怕你，但我不怕，因为我知道你是为我们好。”

萧意只觉得哪里被触动到了，愣了一下，回过神来说道：“你们在哪拍片？带我去看看。”

拍片的地点是图书室。到了现场，萧意见陆一帆正在拍一场戏，便没有进去，而是在窗外观看。只见室内有一男一女两位学员正在演对手戏，男的是方锐，女的是沈吟雪。演绎的情节是女生拿书架上层的书，不小心书掉在地上，这时男生经过，弯腰捡起书递给她。接着镜头拉上前，对两人的眉目传情有一个特写。拍到两人含情脉脉对望的一幕时，画面就像恋人撒狗粮一样浪漫，旁观众人都忍不住齐声叫好。

这时，萧意留意到陆一帆手上拿的并不是录像机，而是一部苹果手机，下面接了个三脚架，不由纳闷道：“你们就用这手机来拍短片呀？”

杨思雨解释道：“苹果手机的拍摄录像功能很强大，加上特效软件，后期处理起来比较省事。”

萧意“哦”了一声，心想自己还真是孤陋寡闻了。

这时拍摄告一段落，陆一帆见萧意来了，赶紧拉着一众主创人员围了上来。

萧意打趣道：“不错嘛一帆，现在很有点导演的范了。”

陆一帆不好意思道：“我看别的小组活动都开展得有声

有色，篮球小组搞了嘉年华，乒乓球小组搞了多场比赛，连烹饪小组都搞了美食品鉴会，我们电影小组如果只是每周放一场电影就太没吸引力了，所以我征求大家的意见后，决定拍一部能够反映我们新干班学员生活的故事短片。”

“好哇，这个创意很不错！”

陆一帆拿出两张纸，递给萧意道：“萧老师，这是我写的小剧本，您帮忙给点意见吧。”

萧意认真看了一遍剧本，说道：“我提几点意见，供你们参考。首先，你们既然是想拍一部故事短片，就应该有一个相对完整的情节，但是我看你这剧本内容比较单薄，恐怕还不足以撑起一个小故事，因此内容方面还需要充实。毕竟，拍任何片子，剧本都是最根本的，剧本不完善，很多后续工作都无从下手。”

陆一帆高兴道：“萧老师，您说得太对了，一下子就指出了症结，我们的剧本是需要好好改进。”

萧意又接着道：“你们这剧本里面台词很多，对业余演员来说表演难度不小，毕竟没有经过专业训练，讲大段对白，恐怕出来的效果不会太好。”

陆一帆点点头道：“是的，那有什么办法可以解决这个问题？”

“可以尽量减少台词，多点留白，或者用旁白画外音的方式来介绍，当然这是一个取巧的法子。”萧意停顿了一下，又接着道：“我看这里面讲的是一个励志的故事，先抑后扬，既然如此，收尾部分可以用一段很燃的音乐做背景，以便烘托高潮戏份。”

“您讲得太好了！萧老师您以后可要经常来指导我们拍片呀。”

临走前，萧意走到方锐和沈吟雪面前，意味深长地说了句：“你俩演得很不错！”被萧意这么一夸奖，方锐和沈吟雪的脸都红了，两人不知萧意是真心称赞，还是另有所指，还没反应过来，萧意已经扬长而去。

杨思雨一直跟在萧意身边，见他脸上表情阴晴不定，便似有意又似无意地说道：“男女主演本来定的是程云和沈吟雪，结果方锐听说了，直接找到陆一帆，说自己有表演经验，更适合做男主，于是换成了方锐，程云就变成了男二。”

萧意淡淡“哦”了一声，没说什么。

“不过方锐和沈吟雪两人在一起配戏，郎才女貌的，确实很登对。”杨思雨又试探了一句。

萧意停住脚步，说道：“他俩是在拍拖吗？”

杨思雨没想到萧意就这么直接问出来，一时不知如何回答，支吾道：“这个，我也不知道，应该不是吧。”

萧意看到杨思雨紧张的样子，笑道：“你们以后参加工作了就会明白，新干班培训的这两个半月时间非常宝贵，如果只是用来拍拖就太可惜了！”

还没等杨思雨想明白，萧意已经大步流星地走远了，留下杨思雨站在原地，看着他的背影发呆。

52

新干班培训快一个半月了，课程教学任务按进度也完成了一大半，对于经历过一个完整的“小学→初中→高中→大学”的教育生态链的新干班学员来说，课堂上的学习并没有太大的压力，而每月例行的考试在萧教头的照顾下，也变成了心照不宣、皆大欢喜的常规运作，于是大多数学员过剩的精力，往往投入到丰富的课外活动中。有些兴趣广泛的学员，甚至一周参加了四五场不同的课外活动。有些晚上的自由活动时间，萧意在基地里走一圈，能看到七八个兴趣小组同时在开展活动：大操场上是篮球小组、羽毛球小组各占一边，热火朝天；虽然网球场被网球小组独占了，但场外经常有摄影小组的成员拿着“长枪短炮”在拍摄；舞蹈小组占据了舞蹈房，阅读小组借图书室开起了读书研讨会；至于动漫小组和美术小组，都借用了单独的教室，进行专题的学习交流……

看着操场上、教室里那一张张活力四射的面孔，萧意都有些感叹自己早生了十几年。回想自己上大学那会，班主任老师在班级管理方面基本是放任自流，一副任学生自生自灭的做派；而班委也毫不给力，几个成员要么拉帮结派，要么光顾着自己谈朋友，完全不在乎班级凝聚力。结果四年下来，班上开展的活动屈指可数，甚至有不少人连同学的名字都叫不全。抚今思昔，萧意都觉得自己仿佛上了个假大学。不过也许正因为大学阶段留下了如此多的遗憾，萧意才更想把自己接手的这一期新干班办好，既想给这些学员一段美好而难忘的人生体验，又想圆自己的青春校园梦。

这一周课外活动的焦点是“羽乐无穷”混双比赛，负责牵头组织的并不是班委成员，而是一向鬼点子多多的周笑宇。

之所以要筹办羽毛球混双比赛，主要是因为周笑宇错过了之前最热门的“乒球飞扬”争霸赛。那是新干班开班以来最受欢迎的体育赛事，分为男单和女单两块，一共有42名选手报名参加，占了学员总数的三分之一。想想也正常，学员中能打篮球、网球的毕竟是少数，但生长在以乒乓球为国球的国度，几乎每个学员都能拿着乒乓球拍像模像样地挥两板，有这样广泛的群众基础，参赛的人数自然不少。周笑宇一开始并没有报名，结果比赛开始后，发现班上不少女生都参赛了，他也想参赛，借和女生训练切磋的机会来增进感情。不料负责组织的张艺玮断然拒绝了他，说比赛已经开始一周了，他现在才报名不合适。周笑宇沮丧之下突发奇想，自己干吗不另外组织一项赛事来和乒乓球比赛打擂台呢？

想来想去，只有羽毛球的普及度能够与乒乓球相提并论，同时周笑宇敏锐地观察到一点，大部分男生参赛并不是为了夺冠，毕竟冠军只有一个，而是为了吸引女生的注意力，女生似乎也不例外。发现其中关键后，周笑宇决定有的放矢，也不搞什么男单、女单淘汰赛了，直接搞羽毛球男女混合双打比赛，自选搭档，自由配对。

果然不出周笑宇所料，比赛告示一出，新干班全体轰动。男生们不少都心情激动，既想向心仪的女生发出搭档邀请，又怕对方拒绝面子上过不去；女生们更是忐忑不安，有的是接到太多邀请不知如何回绝，还有的则是为没有接到任何邀请而烦恼。可以说，周笑宇的这一计划，无异于一石激起千层浪，在纪律严明、作风优良的培训基地打了一个完美的擦边球。对此，萧意也是心知肚明，不过他明白“大禹治水，堵不如疏”的道理，所以除了让班委协助周笑宇筹备这次比赛外，并没有多说什么。

男生中有一半想报名参赛，可惜受制于女生的报名人数和配对意愿，大部分人都无法如愿。最后经过两天时间的酝酿和沟通，终于诞生了参赛的16对搭档，共32名选手。按比赛规则划分为A、B、C、D四个小组，每组4对选手，先进行组内淘汰赛。

接下来的一周，通过12场组内淘汰赛，4个小组的冠军球队先后出现，有好事者甚至根据各队的特点分别取了对应的花名，不多久便人尽皆知：

A组脱颖而出的是方锐和沈吟雪搭档的A2队。两人球技算不上出类拔萃，但胜在配合默契，往往双剑合璧，威力大增，加上站一起时珠联璧合，看得观众赏心悦目，被学员们公认为2015届新干班的颜值担当，江湖人称“颜良组合”。

B组独占鳌头的是陈凡和余真真搭档的B3队。这两人是公认的羽毛球高手，无论男单、女单都有跻身前三的实力，两人配对更是发挥了“1+1＞2”的威力，两场比赛都杀得对手丢盔弃甲。因为两人实力太强，对手往往未战先怯，于是被冠上“杀手组合”的大名。

C组杀出重围的是张艺玮和万萍搭档的C4队。这两位都是文艺骨干，打羽毛球水平一般，但架不住运气来了挡也挡不住。两场比赛，都是在比分落后的情况下出现意想不到的状况，一场碰上对方男选手大腿拉伤退赛，另一场碰上对方女选手小腿抽筋退赛，结果在观众的惊叹声中赢得了两场意外的胜利，运气好到爆棚，于是被称为“锦鲤组合”。

排第四的是周笑宇和孟晨鸽搭档的D1队。一开始孟晨鸽没打算报名参赛，结果周笑宇厚着脸皮，三番五次发出邀请，最终凭借其三寸不烂之舌说服孟晨鸽和他搭档。本来这队实力并不为外界所看好，谁知周笑宇居然是个隐藏的羽毛球高手，又用几天时间给球技一般的孟晨鸽来了个速成强化、提高，结果王者带青铜，边打边升级，两场比赛打下来，渐入佳境。为了鼓舞士气，作为好事者本人的周笑宇给自己这一队冠名为“神话组合”，结果差点没把陈凡笑死，说：“你们这队要能夺冠，那还真成神话了。”周笑宇回怼道：“你还别不服气，在我的助力下，孟晨鸽的球技已经有了质的飞跃，到时铁定打败你们。”陈凡嘲笑道：“反正吹牛不上税，你就使劲忽悠吧。”

接下来的四强争霸赛，先是由方锐和沈吟雪搭档的“颜良组合”对阵陈凡和余真真搭档的“杀手组合”，结果在绝对的实力面前，纵然方锐和沈吟雪超常发挥，多次用心有灵犀地配合打出令人惊叹的神仙球，最终还是功亏一篑，以16:21、21:18、19:21的比分遗憾地输掉了比赛。

而另外一边的比赛几乎就是一面倒的实力碾压，张艺玮和万萍搭档的“锦鲤组合”对阵周笑宇和孟晨鸽搭档的“神话组合”，真的如同碰上了克星，不但完全没有任何运气加成，而且处处束手束脚，打得一塌糊涂，最终以12:21、9:21的悬殊比分毫无悬念地输掉了比赛。而周笑宇也借此报了乒乓球比赛参赛被拒的一箭之仇。比赛结束的当晚，周笑宇兴致勃勃地拉上方锐、陈凡、褚霄汉三个“狐朋狗友”，又约上孟晨鸽及其室友，去基地外面的馆子吃饭，庆祝这一“伟大的胜利”！

53

“羽乐无穷”混双比赛的总决赛定在了8月28日晚，由陈凡和余真真搭档的“杀手组合”对阵周笑宇和孟晨鸽搭档的“神话组合”。

下午4点，萧意、舒瑶正在办公室里处理文件，杨思雨和陈凡也在一旁各据一张办公桌，对着笔记本电脑键字如飞。当天下午没有老师授课，安排的是由班委精心准备的“学员讲堂”，已经举办到第五期，深受学员欢迎。最近关里的《雄关漫道》杂志向新干班约了两篇稿件，舒瑶把任务交给了杨思雨和陈凡，因为两人都没带笔记本电脑，手头也没资料，于是向舒瑶申请来办公室，借用电脑赶稿子。

众人正忙得热火朝天，突然门口传来敲门声，有人在喊“报告”。

萧意说了声“请进”，大家一看，原来是周笑宇。他走到萧意和舒瑶面前，说道：“老师，有件事情想跟您请示汇报一下。”

萧意道：“你说吧。”

“今晚7点，我们‘羽乐无穷’混双比赛的总决赛就要开幕了，但只有一场比赛，可能半个多小时就打完了，我怕观众看了会觉得不过瘾。”

“哦，那你有什么想法？”

“我征求了一下同学们的意见，大家希望决赛前能来一场‘师生友谊赛’，由陈凡和余真真对阵萧老师和舒老师组成的‘王炸组合’。”

周笑宇的提议把众人的注意力都吸引过来了，萧意还没说话，陈凡已经拍手道：“好哇，好哇，我们大家都盼着能欣赏男神、女神的赛场风采呢！”

萧意笑了笑，对舒瑶道：“我没问题，看舒老师有没有兴趣？”

舒瑶皱了皱眉头，说道：“我这两天身体有点不适，没办法做剧烈的体育运动。”

周笑宇马上接道：“如果舒老师不方便，孙老师也可以呀。”

萧意道：“孙老师今天临时有点事，上午回市区了。”

眼看一场众人期待的“师生友谊赛”就要吹了，这时杨思雨突然出声道：“如果没有合适的人选，要不我来做萧老师的搭档吧，我以前练过几年羽毛球，不会打得太差。”

众人都吃了一惊，再一想，又觉得未尝不可。萧意犹豫了一下，说道：“我都十几年没摸羽毛球拍了，这几年也很少运动，要是跟你们的夺冠热门组合打上三局，只怕明天都走不了路了。”

周笑宇道：“这个好说，‘师生友谊赛’纯粹是娱乐性质，只需要打一局，体能消耗不会太大。再说了，您是总班主任，陈凡他们哪敢用全力呀？”

“你叫他们放水别放得太明显了！”萧意一句话引得众人哈哈大笑，而杨思雨脸上则露出不易察觉的欣喜之情。

从办公室出来后，周笑宇兴奋得挥了下拳头。来之前他和方锐打了个赌，方锐不相信他能请动老师参赛，他说绝对请得动，于是在一旁损友的怂恿下，两人下了100元的赌注。现在钱马上就可以到手了，怎么能够不高兴？而且周笑宇也有自己的小算盘，己方与“杀手组合”相比，实力上有明显差距，但如果“杀手组合”先和萧意、杨思雨来一局“师生友谊赛”，必定会消耗一部分体力，己方以逸待劳，胜算自然就大了不少。

为了迎接这场不期而至的“师生友谊赛”，萧意只能放下手上做了一半的事情，和杨思雨到球场上进行适应性训练。虽然知道对手会手下留情，但他也不希望打得太差，让旁观的学员们看笑话。

先做了几分钟热身，活动了一下手脚，然后萧意和杨思雨打了起来。打了没几回合，萧意就发现杨思雨的球技相当不错，前推后拉，轻挑重杀，打得很有章法，技术竟不似在余真真之下，看来她说自己练过几年羽毛球还真不是随口说说的。

打了半个小时，萧意已是汗流浃背，于是停下来，和杨思雨到场边的石凳上休息。

萧意一边擦汗，一边问道："你打得这么好，怎么不去参赛呢？"

杨思雨撇了下嘴道："男生中没有我想搭档的。"

萧意本想随口问一句"那你想和谁搭档"，话到嘴边突然想到什么，赶紧转移话题道："你的脚挺好看的！"话一出口，他马上意识到自己口误了，赶紧改口道："我是说你的鞋挺好看的。"

杨思雨愣了一下才反应过来，忍不住笑出声来。萧意也有点不好意思，气氛一时变得有些微妙。

杨思雨道："老师，我刚刚突然想起最近看的一个小故事，觉得很有意思。"

"什么故事？"

"讲的是关于粟裕将军的一则趣闻。粟裕将军的妻子楚青出生在扬州，小时候颇为见过世面，后来逃到上海。上海解放后，有一天粟裕和楚青逛街，粟裕突然来了句：'这家咖啡馆不错。'楚青觉得很奇怪，粟裕从来不懂情调，怎么现在突然开窍了？楚青就问他：'这家咖啡馆哪里不错？'粟裕说：'在这咖啡馆里架四挺机枪，我能控制整个街道。'"

杨思雨话音刚落，萧意忍不住哈哈大笑起来，这一笑笑得没心没肺，一瞬间让他有种回到大学校园里的感觉。

杨思雨看着大笑不已的萧意，脸上也浮现出微笑。等到萧意笑声止歇，杨思雨道：“老师，您刚才笑的样子好可爱，跟平时完全不一样。”

萧意收住笑容道：“那我平时是什么样子？”

“您平时的样子太严肃了，老是板着一张脸，同学们见到您都会害怕，甚至私底下给您取了个外号叫‘豹子头’。”

萧意还是第一次听说自己有这么一个外号，当下纳闷道：“为什么叫‘豹子头’？”

“豹子头林冲不是八十万禁军教头吗，以他的性格，平时训练士兵时一定非常严格认真，您说是不是？”杨思雨反问了句。

萧意听了，哑然失笑道：“马上林冲，马下武松。林冲是《水浒传》中数得着的英雄好汉，拿我和他比，太抬举我了！”

杨思雨打趣道：“老师您要是生在古代，一定也会是条好汉！”

萧意回了声“谢谢！”，心里却想现在的学生确实比自己读书那会厉害不少，那时的学生哪有胆子和老师开这样的玩笑。

54

晚上7点，“羽乐无穷”混双比赛的收官战开始了。它一共分为三个环节：首先是萧意、杨思雨对阵陈凡、余真真的“师生友谊赛”；接着是重头戏——“杀手组合”对阵“神话组合”的冠军之战；最后是由班主任老师给胜出的四强组合颁发证书和奖品。

友谊赛环节，一开始打得不太理想，主要是萧意和杨思雨这边缺少训练及必要的磨合，双方的走位和配合都不到位，好几个球两人要么你让我、我让你，错过时机，要么抢到一起，接连造成几个不必要的失误，开场不久便以0:5的比分落后。

眼见杨思雨有些急了，俏脸涨得通红，借交换发球的功夫，萧意走到她身边道：“不要心急，等会你主要负责左前方，多打挑球、勾球；我负责右后方，以大力扣杀和吊球为主。”

杨思雨点点头，两人稍微调整了一下站位。开球后，不知是萧意和杨思雨突然找到了默契，还是陈凡和余真真有意放水，“王炸组合”大显神威，连下四城，比分追到了4:5，场外一时喝彩声不断。

接下来双方你来我往，各不相让。萧意和杨思雨的配合渐入佳境，你攻我守，你杀我吊，看得观众们频频叫好。陈凡、余真真一开始还有所保留，见对方越打越好，气势上来后甚至开始压着己方打，当下不敢大意，打起十分精神，认真应对。

比分停在18:20时，比赛也进入了高潮。这时由余真真发球，她发了个低平球过来，杨思雨上前一步推了过去，力道稍微大了点，落球时刚好给了对方一个绝佳的杀球机会。

说时迟那时快，陈凡一个大力扣杀，羽毛球如飞火流星般直挂场地死角。萧意见势不妙，急忙一个飞身救球，只可惜虽然勉强够到球，却已无法调整力度击回去，羽毛球撞在网上。18:21，陈凡、余真真赢得了友谊赛的胜利！

两队队员互相握手祝贺，接下来是15分钟的休息时间，陈凡、余真真赶紧擦汗、喝水，稍事休息，准备迎接最后的冠亚军决赛。

萧意一口气喝完半瓶水后，发现身旁的杨思雨眼圈泛红，竟似要哭了一般，赶紧问道："你怎么了？"

杨思雨声音哽咽道："最后一个球我没处理好，要不然我们肯定可以赢。"

萧意心想："这孩子怎么好胜心这么强？"于是轻声宽慰道："这只是一场友谊赛，打着好玩的，不用太在意。"

杨思雨道："可是我好想和你赢下这一局！"

萧意只觉得心中最柔软的地方仿佛被人击中，愣在当场，半天反应过来后轻轻拍了下杨思雨肩膀道："人生就是这样，总会碰到很多不如意的事情，不用太放在心上，明天又是新的一天！"

杨思雨"嗯"了一声，没有再说什么。

众人瞩目的冠亚军决赛终于开始了，陈凡、余真真搭档的"杀手组合"对阵周笑宇和孟晨鸽搭档的"神话组合"，究竟是"杀手"打破"神话"，还是"神话"终结"杀手"，一切都在这最后一战见分晓！

双方第一局都以攻势为主，恰如火星撞地球、铁鸡斗蜈蚣，打得风生水起、火花四射。陈凡、余真真胜在技术过硬，没有短板，招招凌厉，见血封喉；周笑宇和孟晨鸽胜在以逸待劳，体力充沛，见招拆招，游刃有余。比分一直很胶着，激战了近20分钟，陈凡、余真真终于以21:17的比分艰难拿下第一局。

到了第二局，陈凡、余真真果然在体力上出现了瓶颈，动作有些变形，尤其是余真真，几次大力杀球都没杀死，反而被周笑宇抓住机会反杀成功。最后的关键时刻，余真真又出现几次不该有的失误，最终周笑宇和孟晨鸽以21:15拿下了这一局，双方总比分战成了1:1。

在短暂的两分钟休息时间里，两队队员都在抓紧时间擦汗、喝水。周笑宇对着孟晨鸽道："拿下第三局，接下来一周你们宿舍的零食我包了。"

孟晨鸽笑道："你也太小气了，要请就请我们队的姑娘们一起吃大餐。"

周笑宇故作豪气道："没问题，这方圆十里内你想吃啥尽管提！"

孟晨鸽道："市桥那有家渔民新村，要不你请我们去吃海鲜吧。"

周笑宇马上苦着脸道："姑奶奶，能不能换一家？"

"神话组合"在讨论赢了吃什么的时候，陈凡正在见缝插针地给余真真交代战术。讲着讲着，余真真突然来了句："凡哥，我今天状态不太好，拖累了你！"

陈凡道："你打得很不错，只是今天我们比对手多赛了一局，体力消耗多一点，第二局有段时间身体进入极限状态，影响了发挥。不过没关系，现在已经过了临界点，我们的技术比对手好一个档次，只要正常发挥，一定能赢！"说着向余真真做了个击掌的手势。

余真真被陈凡的话所感染，燃起了斗志，伸出手和他击了下掌，回了一句："We are the best！"

决胜局开始了。这一次双方都打起了十二分精神，刀对刀，枪对枪，针尖对麦芒，杨戬斗猴王。"神话组合"充分发挥体力充沛的优势，招招抢攻，步步紧逼；"杀手组合"稳住阵脚后，尽量发挥自己技术好的特点，声东击西，指南打北，务求尽可能地消耗对方的体力，找出破绽后一击致命。

双方你来我往，斗了个旗鼓相当。旁观的众人时而屏息静气、全神贯注，时而掌声大作、齐声叫好。最终，比分到了20:19，“杀手组合”领先1分。因为余真真球鞋鞋带散了，她示意裁判后暂停了比赛。

周笑宇咬咬牙，走到孟晨鸽身旁道：“拿下这一局，请你吃海鲜！”孟晨鸽“嗯”了一声，精神为之一振。

另一边，陈凡也走到余真真身边，打气道：“为我们的第一个冠军，加油！”

余真真点点头，和陈凡碰拳鼓劲。

开球了，余真真球拍轻挥，羽毛球划过一道美丽的弧线飞过网。对面的周笑宇看清球路，一记势大力沉的扣杀直挂死角。就在这电光石火的一瞬间，陈凡恰似身上装了弹簧般，“嗖”的一声跳了过去，一记“海底捞月”将球救起，打过网去。对面的孟晨鸽见来球高度堪堪过网，当下横拍轻轻一挑，想挑一个网前球直落对方的防守空白区域，不料力道用大了点，球尚在半空，余真真已拍马杀到，一记“力劈华山”直击来球。羽毛球如流星赶月般划过天空，在周笑宇的球拍追上之前，重重砸在地上。

围观人群爆发出山呼海啸般的声音。21:19，陈凡和余真真赢得了最后的胜利！两人激动之下，情不自禁地抱在了一起。一旁观看的萧意和舒瑶交换了眼神，都有些哭笑不得。

输掉比赛的周笑宇本来万分沮丧，再看孟晨鸽已经累得瘫坐在地上，眼圈泛红，当即走上前，一边扶她起来，一边宽慰道：“没关系，输了我也请你吃海鲜。”

孟晨鸽破涕为笑道：“不许反悔哦！”

15 寿星满堂

55

颁奖环节由在场的三位班主任给四强选手颁发证书和奖品。先是由胡百川和舒瑶分别给并列第三名的“颜良组合”及“锦鲤组合”颁奖，方锐、沈吟雪获得的奖品是梁羽生的作品《萍踪侠影录》（上下），张艺玮和万萍获得的奖品是海宴的作品《琅琊榜》（上下）。接着由舒瑶给获得亚军的“神话组合”颁奖，周笑宇、孟晨鸽获得的奖品是刘慈欣的经典作品《三体》（1—3）。

最后由萧意给获得冠军的“杀手组合”颁奖，当陈凡、余真真掀开盖在礼盘上的红布，向众人展示奖品时，大家都惊叹不已，原来冠军奖品是一套七本的《明朝那些事儿》，并且是作者当年明月的精装签名本。

舒瑶在萧意耳边道：“你可真会选奖品，每个组合发一套书，是不是想让他们以互相借书看为由经常交流啊？”

萧意道：“有些事情完全禁止是禁不住的，倒不如因势利导。何况，多看点好书，总没有坏处。”

舒瑶问道：“你从哪里弄到的当年明月的签名本呀？”

萧意道：“我2011年去北京出差，除了公务外，当时周处还让我带了十来本《明朝那些事儿》，抽空找当年明月签名。这是教育处自留的一套签名本，今天刚好派上用场了。”

舒瑶好奇道：“要这么多签名本干吗？”

“当年《明朝那些事儿》一书大火，当年明月本人被调去了总署办公厅，据说海关和其他部委进行文化交流，有时互赠礼品，便会送一套签名版的《明朝那些事儿》，一拿出来文化含量十足，再一说这作者就是我们海关的，感觉倍儿有面子。关领导听了，说明月同志好歹也是从我们关出来的，我们也得备几套签名本，和地方上做交流用，于是周处便派给了我这个任务。”

一旁的杨思雨听到了，脸上露出羡慕的表情。

晚上活动结束后，除了十几名学员兴致不减继续留在球场上打羽毛球外，其他人都散去了。萧意见时间还早，想到手头材料还没写完，便回办公室开始晚上的加班工作。

刚打开电脑，就听到门口传来一声“报告”，接着一个清丽的身影出现在面前，不是别人，正是杨思雨，脸上带着点不好意思的表情。

萧意问道：“有什么事吗？”

杨思雨走到萧意面前，柔声道：“老师，您这里还有《明朝那些事儿》的签名本吗？”

萧意笑了笑，说道：“你也想要一本吗？”

杨思雨道：“我是当年明月的粉丝，很想讨一本他的签名本，不知道老师您手上还有没有多的？”

萧意哑然失笑道：“我拿回来的那些签名本都已经交给总关办公室了，手上多的那几本原是教育处自留的，刚才作为奖品已经派出去了。”

杨思雨一听，“哦”了一声，失望之情溢于言表。

萧意见了，心中有些不忍，想了想，打开电脑台下的抽屉，在里面翻了一会，找出一本杂志，递给杨思雨道：“这个送给你吧，上面也有当年明月的签名。”

杨思雨见杂志封面上写着“青春放歌”四个字，再一翻开，扉页上果然有当年明月龙飞凤舞的签名，当下惊喜道：“老师，这上面怎么会有当年明月的签名呢？”

萧意解释道：“这本《青春放歌》是2000届新干班学员集体制作的一本纪念册，而当年明月就是那一届的学员。我去找他之前，存了点心眼，把这本在处里备份存档的册子也带上了，签名时请他多签个名。当年明月看到这册子还挺激动，向我打听了不少他们那一届学员的情况。”

杨思雨拿着册子爱不释手：“哇！这上面还有他们的合影。老师，这礼物太珍贵了，我都不知道怎么谢您好！”

萧意笑道：“既然你是当年明月的粉丝，这册子送你再合适不过了。”

杨思雨突然想起了什么，说道：“老师，您就好人做到底，也在这册子上签个名呗。”

萧意摇头道：“上面有大作家当年明月的签名，我一个无名之辈，签上去不合适。”

杨思雨恳求道：“老师，您和当年明月一样，都是我的偶像，所以无论如何，您一定要给我签个名，给我留个纪念。”

萧意见她一再坚持，只好摇了摇头，拿笔在册子扉页上签了个名。

杨思雨拿起册子，笑得合不拢嘴，突然她又想到了什么，问道：“老师，我们这届新干班为什么不做纪念册呢？”

萧意道：“这种纪念册以前每届新干班都会出一期，但后来总署发了份公文，说为了节约资源，避免浪费，停办不必要的纸质刊物，所以这几年都没有再出了。”

“好可惜呀！”杨思雨感叹了一句，又说道：“要是我们这届能出一期就好了。”

杨思雨走后，萧意还在想她刚才的那个提议。确实，纪念册停办是件非常可惜的事情，毕竟这本来可以给新干班学员们留一份美好的青春回忆。其实这完全可以先把电子版做出来，如果条件成熟就出纸质版，应该也不是件太难的事情。想到这里，舒瑶正好进来了，萧意喜出望外，马上把自己的想法跟她说了。

舒瑶点点头，说道：“这事交给我吧。明天我就去安排程云牵头，让他找几个合适的学员成立一个编委会，用两周时间完成征稿、编辑、排版等工作，同时去找印刷社，争取在学员结业前把纪念册搞出来。”

萧意赞道：“你真是我见过的最好的搭档了！干活从来不讲条件。”

舒瑶笑道：“你这么夸我，我可担不起呀！要不我也夸你一下？你是我见过的最能背锅的搭档了。”

萧意苦笑道：“你这叫夸奖吗？我怎么感觉有点讽刺的味道？”

“我可是真心诚意地夸奖，因为你敢于担当，顾全大局，脏活、累活抢着干。有你这样的总班主任，我们新干班怎么会带不好呢？”

“你这么一说，我感觉自己都可以为新干班‘鞠躬尽瘁，死而后已’了。”

说笑了一会，舒瑶谈起了正事：“班委这两天在筹备明晚举行的集体生日晚会，统计了培训期间过生日的学员和老师，一共有32人。他们准备了唱歌、舞蹈、魔术、游戏等环节，到时也会请老师上台表演，你可要提前做点准备哟。”

萧意为难道："我既不会唱歌，也不会跳舞，到时上台还真没有什么节目可以表演的。"

"要不你即兴赋诗一首，让我们见识一下萧老师的七步成诗。"

"你就别拿我开玩笑了。"萧意想了想，说道："算了，到时我来个诗朗诵吧，简单省事，不用特意去准备。"

56

8月29日的集体生日晚会算是班委自"篮球嘉年华"和演讲比赛之后主办的第三场大型活动，鉴于前两次活动都非常成功，学员们的期望值也水涨船高。为了办好这次活动，所有班委成员全部动员起来，有的参与策划方案的设计，有的负责征集节目、组织排练，有的亲自上阵吹拉弹唱，还有的甘做幕后无名英雄……

连着几天晚上，舞蹈房和班委工作室（萧意特意安排了一个小教室给班委临时办公用）里都是忙得热火朝天的班委和节目组成员。如果不是有晚上10点半必须熄灯就寝的硬性规定，这帮精力旺盛的年轻人真的可以干通宵。有时晚上萧意从办公室出来散步，看到班委工作室和舞蹈房灯火通明、干劲十足的情景，都会忍不住感慨，这帮年轻人为了自己的目标去努力和奋斗的那股精气神实在是令人动容！

8月29日晚上7点，精心筹备的集体生日晚会终于隆重开幕了。大教室里的桌椅全部被重新摆放过，中央空出一块大场地作为舞台。从舞台到四壁都挂满了彩带和五颜六色的气球，充满了节日的氛围。老师和学生都穿上了统一的班服，蓝白相间，煞是好看。之前萧意还觉得班服上的“燃情岁月”“且听风吟”有点别扭，现在看久了，倒是越看越顺眼了。再看观众席上，桌上摆满了香蕉、橘子、花生、瓜子和各种小零食，有些性急的学员已经忍不住先吃了起来。

晚会开始了，主持人程云和孟晨鸽款款走上台来。这两位现在已成为新干班的金牌主持人，不仅俊男美女形象一流，而且配合默契，应对自如，每次联袂登场都会令人眼前一亮。

不同于一般流程化的开场白，孟晨鸽用了一首诗来开场：

我们是一百三十二颗星星
来自浩瀚宇宙的不同星系
我们是前世同舟共济的渡客
今生再次并肩同行

孟晨鸽用甜美的声音念完第一段后，程云马上用浑厚有力的男中音接上来：

斑驳灿烂的阳光透过树林
空气中肆意流淌着青春
我看见你明亮的眼
清清浅浅，神采飞扬
我看见你无畏的脸
意气风发，器宇轩昂

接着又是孟晨鸽娓娓动听的声音响起：

我想我是幸运的
在最好的时光遇见了你们
就像水彩点缀画纸
空白的世界变得鲜活饱满
那是你们一张张可爱的脸
温暖了我的世界

程云无缝对接第四段，等到最后两句时，两人一起合念，铿锵的语调中又饱含深情：

今天是我们的生日
三十二颗星星的生日
为了这一刻的喜悦
我用一生向神许愿
愿我们的光芒耀眼夺目
愿我们的友谊地久天长

精彩的开场白说完后掌声四起，萧意也忍不住用力地鼓掌，一边鼓掌，一边问身旁的舒瑶：“这诗是谁写的？”

“当然是杨思雨写的，除了她，别人也没有这样的文采。”

萧意点点头，没有再说什么。

孟晨鸽的声音再次响起：“下面是今晚的第一个节目《动感青春》，由啦啦队的16位青春美少女为大家献上。”话音刚落，16位身穿红衣白裙的女生在欢呼声中闪亮登场。

伴随着动感十足的音乐，16位女生尽情地跳了起来。上一次“篮球嘉年华”上啦啦队的表演萧意因故错过了，这一次他可不想再次错过，于是看得十分认真。

啦啦队有两个队长，分别是孟晨鸽和吴果。孟晨鸽把精力都放在主持方面，所以这次由吴果来领舞。也许是这段时间练舞练得十分辛苦，她原本有些微胖的身材竟然变得苗条不少，更显得曲线玲珑。作为领舞，她把整个队伍很好地带动起来，虽然队员们个子有高有矮，身材环肥燕瘦，基础参差不齐，肢体表现方面也是高下有别，但好在每个人跳得都很投入，动作协调方面做得很不错，人多势众更显气场强大，配合劲爆的音乐，现场给人的视觉冲击力非常强，感觉不亚于电视上的当红女子组合。

啦啦队的表演一下子便掀起了晚会的第一个高潮，当她们表演结束后，程云拿着话筒喊道：“啦啦队的表演好不好？”

现场观众大声应道：“好！”

程云接着喊道：“再来一次要不要？”

现场观众又是异口同声道：“要！”

这时孟晨鸽抢过来道：“大家的热情啦啦队的姑娘们都心领了，但是刚跳完舞她们实在累得不行，所以我们还是让她们休息一下。接下来有请我们新干班的当红女子组合A. I. R，为大家带来一首超级火爆的*Super Star*。”

话音刚落，三位身着红色战裙的美少女已在前台上摆好造型，正是余真真、杨思雨和吕慧。看到这个横空出世的新鲜组合，大家都瞪大了眼睛。余真真能歌善舞大家都已熟知，其“一代歌后”的大名早已传遍新干班，但杨思雨和吕慧之前从未展露过歌喉，这次居然会和余真真一起以组合形式出场，大家都充满了好奇。

伴随着徐徐响起的前奏音乐，杨思雨拿着话筒来了段感言：“今天这个特别的日子，也是我们A. I. R女子组合出道的第一天，所以选了这首摇滚风格的动感快歌，希望大家喜欢。同时这首歌也要献给我们的男神、女神——萧意、舒瑶、胡百川和孙兰兰老师，你们就是我们心目中的Super Star！”杨思雨说话时，眼睛似有意又似无意地扫了几眼萧意，萧意觉得她的眼睛仿佛电力十足，一时竟无法直视。

在众人的欢呼声中，A. I. R女子组合开唱了。伴随着令人振奋的音乐，三位平时端庄大方的女生仿佛S. H. E组合的灵魂附体，一会儿大幅度地摆动着身体，一会儿疯狂地甩着头发，看得旁观众人目眩神迷，纷纷叫好。萧意和舒瑶交换了一个眼神，两人都是同样的想法：现在的女孩确实是放得开！

三人里面，杨思雨和吕慧都唱功一般，因此高音部分主要靠余真真带起来，但这两位的舞蹈功底都不错，因此表演的热舞倒也颇有看头。演唱到高潮段落时，气氛嗨爆了，不少学员都跟着一起唱起来：

你是电 你是光

你是唯一的神话

我只爱你

You are my super star

你主宰 我崇拜

没有更好的办法

只能爱你

You are my super star

你是意义

是天是地 是神的旨意
除了爱你
没有真理
…………

一曲唱完，意想不到的场面出现了——最后一句兀自余音绕梁，杨思雨突然带队走到前排的四位班主任面前，三人一起弯腰伸手，呈邀请跳舞的姿势。

萧意四人一时有些措手不及，之前没听班委说有这样一个环节，不知怎么突然来这一出。

这时程云赶紧过来救场道："A. I. R组合用这首动感十足的*Super Star*，向我们的四位老师表达了心中的敬爱之情，同时也希望四位老师能够在今晚的舞台上展现一下他们的迷人风采，大家说好不好？"

"好！"台下一片山呼海啸。

盛情难却之下，舒瑶拿着话筒第一个站了出来。

57

作为越州海关闻名遐迩的金牌主持人，舒瑶吹拉弹唱样样精通，这次她选择唱一首老歌《追梦人》，这恰巧是萧意非常喜欢的电影《天若有情》的主题曲。在场的学员大多是"90后"，很多人都没有听过这首歌，但是优美的旋律和舒瑶动听的歌喉，将这首带着忧伤气息的经典老歌演绎得缠绵悱恻，众人也听得如痴如醉。

一曲终了，现场出现了一阵短暂的沉默，似乎大家都还沉浸在歌声中不能自拔。过了一会，掌声如惊涛拍岸般响了起来。

舒瑶回到座位上时，萧意赞道：“你唱得真好，让我都有种时光倒流的感觉！”

“我就担心唱这种有些伤感味道的歌，会影响今晚的欢乐气氛。”

“我倒是觉得刚好可以给这帮兴奋得有些忘形的孩子们降降温。”

两人交谈的时候，胡百川和孙兰兰一起走上前台，原来他俩商量好了合唱一首《摘下满天星》。这也是一首距今遥远的老歌，如果说前面那首《追梦人》还有个别学员曾经听过，那么这首《摘下满天星》对于所有学员来说，就是一个闻所未闻的存在。

但是经典老歌的恒久魅力是不会被时间所掩埋的，美妙的歌词和悠扬的旋律，配合胡百川、孙兰兰的倾情演绎，很快便让众人沉浸在动人的歌声中：

漫漫长路远 冷冷幽梦清
雪里一片清净
可笑我在独行
要找天边的星
有我美梦作伴 不怕伶仃
冷眼看世间情
万水千山独行
找我登天路径

…………

《摘下满天星》同样博得了满堂彩，接下来话筒交到了萧意手中，所有人的目光都集中在他身上。

看着台下一双双热切的目光，萧意笑了笑，说道："看了啦啦队表演的《动感青春》和A. I. R组合演唱的*Super Star*后，我十分感慨，为什么自己读书时没有碰到过这么能歌善舞、热力四射的女生，我感觉自己的青春被狗啃了！"

萧意的调侃迎来一片笑声，停顿了一下，他又说道："再听了舒瑶老师的《追梦人》，和胡百川、孙兰兰老师的《摘下满天星》后，我更是丧失了唱歌的勇气。有句话说得好，'人比人该死，货比货该扔'，他们唱得这么好，我这种五音不全的人哪敢出来献丑呀！"

学员们不依不饶了，纷纷起哄道："来一个，来一个！"

萧意做了个安静的手势，说道："这样吧，唱歌跳舞我都不在行，我就吟诵一首诗献给大家，这是我最喜欢的一首诗——中国的伟大诗人李白写的《将进酒》。"

看着学员们一个个屏息静气地等待着，萧意深呼一口气，调整了一下状态后，开始了他那抑扬顿挫的吟诵：

君不见，黄河之水天上来，奔流到海不复回。
君不见，高堂明镜悲白发，朝如青丝暮成雪。
人生得意须尽欢，莫使金樽空对月。
天生我材必有用，千金散尽还复来。
烹羊宰牛且为乐，会须一饮三百杯。
岑夫子，丹丘生，将进酒，杯莫停。

与君歌一曲，请君为我倾耳听。
钟鼓馔玉不足贵，但愿长醉不复醒。
古来圣贤皆寂寞，惟有饮者留其名。
陈王昔时宴平乐，斗酒十千恣欢谑。
主人何为言少钱，径须沽取对君酌。
五花马、千金裘，呼儿将出换美酒，与尔同销万古愁。

萧意在吟诵的过程中，随着感情的投入，不知不觉进入一种浑然忘我的状态，仿佛眼前面对的不是新干班的上百位师生，而是一位两鬓斑白的老人，那位对他说过“你小子天生就是当老师的料”的陆皓然校长。萧意不知道为什么自己会在此刻想起这位老人，他只知道在这一刻他终于明白了老人话语中的意思！

老师的节目都表演完后，终于进入晚会最核心的环节——分享生日蛋糕。20个插好蜡烛的生日蛋糕按次序摆在舞台周边的方台上，而舞台正中央的方台上则放着一个体积足有其他蛋糕三倍大的巨无霸生日蛋糕。在主持人的安排下，32位寿星鱼贯而出，站在了舞台中央，居中的则是分别在8月底及9月初过生日的萧意和舒瑶，每人头上都戴了个用彩纸板编扎的桂冠，看上去十分有趣。

“熄灯。”随着程云一声令下，教室里的灯都熄灭了，只见烛光闪烁，映照着一张张青春洋溢的脸。

寿星们许完愿后，在孟晨鸽的带领下，众人一起唱起了生日歌。从小到大，萧意经历过数不清的生日之夜：有自己的，也有别人的；有开心喜悦的，也有伤心难过的；有呼朋唤友彻夜狂歌的，也有独自一人纵酒度过的……但是论人数之多、规模之大、氛围之欢快、看点之丰富，还没有能超过他眼前这一场的。如果可以，他很想把晚上发生的这一切都深深地刻在心底。

吹灭蜡烛后，灯光重新亮起。在学员们的起哄下，萧意和舒瑶一起切开了大蛋糕。接下来的十几分钟里，20个蛋糕，一半进了师生们的肚子里，另一半则飞舞出去，糊在不少人的脸上和身上。舒瑶、胡百川和孙兰兰都不幸中招，只有萧意幸免于难，主要是学员们平时都比较怕他，即便在现在这个普天同庆的场合，也没人敢在他面前放肆。

眼看闹得差不多了，萧意叫上主持人和班委把场面控制下来，要不后面的节目都没法进行。好不容易等所有人在座位上坐好，晚会继续进行。接下来的节目是张艺玮表演的魔术《花开富贵》，以及苏东来、周伟杰两人张罗的一个“挤气球”的游戏，不过就像过了12点的春节晚会一样，观众们的心思大多不在节目上，而是各自交头接耳、聊天吹水。直到压轴节目出来时，所有人才把目光重新投向了舞台。

孟晨鸽的声音似乎有些激动：“今天的晚会高潮迭起，不少同学都展现出自己非凡的才艺，但是有一个著名的组合迟迟没有亮相，他们说要把最精彩的节目留到最后，我们来看看他们能不能兑现自己的诺言。下面是今晚的最后一个节目，有请我们新干班的当红组合‘莲花山男孩’隆重登场，为大家带来一首原创歌曲*S. O. S*。”

58

孟晨鸽介绍完后，一身白衣黑裤的方锐、陈凡、周笑宇和褚霄汉四人帅气出场，居中而站的方锐手里依旧拿着把吉他，轻轻拨了下琴弦，顿时仿佛拨动了所有人的心弦，台下无数女生齐声欢呼，声浪似乎要掀翻屋顶。

待到声浪平息下来后，充满了魔力的男生四重唱声音传遍了教室的每一个角落：

曾经傲气比天高，
潇洒自由无烦恼，
万事不在我眼中，
伊人只在梦里找。
谁知偏偏遇上你，
居然把我迷住了，
为你神魂竟颠倒，
害我低头又折腰。
少年维特之烦恼，
你又不是不知道，
梦中注定就是你，
求你爱我好不好！
…………

萧意听着听着，不禁皱起了眉头，“莲花山男孩”的这首原创歌曲分明就是一首赤裸裸的情歌，而且以他的经验，可以猜得到接下来这四个傻小子会做出什么任性的举动来，到时可能会出现失控的局面，这是他无论如何都不希望发生的。想到这里，他走到一边，跟负责道具的陆一帆低声耳语了几句，陆一帆马上去跟进了。

不出所料，当“莲花山男孩”唱到副歌的高潮部分时，观众的情绪也嗨到了极点，就在这时，观众席上有人将两束鲜花丢向舞台。说时迟那时快，方锐、陈凡似乎早有准备，一人接住一束鲜花，随着荡人魂魄的“求你爱我好不好”的歌声，两人上前两步，分别向着沈吟雪和余真真单膝跪下，献上鲜花，一副当众求爱的姿势。

此刻，不要说沈吟雪和余真真不知所措，便是旁观众人也都大吃一惊，大家没想到方锐和陈凡会来这一出，只是这时现场的气氛已是如火如荼，大部分人都顾不上去想这样的举动合不合适，只是在一旁看热闹不嫌事大地起哄。

就在沈吟雪和余真真不知如何是好的时候，人群中突然有人拿着彩条喷筒对着方锐、陈凡一顿狂喷，没等两人反应过来，头上、身上到处已是雪花一样的丝带和泡沫。沈吟雪和余真真见状吓了一跳，忙不迭地躲开。旁观众人也赶紧躲开，一时间嬉闹声、大笑声四起，现场乱成一团，一个出人意料的求爱仪式瞬间被打断，变成了一个印度歌舞片似的狂欢场面。

就在这时，伴着《难忘今宵》的背景音乐，程云的声音响起：“尊敬的老师、亲爱的同学们，虽然美妙的歌声依然在耳边回响，精彩的舞姿兀自在眼前闪现，但是晚会已经步入了尾声，在全体演员的共同努力下，在台前幕后工作人员的辛勤奉献下，今天的集体生日晚会获得了圆满的成功！最后，再次送上美好的祝福——愿我们的光芒耀眼夺目！愿我们的友谊地久天长！谢谢大家！”

10点15分，2205宿舍，舞台上风光无限的“莲花山男孩”正瘫坐在床上，一副愁眉不展的样子。

先是褚霄汉发声了：“方少、陈凡，你们两个也太不够义气了，舞台上突然来那么一出，事先也不和我们商量一下，要是班主任怪罪下来，我和笑宇都要陪你们一起倒霉了！”

周笑宇也愤愤不平道：“这事你们确实做得不地道，要送花私下里送好了，有必要搞得那么大张旗鼓吗？不知道的还以为是我出的馊主意呢！”

方锐没好气道：“怎么，平时一个个兄弟长兄弟短的，现在屁大一点事就扛不住了？”

褚霄汉一听火大了，不忿道：“是兄弟的就该事先讲清楚，不要没来由地让别人去背锅！”

陈凡赶紧打圆场道：“这事是我不对，临时起意，想给大家制造一个惊喜，所以事先只和方少通了气，没有和你俩提前打好招呼，你们有什么意见，尽管冲我来好了。”

陈凡这么一说，褚霄汉也不好再说什么，把头歪向一边，自己生着闷气。

周笑宇接口道：“老实说，你俩这不叫惊喜，简直就是惊吓！献花那一会，我都懵了，心想你们可真够胆大妄为的，当时胡百川老师就坐在我正前方，我看到他脸都绿了，眼看就要发飙，结果没想到陆一帆突然拿着彩条喷筒朝你们狂喷，把整场戏给搅和了。”

陈凡愤愤道：“陆一帆这小子搞什么鬼，看我不好好收拾他！”

周笑宇道：“老实说，人家这是救了你俩，要没这么一出一拍两散的戏码，你们这样一胡闹，你觉得‘豹子头’能放过你们吗？到时恐怕就不是当众检讨能收场的了。”

方锐拍了拍陈凡肩膀道：“笑宇说得对，这次我们确实有欠考虑，我看沈吟雪、余真真她们也不是很开心，以后还是少来这种惊喜。”

陈凡沉默了一会，说道：“你们说得对，这次是我考虑不周，如果老师要怪罪，就都由我来扛吧。”

方锐道：“别多想了，早点睡吧。”就这样，一场卧谈会草草结束。

出乎众人意料的是，生日晚会上的献花事件没有掀起任何波澜，就像从未发生过一样。学员们议论了两天后，见没有什么后续新闻，也就风平浪静了，这正是萧意想要的结果。虽然胡百川、孙兰兰对此都持不同意见，认为应该对挑事的几个调皮鬼好好教训一下。不过舒瑶站在他这边，觉得年轻人有一点出格行为也能理解，既然事情没有闹大也没必要深究。于是舒瑶私底下找那几个调皮鬼谈过话后，这件事算是了结了。

相对于献花事件的波澜不惊来说，之后发生的另外一起突发事件却一度让几个班主任陷入了抓狂的境地，这也是新干班开班以来他们遇到的最大挑战！

8月31日晚上8点，学员上晚自习的功夫，四个班主任正在胡百川办公室里喝茶。平时四人手头都有一堆事情要忙，难得有时间坐下来一起喝茶闲聊。这次是胡百川的战友给他寄来了两饼上好的陈年普洱，还有几盒精致的茶点，于是胡百川沏好茶后，把几个班主任都叫到自己办公室来，一边喝茶吃点心，一边摆摆龙门阵。

正聊得兴起，胡百川突然想到了什么重要事情，猛拍一下大腿道："糟糕，我有事先回一下宿舍，你们慢慢聊。"甩下这句话后，就匆匆离席而去。

三人莫名其妙，不知胡百川要去忙什么急事。舒瑶担心道："胡老师不会是家里出什么事了吧？"

孙兰兰撇撇嘴道："我觉得吧，肯定是胡老师老婆交代他去办什么事情，他给忘了，现在急着回电话去赔罪呢。"

萧意道："我们也别瞎猜了，我估计等一会他就会回来，到时我们再问他是怎么回事。"

果然不出萧意所料，20分钟后，胡百川一脸沮丧地回到了办公室，和三人打了个招呼："不好意思，我找一下东西。"说完便翻箱倒柜地找起来。

三人都觉得一头雾水，孙兰兰问道："你找什么呀？这么着急。"

胡百川一边手脚不停继续找，一边答道："前两天，程云把收好的学员护照和通行证交给我，现在都找不到了。"

三人一听，大吃一惊。

16 轩然大波

59

舒瑶让胡百川坐下来，讲清楚事情的来龙去脉。一番交代，终于厘清了头绪：原来人事处上周通知新干班将所有学员的护照和通行证收齐后交上去，萧意将这件事交给胡百川去跟进。收齐证件交上去后，人事处录完相关信息又将证件还给了胡百川。8月29日下午6点多，胡百川从市区回到基地，手里拿着装有证件的黑色环保袋，回宿舍时经过萧意宿舍，见萧意正和舒瑶聊晚会的事情，正想和两人一起讨论，进去之前随手便把袋子倚着门边放下了。等他走时都已经忘记了放下的袋子，直到现在才如梦初醒般想起来。

舒瑶问："你走出宿舍时，门口还有那个黑色袋子吗？"

胡百川用肯定的语气道："没有，如果还在门口我绝对会留意到。"

"那会不会是你忘在宿舍了？"孙兰兰提醒道。

胡百川哭丧着脸道："我把宿舍翻了个底朝天，也没有找到，现在只能寄希望于在办公室找到。"

萧意问道："一共多少本证件？"

胡百川答道："我当时做了统计，应该是35本港澳通行证和52本护照，总共是87本证件，用黑色环保袋装好后算是很醒目的。"

萧意点点头，说道："这样吧，你们俩在这里找，我和舒瑶回自己办公室找。如果找不到的话，我们再分头回自己宿舍里好好找一下。"

大家点头称是，于是马上开始行动。

半小时后，四人又在胡百川办公室碰头，脸上都是愁眉不展的表情，找遍了老师办公室和宿舍所有角落，都不见袋子踪影。胡百川一副失魂落魄的表情，显然在为丢失东西而深深自责。

孙兰兰灵机一动道："胡老师将那个黑色环保袋放在萧科宿舍门口，会不会是有人经过时，随手将那个袋子拿走了？我们可以调取一下宿舍楼附近的视频监控，看一看那个时间段有没有人拿。"

萧意叹了口气道："我也想到这一点了，刚才去找过魏主管，他说基地内总共只装了五个摄像头，宿舍楼范围没装摄像头，完全是监控盲区，没办法找人。"

这时胡百川站起来，恨恨道："基地就这么巴掌大的一块地方，袋子能藏到哪里去？萧科，明天上午，趁学员上课的功夫，我们四人，叫上班委，借检查内务为由，把所有学员宿舍彻底搜一遍，我就不信找不到这袋子！"

舒瑶脸色凝重道："你是怀疑有学员拿了袋子？"

胡百川道："我怀疑是哪个捣蛋鬼故意拿走的，要不然好端端放在门口怎么会不见呢？"

萧意道："我建议不要大肆搜查学员宿舍，这和内务检查不一样，肯定要彻底地翻箱倒柜，学员又不是傻子，一打听就知道是怎么一回事。到时候传出去，影响会非常糟糕！"

胡百川本就心情不好，一听声音提高了八度："那怎么办？几十本证件没了，我怎么赔？回去怎么向我们关领导交代？"

舒瑶软语安慰道："胡老师，你也不用太心急，我相信这些证件一定可以找到。要不你先回去，好好休息一下，明天早上起来说不定就可以回想起来证件在哪里。”一边说，一边拉着胡百川先回宿舍。

两人走后，孙兰兰问萧意道：“萧科，丢证件这事我们要不要赶快和周处报告？要不领导事后知道了肯定会怪罪我们。”

萧意摇摇头道：“缓一缓吧，这两天我们在基地里好好找一找，争取能找到。”

孙兰兰道：“我看胡老师挺着急的，万一证件没找到，是不是影响很大？”

萧意道：“这事搁谁头上都不好受。我听胡老师说，他最近被所在部门推荐提任科长了，关键时刻，哪知道会出这么一摊事！”

第二天上午上课的功夫，四名班主任分成两组，对整个基地除学员宿舍以外的大部分地方，进行了全面细致的“地毯式”搜查，可费尽九牛二虎之力，依然没找到要找的东西。

在办公室里碰头协商的时候，舒瑶道：“如果装证件的袋子被人故意拿走了，为了避免被发现，肯定会被丢弃在基地外面，那么有可能出现在附近的垃圾站，或是被人捡到送去了当地的派出所。”

胡百川一听，面露喜色道：“我去附近的派出所和垃圾站了解一下。”

萧意让孙兰兰陪胡百川一起出去找，办公室里剩下他和舒瑶两人，气氛一时有些沉默。

还是舒瑶先开了口：“我看胡老师眼圈都是黑的，昨晚应该没睡好觉。”

萧意道：“他心理压力大嘛，本来带班带得好好的，哪里想到会发生这样的事情！”

“你觉得证件找回来的可能性大吗？”

“证件丢失是8月29日的事情，今天是9月1日，已经3天了，越往后希望越渺茫！”

两人正聊着，突然萧意手机响了，一看是周处长打过来的。萧意心头一紧，心想：难道领导这么快就知道证件丢了？他赶紧接通，电话里传来周处长那粗犷大气的声音：“萧意，你现在赶快出来一下，到基地斜对面的邮政储蓄所门口等着，有人过来找你。”

萧意和舒瑶打了个招呼便匆匆出门，走出基地门口，马路斜对面就是一家邮政储蓄所。他刚走过去站定，周处长的电话又响起来了：“萧意，等会有个人过来找你，他是方锐的父亲方玉国，也是我高中时的同学。他有事找你商量，你能办的就尽量办。”

萧意没听明白，正想再多问几句，周处长那边已经不由分说挂了电话。萧意十分纳闷，心想：领导这是演的哪一出呀？正摸不着头脑时，一辆黑色的宾利缓缓停在了身前，接着一位身着黑色西服的精干男子走下车，对萧意做了个邀请的姿势道：“萧科长您好，我们方总请您上车谈点事情。”

见对方自报家门，且殷勤地打开了轿车后门，萧意只好坐了上去。

一上车，里面一位老总模样的人伸手致意：“萧科长，你好！我是方锐的父亲方玉国。”只见他年纪大约五十来岁，体型略微有些发福，浓眉大眼，五官和方锐有几分神似。

萧意一边和他握手，一边说道：“幸会幸会！方总今天大驾光临，不知有何贵干？”

方玉国笑道：“萧科长真是年轻有为，上百人的新干班被你带得兵强马壮，不愧是带队伍的好手！”

萧意觉得奇怪，对方怎么就知道自己带班带得好？方玉国似乎看出了他的疑惑，说道：“不瞒你说，我安排了专人天天在附近蹲点观察，对你们的带班情况也算是了如指掌。”

萧意有些不悦道：“方总，您既然把儿子交给了我们海关，我们自然会将他培养好，做一名合格的国门卫士，您用不着操这么多心！”

方玉国叹道：“天底下做父母的，都放心不下自己的孩子，尤其我这个儿子，自小顽劣，对他我实在没办法省心！”

萧意道：“方锐没有你想象中的那么差，他在培训期间总体表现不错，他是1班的文体委员，不仅充分发挥了自己打篮球、唱歌等方面的才艺，而且在集体活动的组织和参与方面都发挥了积极作用，在学员中很有号召力。”

方玉国点点头道：“你们老师费心了，不过我怎么听说，培训期间方锐有两次违纪事情？”

萧意愣了一下，随即回应道：“他是有过两次违纪，不过性质还算轻微，而且他也及时认识到自己的错误，之后没有再犯。”

方玉国笑了笑，将一打照片递到萧意面前：“那么这些，算不算严重违纪呢？”

60

萧意翻了下照片，顿时大吃一惊，照片上拍的是方锐和一个女生在一起，而那个女生显然就是沈吟雪。照片上的两人，有在饭馆里一起吃饭的，有在街边牵手逛街的，甚至还有在奶茶店里共饮一杯奶茶的。虽然两人除了牵手外，没有更进一步的亲热举动，但从两人在一起时那含情脉脉的眼神，瞎子都能感觉到这是一对沉浸在爱河中的情侣。

见萧意脸上表情阴晴不定，方玉国又来了一句：“萧科长，我听说你们培训班是准军事化管理，纪律严明，培训期间严禁学员谈恋爱，那么方锐这样做算不算严重违纪？”

萧意心中一沉，马上反问一句：“你想怎样？”

方玉国道：“不以规矩，不成方圆。方锐既然违纪了，就应该得到相应的处罚，你们可以按规定给他处分。”

萧意忽然觉得不对劲，直接问道：“方总，方锐是你的儿子，你不去包庇他，反而主动揭发他，我觉得这有悖常情。我想知道，你到底是出于什么目的？”

方玉国似乎早猜到萧意有这么一问，打个哈哈道：“你不用管我是什么目的，我肯定是为自己的儿子好。你们周处是我的老同学，我听他说你办事能力很强，就是为人处事方面还不够圆滑。”

萧意一听，不由得无名火起，当即冷冷道：“方总，方锐是我的学生，我要对他负责，我不会因为你的几张照片就随便处分一个品行还不错的学生。我也希望你以后不要再派人去做偷拍这种事情，这会让你的儿子看不起你！”

方玉国没料到萧意会这么强硬地回绝，愣了一下才缓过神来，随即有些尴尬地解释道：“萧科长，我就跟你实话实说吧，我这个儿子打小就比较叛逆，我说往东，他偏要往西。大学毕业前，我给他两条路选：要么去我公司，准备开始接班；要么去国外读MBA，学点企业管理方面的东西。他都不愿意。我实在没辙了，跟他说如果他能考上公务员，就随他折腾，结果没想到他真的考上了。老实说，公务员对普通人来说是份好工作，可对方锐来说不是，毕竟我名下几千人的企业还等着他去接班呢。本来我也没想着让他这么快离开海关，可前不久我的副手被检查出得了胰腺癌，我身边现在一个能撑得住场面的干将都没有，我只能让他早点回公司，尽快上手，也希望他能帮我分点忧。”方玉国说完，长长叹了口气，这一声叹息里有着无尽的烦恼和落寞。

萧意问道：“这些事，你跟方锐说了吗？”

“我上周找他谈过了，可这臭小子根本听不进去，他说他很享受现在的生活，希望我不要干涉他的自由。我问他如果他不愿意接手，公司怎么办？他说我可以去找职业经理人。可我们是传统的家族企业，除了儿子，我真不放心让外人来打理公司。”方玉国话语里透着无奈。

“方总，我理解你的心情，但是你知道，强扭的瓜不甜，你这样做只会适得其反，把你们的父子关系闹得越来越僵。其实有更好的解决办法。”

“什么办法？”

“以我对方锐的了解，现在是他在海关感觉最好的时光，但用不了三年时间，他就会产生辞职的念头，到时你再给他做下思想工作，他自然会去你公司。”

“哦？你能跟我说说其中缘由吗？”

“很简单，新干部培训的这短短几个月的时间，既没有繁重的学业和考试压力，又不用考虑就业问题，也没有工作上的烦恼，反而能借着这段类似于校园的同窗时光，结交到一帮志同道合的好友，你说方锐能不开心吗？但是真正走上工作岗位后，最初的新鲜感一过，面对周而复始的单调工作，无孔不入的政治宣讲，和铺天盖地的文山会海，他会感觉很苦闷和压抑。对于大部分家境普通的关员来说，出于现实的考虑，会相对容易接受这一切，选择做国家机器上的一颗螺丝钉。但是方锐不会，一方面他的能力、抱负和性格都不同于常人，另一方面家庭层面能给予他的资源和平台也远超同侪。所以时间越久，他越想跳出来，当他想明白，主动提出辞职想法的时候，你再推他一把，一切岂不是水到渠成？”

方玉国一听，恍然大悟：“萧科长果然是职场高手，一语惊醒梦中人。只是……”他停顿了一下，又道：“三年时间太久了！”

“其实这三年时间，方锐可以学到不少东西，海关业务、贸易实务、职场规则、团队管理，等等，了解体制内的各种门道，相信对他以后管理公司也会有很大的帮助。另外，还有一个最大的好处。”萧意卖了个关子。

“什么好处？”

“在这三年时间里，方锐应该可以解决个人问题。能够通过国考考进海关的，基本都是百里挑一的精英，你儿子在这里找女朋友可真是沾了天大的光。”

方玉国好奇道：“照片上这个姑娘怎么样？”

“她叫沈吟雪，湖南长沙人，父亲在海关，母亲是医生。小姑娘能歌善舞，文采出众，老实说，配你儿子绰绰有余！”

方玉国大笑道：“好小子，有眼力！”说着，又压低声问萧意道：“我有点奇怪，我手下说你在管理队伍方面很严格，但是你为什么要对方锐网开一面呢？”

萧意道：“做老师和做父母一样，应该抓大放小。孩子大了，有些事情需要睁一只眼闭一只眼。”说到这里，萧意突然想起了什么，问道：“如果我要处分方锐，你打算让我拿着这堆偷拍的照片找他对质吗？”

方玉国笑了笑，说道：“每天中午12点半左右，方锐都会和那个小姑娘到你们基地外边一家叫‘香满楼’的湘菜馆吃饭。”方玉国看了看手表，又道：“现在是12点45分，你如果赶过去，应该正好可以撞见他们。”

“窈窕淑女，君子好逑。只要他们不是在基地里面明目张胆地搂搂抱抱，破坏纪律，我又何必去棒打鸳鸯呢？”

“萧科长，你这样的人才，真不适合在体制里面混！”

“我知道。”

萧意走后，方玉国又仔细端详了半天照片，其中一张照片里，方锐看着女孩笑得一脸灿烂，他从来没有见过儿子如此开心的表情，不禁摇头笑道：“好小子，给你三年时间，把这姑娘娶回来！”

61

几天时间过去了，丢失的证件还没有找到，胡百川却病倒了。照孙兰兰的说法，胡百川是几天没睡好觉，急火攻心，加上又淋了雨才病倒的。9月1日那天，两人顶着37℃的高温，跑遍了基地附近的派出所和三家垃圾回收站，都一无所获。胡百川不甘心，打算沿着基地外围找一遍，孙兰兰实在没力气就先回去了，留下胡百川锲而不舍地继续找。不料中间下了场急雨，胡百川被淋了个透心凉，回来没多久便受凉病倒了。

萧意和舒瑶去看胡百川时，他挣扎着想要爬起来，萧意让他别动，躺下好好休息。胡百川摇头道：“对不起，这次我捅出这么大一个篓子来，连累你们了。”

萧意安慰道：“不要说这些见外的话，你放心，证件我们一定能找到！”

从胡百川宿舍出来后，舒瑶问道：“你觉得证件真能找回来吗？”

萧意叹了口气道：“希望渺茫啊！”

“要不这样，我们发动一下班委，私底下悄悄找一找，也许能找到呢。”

萧意沉思了一下，说道：“现在也只能死马当活马医了。不过我建议尽可能保密，不要让太多人知道，班委这边让程云、吕慧、方锐、杨思雨四个人参与就行了，让他们口风紧点，私底下调查，不要声张。”

舒瑶道：“你手头事情多，这事就交给我吧。”

萧意点点头道：“今天已经9月2日了，如果明天还找不到，我只能向周处报告了。”

舒瑶担心道：“如果实在找不到，领导怪罪下来怎么办？

萧意故作轻松道：“天塌下来，由我顶着。”

舒瑶忍不住笑了，但笑容里却有几分苦涩。

萧意没想到，还没等到他向周处长报告，周处长已经找上门来了。

9月3日中午，萧意照常在办公室里处理文件，突然接到孙兰兰的电话，她的声音十分焦急：“萧科，周处到基地了，还有越管院的夏主任，我刚在基地门口撞见他俩一起下车。”

萧意心里一咯噔。越管院全称是“越州海关管理干部学院”，下设两个基地，一个便是设在市区的越管院总部，以处科级领导干部培训为主，另一个就是以新干部培训为主的莲花山基地分院。夏航主任是越管院的一把手，他和周处长的关系一向比较微妙，这次两人不打招呼同时赶到基地来，绝对不是好兆头。

萧意马上准备出门迎接领导，结果刚出门就迎面撞上并排走过来的周处长和夏主任，跟在后面的是舒瑶、孙兰兰和魏主管，每个人脸上的表情都不好看。

萧意急忙走上前打招呼，将两位领导迎进办公室坐下，又给两人倒上茶水。

周处长铁青着脸，一言不发。夏主任却笑着道：“萧科，你们这届新干班真是办得有声有色啊！”

萧意不明白夏主任话里是什么意思，只好含糊其词道：“还行吧。”

“行个屁！”周处长突然发飙了，在场所有人都吓了一跳，只听周处长用严厉的声音质问道：“你们最近是不是把学生的证件护照弄丢了？”

萧意一听，只觉五雷轰顶，知道最坏的事情发生了，当下硬着头皮道：“是的。”

“哪一天弄丢的？”

“8月29日晚上。”

“8月29日晚上丢的，现在都已经9月3日了，你们居然还不报告？如果不是夏主任告诉我，我还被你们蒙在鼓里！”周处长气急败坏的样子，恨不得将萧意生吞活剥了一般。

“我们本想找到了之后再向您报告。”

周处长怒极反笑道："呵呵！你们觉得这么大的事情能瞒得住吗？还有，证件到底是在谁手上弄丢的？"

萧意只觉得一颗心跳到了嗓子眼，犹豫了一下，心一横道："证件是我弄丢的。"

舒瑶惊呼了一声又马上打住，孙兰兰脸上也露出了奇怪的表情。

正当众人忐忑不安等着周处长发火的时候，夏主任说话了："萧科，别人惹出来的祸，你不要揽在自己身上。据我所知，证件好像是在你们一起带班的胡老师手上弄丢的。"

夏主任说话的功夫，萧意眼睛扫到坐在墙角目光游移的魏主管，突然明白周处长是怎么知道这件事的：此前萧意为了调取视频监控，跟魏主管说了证件丢失一事，并再三叮嘱他保密，估计最后他还是告诉了他的顶头上司夏主任。夏主任又告诉了周处长，于是有了这次两位领导上门兴师问罪之举。

是福不是祸，是祸躲不过。事到如今，只能走一步看一步了。于是，萧意把事情的来龙去脉讲了一遍，然后诚恳道："这次证件丢得莫名其妙，但责任不完全在胡老师身上，我也有责任。"

萧意话音未落，周处长毫不客气地打断道："你当然有责任，责任还不小！证件丢了好几天，居然都不向我报告，你眼里还有没有我这个领导？！"

萧意等人大气都不敢出，一旁的夏主任却慢条斯理地来了句："几十本证件护照弄丢了，万一落到不法分子手里，这麻烦可不小。"

夏主任此言一出，大家都心头一惊，想到这种可能性确实存在，顿时觉得事情的后果难以想象，一时间心情都无比沉重。在场众人只有夏主任面带微笑，颇有点隔岸观火的意味。

这时，舒瑶突然发声了：“如果证件丢了找不回来，后果确实不太妙。只是追究起责任来，虽然我们带班老师难辞其咎，但恐怕培训基地同样脱不开干系。”

夏主任一听，皱着眉头道：“这和培训基地有什么关系？”

舒瑶道：“从当天的情况来看，可以断定，证件百分之百是在基地内不见的。我们现在已经找遍了所有能找的地方，都没有找到，初步判断是被人拿走的，而怀疑对象，要么是培训的学员，要么是基地内的后勤工作人员，包括清洁工、水电工、厨师等。相比通过国考及政审严格招录进来的学员，后者的可能性更大。”

舒瑶的分析合情合理，众人都频频点头，夏主任有些急了：“你怀疑是基地内的工作人员拿的，有什么证据？”

舒瑶道：“找不到证据，因为整个基地只装了五个老旧的摄像头，而宿舍楼范围内一个摄像头都没装，完全是监控盲区。从管理角度来看，这恐怕是一个不小的漏洞。”

舒瑶说的时候，夏主任额头上的汗涔涔地流下来，显然他没想到证件丢失一事居然能牵扯到基地，责任还不小，这一下简直是引火烧身。

萧意见状，赶紧打圆场道：“当务之急是赶紧找到证件，夏主任您看如果方便的话，我和魏主管一起，到基地内所有工作人员的办公场所找一找，看能不能找到一些线索。”

夏主任点点头道：“魏国你等会就陪萧科走一趟，注意任何角落都不要放过。”魏主管应了一声，凑到萧意身边，低声商量如何行动。

舒瑶的一番话，把本来呈事不关己态度的基地一拨人成功拖下了水，夏主任马上做出配合的姿态来，萧意心里暗暗松了口气。周处长的脸色也和缓了一些，但想到证件丢失的后果难以预料，他的表情很快又变得沉重起来。

舒瑶察言观色，早猜出领导心事，于是进言道：“我们关关务保障处有个保卫科，科长廖进处理过关里不少失窃、火灾之类的事情，要不问问他，如果证件找不回来怎么办。”

周处长道：“好，你向他了解清楚，但提醒他一定要保密。”

脉络厘清后，一场原本惊心动魄的问罪会的火药味散去了不少，各人领了任务分头行动去了，剩下孙兰兰，留下来陪着两位领导在办公室里喝茶。

62

花了一下午时间，萧意和魏主管一起，找遍了基地所有办公场所，甚至连工作人员休息室，以及废弃已久的仓库都找遍了，却始终一无所获。魏主管提议去工作人员住的宿舍里彻底找一找，萧意道：“这种侵犯人权的事情还是不要做，万一被人捅出去，事情可就闹大了。再说，如果是有人搞事，故意拿走的话，肯定早就带出基地了，不会傻傻地放在宿舍里等我们去找。”

看着萧意一脸沮丧的表情，魏主管带点歉意道：“萧科，我把这事告诉夏主任确实不是故意为难你们，你也知道，这么大的事情，瞒是瞒不住的……”

没等魏主管说完，萧意就打断他道：“我明白，你有你的难处，只是现在，咱们成了绑在一根绳子上的蚂蚱，必须同舟共济了。”

“那是，那是。”魏主管忙不迭地应道。

回到办公室，周处长和夏主任都不在，问了孙兰兰，得知关领导打来电话，让教育处在原有的八期科长轮训班的基础上再加办一期“补训班”，于是负责主办的教育处和协办的越管院两位领导只好匆匆赶去总关协商方案了。

萧意奇怪道：“为什么要加办一期‘补训班’呢？”

孙兰兰解释道：“据说是前八期科长轮训班一共有30多人考试不及格，加上几个培训期间有事请假的学员，学时不够未能正常结业的，一共41人。关领导决定加办一期‘补训班’，让这些科长回炉再造。”

萧意摇了摇头，心想这些科长可够苦的，再一想自己那份改了十遍终于定稿的科长轮训班总结报告只怕又要回炉再造了，顿时心情差得无以复加。

就在这时，手机响了，萧意一看，是周处长打过来的，赶紧接通。

“萧意，我问过廖进那边，证件丢失后果不算太严重。如果你们今天还找不到，就让学员去挂失证件再办新的。不过你们的解释工作一定要做好，要防止学员有情绪和想法。另外一定要从这件事中吸取经验和教训，决不能再出现类似的问题。”

萧意一边听一边连连点头称是。挂断电话后，萧意觉得有些奇怪，怎么原本急得火烧屁股似的领导，刚才在电话里的语气已经平和了很多，似乎没有再把证件丢失的后果太当一回事了？到底是谁做的思想工作呢？

孙兰兰看出了萧意的疑惑，说道：“萧科，这次的事舒瑶姐帮了很大的忙，下午两位领导在办公室喝茶时，我出来拿东西，正好舒瑶姐在楼梯间给廖科打电话，我听到她再三叮嘱廖科尽量把这件事的后果说轻点。”

“哦，廖科为什么会帮这个忙？”

“我听说廖科和舒瑶姐是同一批转业到海关的战友。”

萧意一听恍然大悟，顿时心里感动不已。中午两位处长杀过来兴师问罪，自己眼看就要被领导训得狗血淋头，没想到关键时刻，舒瑶冒着得罪夏主任的风险，仗义执言，不仅成功将隔岸观火的基地一拨人拖下了水，而且让周处长的怒气也平息了几分。接着，她又用自己的关系去找关保处的廖科帮忙，居中调停，大事化小，将一起可能引发轩然大波的“强台风”降低了几个等级。再想到新干班开班至今，她在幕后无数次默默地付出，真不知道该如何感激她才好。

“舒科现在在哪？”

“她去探望胡老师了。”

“我们一起去看看胡老师吧，顺便商量一下接下来怎么办。”

不过几天时间，胡百川已经瘦了一圈，原本龙精虎猛的一条汉子明显憔悴了不少。看来，这场来势汹汹的重感冒把他折磨得不轻，而巨大的思想压力也让他的心情更加沉重。

看见萧意和孙兰兰一起过来，胡百川挣扎着想从床上下来，萧意赶紧扶住他，让他不要下地。一旁的舒瑶轻声道：“胡老师这次感冒挺严重的，下午打完吊瓶，医生说他需要好好休息。”

胡百川道：“我这点小病不要紧，只是拖累你们了，不仅帮不上忙，反而连累大家代我受过。”

萧意急忙道："老胡你这说的是什么话？你又不是故意丢失证件的，我们大家都有责任。再说了，这事没有你想象的那么严重。"接着便把和周处长沟通的情况说了一遍。胡百川听了，眉头舒展了一些。

这时孙兰兰道："我刚刚问过程云，他们也没有找到任何线索。"

听了这个消息，大家都有些沮丧。沉默了一会，萧意说道："周处交代过，如果今天还找不到证件，我们必须要跟学员们说了，让他们早点挂失证件再办新的，免得夜长梦多，同时还要做好解释工作。"

孙兰兰问道："如果学员有情绪和想法怎么办？"

萧意苦笑了一下，说道："我打算晚上开一个情况通报会，我会向学员公开道歉，希望能获得谅解。"

胡百川沙哑着嗓子道："祸是我闯的，怎么能让你去赔礼道歉呢？要去也应该是我上去！"

萧意道："你现在身体很虚弱，安心养病最重要。我是总班主任，出了事我当然要全权负责。"

眼看两个人就要争执起来，舒瑶打断道："你们两个别争了，这不是哪一个人的事，这是我们团队的事。我建议晚上我们四个人一起上台道歉，胡老师也克服一下不适，我相信学员们会谅解的。"

胡百川道："没问题，我就算爬也要爬上台！"

孙兰兰也道："有福同享，有难同当！"

看着大家都拿出精诚合作、同舟共济的态度来，萧意只觉得一股暖流涌上心头，一时间不知道说什么好，只是重重地点了点头。

17 水落石出

63

晚上原定的晚自习变成了一场临时安排的情况通报会，时间定在了7点。按惯例，6点45分前所有学员入场完毕。但是很奇怪，快到6点50分了，方锐、陈凡和周笑宇还没到场。萧意心头火起，正想叫人去催一催，不料却见程云上气不接下气地跑过来道："萧老师，方锐他们找到证件了，现在正在隔壁的导播室里。"

萧意一听大喜过望，马上道："我去看看，开会时间推迟到7点15分，你先在现场维持一下秩序。"说完，萧意急忙叫上舒瑶、胡百川和孙兰兰，一起去导播室看个究竟。

到了导播室，只见方锐、陈凡和周笑宇都在里面坐着，身前的方桌上摆了一堆证件和护照。

胡百川见了尤其激动，仿佛一下子病都好了，快步走上前去把证件和护照翻了又翻，确认正是失踪的那一袋证件后，高兴得眼泪都要掉下来了。

面对这些失而复得的证件和护照，四人都有不少疑惑。还是萧意先问了出来："你们是怎么找到这些证件的？"

方锐开口道："舒瑶老师说了证件丢失的事情后，我和程云、吕慧、杨思雨马上分头行动，可将男女生宿舍楼找遍了也没找到什么。我知道陈凡和周笑宇主意多，便私下里和他俩讲了，周笑宇想了个主意。"

"什么主意？"舒瑶、孙兰兰齐声问道。

周笑宇不好意思道："其实也是阴差阳错，前几天我发现基地门口老有人在东张西望地窥探着什么，接着我又在基地上空发现了无人机，我猜可能有人在监视我们，便随口跟方锐说了。方锐一听，便猜出来这事跟他爸有关，一了解，果然是他爸派人对他进行24小时监控保护。”

大家听到这里都觉得有些好笑，却听方锐愤愤道：“我爸这事做得太过分了，我给他打了一通电话，让他以后不要再做这种事情了！”

周笑宇接着道：“没想到无人机监控这次居然派上用场了，我想既然是24小时监控，说不定会拍到8月29日晚不明人士拿走黑色袋子的视频。于是让方锐拿到监控视频，查看了8月29日晚所有的监控视频。”

“你们找到了拿袋子的人吗？”

周笑宇道：“摄像头没有对准宿舍楼的过道拍，但它拍到了人从宿舍楼大门口出来的画面。理论上如果有人拿了装有证件的黑色袋子，很有可能是从宿舍楼大门口出来的。所以我们排查了当晚所有从宿舍楼大门口出来的人，发现有一人非常可疑。”

“是谁？”四人都很好奇。

“负责收垃圾的胡胖子。”

舒瑶问道：“是那个三十来岁，走路一瘸一拐，看上去有点痴傻的胖子勤杂工吗？”

“不错，就是他。”

“你们看到他手上拿了那个黑袋子吗？”

“那倒没有，不过当天从宿舍楼大门口出来的人里面，大部分都空着手，就算拿东西也是书本、篮球、道具什么的，只有这个胡胖子当时拖着辆简易垃圾车出来。”

“你们怀疑他把装证件的黑色袋子丢到了垃圾车里，是吗？”

“我们觉得有这种可能。因为这个胡胖子平时给人的感觉就是有点傻傻的，所以我们怀疑当天他经过宿舍过道时，看到门边放着一个黑色环保袋，随手便当垃圾扔车里了。”

“就算是他拿的，那你们是怎么从他手里弄出来的呢？”

舒瑶这个问题一抛出来，方锐、陈凡和周笑宇似乎都不好意思回答。萧意不耐烦了，又追问了一遍，三人这才竹筒倒豆子般将谜底揭穿：原来胡胖子因为有点痴傻，平时很少与人来往，所以单独住在职工楼旮旯角落的一间宿舍里。但他有个习惯，喜欢看人下五子棋，一看就挪不开脚。三人知道后生了一计，方锐和陈凡在胡胖子门前拐角处支下一摊，下起了五子棋，故意将动静弄得很大，胡胖子听见声音出来看热闹，一看就看得入了神，没提防周笑宇从他虚掩的房门进了屋，一番上穷碧落下黄泉，终于找到了那个黑色环保袋，里面的证件一本不少。

萧意听后，摇了摇头。老实说，周笑宇这三人的做法实在不登大雅之堂，不过在当时的情况下，似乎也没有更好的办法。见三人用忐忑不安的眼神看着自己，萧意无奈地笑了笑，说道：“下不为例。你们找回证件的细节不要跟其他人说，免得多生是非。”三人异口同声地答应了。

这时，舒瑶又来了句：“这个胡胖子到底是怎么回事，基地为什么会有这么一号人？”

大家心头都有这个疑问，还是孙兰兰知道一些缘由：“我听说这胡胖子是前任安关长的侄儿，从小脑子就有点问题，长大了找不到工作，于是领导就把他安排到基地来做一勤杂工，想着随便干点杂活，也算人畜无害。没想到这次居然惹出这么大的事来！”

萧意道：“这事晚点我得向周处和夏主任好好汇报。不过现在还是先把情况通报会开了。”

舒瑶道：“现在证件和护照都已经找回来了，等下会上我们还要当众道歉吗？”

萧意沉思了一下，说道：“这件事情是个教训，我们确实有责任，该道歉的还是要道歉。”

除了方锐、陈凡和周笑宇三人有思想准备外，其他学员都没有想到，在会上通报了证件和护照的丢失事件后，萧意带头，四位班主任一起在讲台上向所有学员公开道歉，并站成一排，深深地鞠躬。

吕慧压低嗓子对身旁的杨思雨说道：“我长这么大，第一次见老师向学生道歉的！”

杨思雨没说什么，只觉得心头一酸，想哭又赶紧忍住。

道完歉后，萧意又继续说道：“本来这次证件丢失有可能带来一些糟糕的后果，但在关键时刻，有三位学员站了出来，他们想尽了一切办法，最后在基地的某个角落，找到了这批失踪的证件。”

台下学员没想到事情会出现如此峰回路转且戏剧性的一面，一个个瞪大了眼睛，期待着萧意的下文。

“这三位找回证件的学员是方锐、陈凡和周笑宇，让我们用掌声向他们表示感谢！”台下的掌声像海啸般，一浪高过一浪，在众人的欢呼声中，方锐、陈凡和周笑宇站了起来，脸上洋溢着英雄凯旋般的喜悦。

64

证件失踪事件终于圆满解决，胡百川的病也很快好了，重新变成了一条生龙活虎的好汉。本来按照他的意思，是想私下里请方锐、陈凡和周笑宇三名学员吃个便饭，表示一下感谢。想法一提出来，就被萧意断然否决，原因很简单，老胡请客肯定免不了喝酒，一喝酒就免不了满嘴跑火车，朋友之间也就罢了，可要在学员面前失态就太影响形象了。好说歹说，萧意终于劝住胡百川将这顿饭暂缓押后。

到了9月初，除了日常的教学管理和活动统筹外，摆在班主任面前最主要的工作有两项：

一是准备新干班的结业文艺会演。这是每届新干班结业前例行的重头戏。一方面可以通过大型的歌舞节目，培养学员们团结协作的精神；另一方面也可以充分展现学员们良好的精神风貌，让一批文艺骨干脱颖而出。每年新干班的结业文艺会演，经常是关领导带队去现场观看，教育处自然不敢怠慢，往往要求班主任提前一个月着手准备。

二是制作新干班的纪念册《青春放歌》。舒瑶将牵头工作交给了程云，程云用最快的时间成立了一个编委会，成员包括陈凡、张艺玮、沈吟雪、杨思雨等人，每天利用课余时间开展紧锣密鼓的相关工作。忙活了一个星期，编委会才发现这活远比想象中的困难，涉及征稿（原始稿件不少于150份，包括书画、摄影作品等）、组稿（专题报道和热点新闻都需要找人专门采写）、编辑（字、词、句的修改及校对工作）、排版

（这一项专业性比较强，学员们只能在摸索中学习提高）、排印（联系了四五家印刷公司，因为价钱和细节问题，始终没能定下来）等多个环节。见这项工作进展甚缓，萧意让孙兰兰也参与其中，协助推进。

一切都在按部就班地进行中，所有人都精神抖擞地参与其中，唯独有一人似乎不在状态，她就是杨思雨。

发现这一点的还是萧意。一天上午，缉私局的俞维科长正在讲授“海关情报工作介绍”一课，萧意抽空去了教室，在后面观察了半天，见学员们都听得很认真，课堂纪律也很好，心下甚慰，正准备走开，突然发现教室后排右侧角落里有名女生竟趴在桌上睡觉。

萧意心头火起，走上前去，在那名女生肩膀上拍了两下。那女生睡得正香，身体晃了晃，竟然没有马上醒过来。她同桌靳蕾见势不妙，赶紧用力将她摇醒。待那女生抬起头来看见站在面前的萧意，不由大吃一惊。而萧意看清楚对方时也吃了一惊，因为不是别人，正是杨思雨。

萧意按捺住心中的怒气，压低声音道：“你下课后来我办公室一趟。”说完便头也不回地走了。

课间休息时，杨思雨来到萧意的办公室，只见她脸色有些憔悴，原本水灵灵的大眼睛旁竟然出现了黑眼圈，一看就是最近经常熬夜。

萧意本来想好好批评她一顿，不知怎么，见了她后说话口气也变软了：“你最近怎么了，居然上课打瞌睡？”

杨思雨低下头，轻声道：“对不起，我不是有意的，实在是太困了，最近几个晚上在熬夜赶东西，没休息好。”

“赶什么东西，一定要晚上熬夜做吗？”

杨思雨犹豫了一下，低声道：“我最近在编辑《青春放歌》的稿件，因为晚上10点前还要排练文艺会演的节目，只能拿回宿舍熬夜做。”

“10点半就熄灯了，你们怎么做？”

“我们用了遮光窗帘，然后在床上开台灯用笔记本做。”

萧意一听，又好气又好笑，看着杨思雨那楚楚可怜的样子，不忍心严厉批评，只好劝慰道：“熬夜太伤身体，不要再熬夜了。手头事情做不完，可以分一些出去请别人帮忙做，不要什么都扛在自己身上。”

杨思雨不停点头称是。萧意又道：“以后不要在课堂上打瞌睡了，这样影响很不好！”

“我知道了，以后绝不再犯！”杨思雨眨巴了一下大眼睛，眼里似乎有一闪而过的喜悦。

五天后，萧意才明白，一向遵守课堂纪律的好学生杨思雨，为什么会困得在课堂上睡着了。

这天下午下课后，萧意进办公室时，发现舒瑶、胡百川和孙兰兰三人手里各拿了一个水杯，聊得正欢。

看到萧意进来，舒瑶递了个水杯过来，笑道：“萧老师，送你一份教师节礼物。”

“教师节礼物？”萧意这才想起今天是9月10日，接过水杯一看，发现上面绘着个卡通人物，是名一袭长衫、风流倜傥的书生，手里捧着卷书，口中似乎念念有词。再看这书生相貌清秀儒雅，神情竟与自己颇有几分神似。人物旁边的落款是：书读千卷品百味人生，路行万里炼赤子丹心。

萧意脱口赞道：“这是谁画的？还挺像的。”

舒瑶道："张艺玮画的。这里还有张贺卡呢。"说着递了过来。

萧意接过贺卡，打开一看，只见左边写着：祝才高八斗、妙语连珠的萧意老师节日快乐！2015届新干班全体学员。右边则是一段人物白描：秋风起，大江东去，一温润君子独立黄鹤楼上。他面容清秀，神情淡泊，白衣翩然，行止洒脱。常闻他吟古诵今，"先天下之忧而忧，后天下之乐而乐""江山如此多娇，引无数英雄竞折腰""书生意气，挥斥方遒"；偶听他畅谈国学，"中国古代有两个半圣人""金庸小说写的是人性深处和人生智慧"，谈笑风生，入木三分。其言娓娓，润物无声；其行刚正，不怒自威。他笔耕不辍，诗文练达。他爱书，"藏书千卷钱恨少"；他乐饮，"友来把酒赛神仙"；他豪情满怀，"天下风云出我辈"。他便是"英华内敛非俗物，研墨万千助英才"的良师益友——萧意总班主任。

萧意看了后大笑不已，又对舒瑶道："我看看你的礼物。"

舒瑶水杯上也绘着个卡通人物，是名侠客打扮的俏丽女子，一身劲装，英气勃勃，眉梢眼角和舒瑶竟有六七分相似。人物旁边的落款是：柳眉杏目藏英气，侠骨柔肠胜须眉。

舒瑶的贺卡也是同样的格式，左边写着：祝貌美如花、蕙质兰心的舒瑶老师节日快乐！2015届新干班全体学员。右边也是一段人物白描：您以体贴，温暖我们的心灵。三伏酷暑，军训场上的暑气蒸腾着我们的斗志，却也叫我们损兵折将。每逢有同学身体不适，您总是细心过问，为我们撑起安心宁静的保护伞。您以宽厚，包容我们的过错。比赛在即，不完美的彩排吹皱了您的眉心，亦令我们紧张失措。然而，春风化雨，您振作精神指引我们迎难而上，查漏补缺，更为我们鼓劲加油。您以温情，感化我们对父母的孝心。握笔在手，心中的害羞让我们怯于向父母表白。您动之以情晓之以理，让我们深深感念父母恩情……您对我们无私的帮助，就像春天的甘露，虽然润物无声，却滋润着每一个学员的心田！舒瑶老师——您就是我们最爱的女神！

萧意看了，啧啧称赞道："这是谁想出来的？"

孙兰兰道："一周前，政工办的同志找到程云，让新干班帮忙出一期教师节主题的新媒体宣传稿，程云交给了杨思雨跟进，杨思雨提议，既然教师节快到了，干脆给每位老师都准备一份节日礼物。班委商量后，决定用班费在网上定制四个水杯，杯身上的卡通人物由张艺玮来设计，贺卡文字部分主要由杨思雨负责。你看，现在的成品效果还不错吧！"

舒瑶补充道："为了这份礼物，杨思雨和张艺玮可是熬了几个通宵才赶出来的！"

胡百川也感叹道："这些学生真是有心！"

听到这里，萧意心头不禁有些自责，他现在终于明白为什么那天杨思雨会困得在课堂上睡着了：这段时间她实在是太辛苦了，课余时间，既要负责《青春放歌》的编辑工作，又要参与节目排练，还要做教师节的新媒体宣传稿，以及为这份教师节礼物操心，难怪只能熬通宵去做。他现在很想找到她，好好慰勉她两句。但最终，他还是打消了这个念头，只把目光投向窗外，看着操场上那一个个朝气蓬勃的身影，放任自己的思绪像碧空中的风筝一样飘荡不定。

65

《青春放歌》纪念册的制作遇到了一个难题——稿源不足。照程云原先的设想，包括文章、书画、摄影作品等在内的原始稿件应不少于150份，从中筛选出60份左右放进纪念册。但是征集到的稿件质量参差不齐，书画、摄影类作品还凑合，文章类的实在是差强人意，挑来挑去离所需数量还差了十几篇。没办法，程云只好找到班主任求助。

孙兰兰不以为意道："这还不容易，让沈吟雪、杨思雨、陈凡这些文笔好的学员一人再写两篇呗。"

舒瑶皱着眉头道："这几位学员都已经主动投过稿了，再让他们写未免有点强人所难。而且现在他们手头上都有不少工作，就算答应下来，恐怕短时间内也很难交差。"

见大家都露出为难的表情，萧意问程云："你们的稿件什么时候要？"

程云道："因为现在留给编辑、排版、校对的时间不多了，所以稿件最好能明天晚上之前收齐。"

萧意道："这样吧，我明天中午前把稿件汇齐给你。"

大家一听都吃了一惊，一天时间去哪里弄十几篇稿件？看着萧意一副胸有成竹的样子，大家都不知道他葫芦里卖的是什么药。

下午是新干班的最后一次课堂测试，之前三次课堂测试，题型大同小异：前面80分的内容都在《海关初任培训教材》以及授课老师的PPT讲义里，后面20分的论述题，实际上就是写一篇不少于600字的命题作文。由于是开卷考试，结果基本上是皆大欢喜。考虑到这是最后一次课堂测试，程云生怕有变，特意提前向萧意打听，考试形式和题型有没有什么变化。萧意笑道："一样是开卷考试，不过题型有点小变化。"程云一听还是开卷，便放下心来。

下午测试打开卷子看到题目时，包括程云在内，几乎所有学员都目瞪口呆，因为一张A3大小的试卷上，居然只印着一道题：

作文（100分）

一、恰同学少年

（说明：文章需写一个在培训期间给你留下深刻印象的人。）

二、我去到了××年

（说明：假如可以穿越时空，你会选择去哪一年？去做哪些事情？）

三、中美关系之我见

（说明：从大国博弈的角度来看中美关系，分析未来二十年中美关系走向。）

要求如下：

1. 以上三个题目，任选一个，写一篇作文。

2. 字数不少于1200字（试卷正面写完可写背面）。

3. 围绕所选题目，写出自己的真实感受和独到见解。

不管学员是多么心不甘情不愿，还是郁闷得想在心里骂人，面对这最后一次课堂测试，都不敢造次，一个个绞尽脑汁后，开始在试卷上奋笔疾书。

舒瑶和萧意一起在教室里监考，看到试题后，她差点忍不住笑出声来，没想到萧意会想出这样的馊主意，以课堂测试的形式，两个半小时收齐132份作文，剩下的事情就水到渠成了——全部作文评改完后，从中选出10余份佳作，直接给《青春放歌》做稿件。萧意此举就像诸葛亮草船借箭一般，不费吹灰之力便解决了一个大问题。更厉害的是，萧意居然一口气出了三个题目供学员选择，有可以写人记事、抒发感情的，有可以发挥想象、天马行空的，还有可以放眼天下、纵论时事的，几乎不论哪个学员，都可以从中找到自己最想写的那个主题。在新干班考试中出这样另类的题目，估计萧意也算是独一个了。

舒瑶冲着讲台上的萧意比了个大拇指。萧意笑了笑，朝她做了个“V”字手势。

为了早点给《青春放歌》交稿，吃完晚饭后，四名班主任顾不上休息，一鼓作气忙了两个多小时，将132篇作文全部批改完。孙兰兰还趁热打铁，整了个关于试卷的大数据分析发给大家，萧意饶有兴趣地看了起来：

1. 选择写《恰同学少年》的有52人，占总数的39.4%。其中写同学的36人，写老师的14人，写军训教官的2人。

2. 选择写《我去到了××年》的有48人，占总数的36.4%。学员们的脑洞普遍开得比较大：有回到大唐盛世和李白一起对酒当歌、吟诗作赋的；有回到明朝末年帮助崇祯皇帝力挽狂澜、攘外安内的；有回到2010年，把患上抑郁症的好友从自杀的悲剧中拯救出来的；有回到高中时代，鼓足勇气向那个暗恋了很久的女生表白的；还有去到了2050年人类成功移民火星时代的……其中写回到过去的42人，写去到未来的6人。

3. 选择写《中美关系之我见》的有32人，占总数的24.2%。认为中美关系是合作为主、斗争为辅的27人；认为中美关系由合作为主逐步转向全面对抗的4人；认为中美矛盾无法调和，随着美国全面衰落，中国不断崛起，世界政治格局发生重大变化，20年内中国将取代美国地位的1人。

…………

萧意还没看完，胡百川已经大笑起来："写中美矛盾无法调和的是谁呀？想法够大胆！虽然我也认为中美之间迟早会全面摊牌，但'二十年内中国将取代美国地位'这么激进的论断我都不敢提出来。"

孙兰兰道："这篇文章是陈凡写的，尽管他的观点我不太认同，但文章本身逻辑清晰、论证严谨，写得确实不错。"

萧意道："其实照目前中美两国的发展势头，没准还真会让陈凡说中。"停了一下，萧意又问孙兰兰道："你怎么想到做这样一个数据分析的？"

孙兰兰道："我一个好朋友在做微信公众号，他最近构思的一个选题是'90后'在想什么，让我帮忙提供一些素材。我觉得这次作文就是一批现成的素材，刚好让我们了解一下现在的年轻人在想什么，所以干脆做了个数据分析。"

萧意点点头道："不错，年轻人的思维是最活跃的，这次的作文在很大程度上也反映了他们的真实想法。所以我打算，除了部分优秀作文给《青春放歌》供稿外，这次的作文就不发给学员本人了。”

“为什么？”三人都觉得奇怪。

“再过三年，这帮学员会进行关衔晋升，按惯例要提前参加教育处组织的晋衔培训班，不出意外的话，那时我会参与带班及授课。我准备到时安排一门关于成长的课程，课堂上现场展示这些作文，给学员们一个惊喜。”

舒瑶赞道：“你想得可真够长远的！我要是学员，看到自己三年前写的作文，一定会感慨万千。”

孙兰兰也佩服道：“萧科，您可真是老谋深算，一场考试既解决了稿源问题，又给三年后的晋衔培训埋下伏笔，真是一箭双雕啊！”

“哈哈，未雨绸缪，这也算是当老师的必备本领吧！”萧意客气了两句，心里多少也有些得意，只是他不会想到，三年后的他，已经没有机会再给这些学员们带班授课了。

66

孙兰兰和胡百川走后，舒瑶拿着一张试卷递给萧意道：“你看看这篇作文。”

萧意接过一看，发现是杨思雨写的，字迹工整秀丽，一如其人。只是整篇文章的字数不符合1200字的字数要求，但舒瑶却给了86分的高分，心中顿觉奇怪，不过还是仔细看了起来：

恰同学少年

三年前，和大学舍友的一次南下旅游，惊艳于莲花山上清水出芙蓉的美丽画面，带着痴迷，如今又见面。

两年前，和考上海关的一位师姐秉烛夜谈，从她手中看到一本《金钥匙》杂志，惊艳于萧意老师的散文和诗歌，带着仰慕，如今终于见面。

这是我认为这次培训送给我的最惊喜的礼物。

…………

我发现，在我们最难忘的事中，竟然有三分之一是我们曾经犯过的错误，当中也包括了我自己。可是过了今天，我们已经长大了，谁也不再允许我们犯这样的错误，换句话说，我们再没有资格犯这样的错误。工作上，我们必须从青涩走向成熟。

我们的人生，也必须从青涩走向成熟。

下一次，再见山上芙蓉，不知如何？

下一回，再遇萧老师，不知如何？

看了一遍又一遍，萧意不觉眼角湿润了，还好舒瑶已经悄悄地离去了，他可以毫无顾忌地面对最真实的自己。他自认为不是一个轻易动感情的人，尤其是经历了一次失败的婚姻后，他甚至一度觉得自己快到了“曾经沧海，心如铁石”的地步，但就是这么一篇短短的文章，却如匕首一般扎入他的心间，让他再一次看清楚，他远远没有自己想象中的那么坚强！

有那么一刻，萧意很想找杨思雨谈一谈，但是这个念头只在脑子里转了一下，就被他硬生生压下去了。最终，他只是长叹了一口气，把目光从那篇看了又看的作文上移开，投向窗外繁星满天的夜空，试图找到最亮的那颗星。

《青春之歌》的出版进入了倒计时，组稿、编辑、排版等工作都以最快的时间完成，负责排印的印刷公司也找好了，可就在这时，意想不到的情况出现了。原本新干班的经费预算中并没有出版刊物这一块，但有1万元的“机动费用”至今还没有动用过，萧意想着200本《青春之歌》的印刷费用也不过6000元，足够从中支取开销了，于是兴冲冲地向周处长请示，不料被周处长断然否决了。

萧意还想做下领导的工作，却听周处长不耐烦道：“原来的经费预算中没有出版刊物这一块，现在用机动经费来解决，报账时财务那里过得了吗？况且几年前总署已经专门发文，要求停办不必要的纸质刊物，我们还出这纪念册干吗，等着挨批吗？”

萧意解释道：“财务那里我咨询过，没问题的。这纪念册很有意义，我看深圳关这两年还是有出啊！”

周处长生气道：“别的关我不管，总之在越州关，不要为这种破事给关领导惹麻烦！”

在领导那里惹了一肚子气，回到办公室，舒瑶见萧意脸色很不好看，问他是怎么回事，萧意说了原委后，赌气道：“不就是6000块嘛，大不了我自己出这笔钱。”

舒瑶听了吓一跳，赶紧劝他道：“你这样做，岂不是和领导对着干？千万别做这种傻事！”

萧意无奈道：“那怎么办？大家的心血就这样白费了？”

“其实可以这样，现在纪念册所有的编辑和排版工作都完成了，只差排印这最后一个环节。既然领导不同意，我们也没必要现在去做这件事，可以等到新干班结束后，用结余的班费，自己再凑点钱，悄悄找印刷公司印出来，再分发给学员们，这样一来不是公费，二来属个人行为，就算领导知道了也无话可说。”

萧意一听，茅塞顿开：“哈哈，你这个办法太好了，帮我解决了一个大难题。”

“那你是不是该感谢一下我？”

“必须的，要不我请你吃饭吧？”

“吃饭不急，我倒是想你给结业文艺会演贡献一个节目。”

“别别别，唱歌跳舞我样样不行，你还是另请高明吧。”

“你别紧张。我看了学员们准备的节目，合唱、舞蹈、乐器演奏、相声、舞台剧都有了，但还缺一个有点气势的集体节目，我想加一个以海关为主题的诗朗诵，但就需要你这位大才子帮忙写下词。”

萧意犹豫了一下，还是答应了，虽然他现在手头上有三四份材料要写，但面对舒瑶恳切的目光，他实在无法拒绝。

时间像街头老鼠一样跑得飞快，转眼间，距离新干班结业已经不到两周了，就在这时，一个意想不到的消息突然传来：周处长传达了关长办公会上关领导对新干班的最新指示，要求在结业典礼上进行队列汇报展示和擒敌拳会操表演。

接到通知的时间是9月16日，而学员们的课程还有10余节没上。更糟糕的是，距离开班初期的军训已经过去近两个月，学员们的动作都忘得差不多了，这时候来这一出，实在是出了个难题。

胡百川郁闷道：“前面不早点说，现在又临时加戏，只剩十来天的时间，课都没上完，怎么搞？”

孙兰兰也提出了问题："这段时间，学员们要排练文艺会演节目，要是白天还军训的话，体力上不知道吃不吃得消？"

舒瑶没有说话，只是用担心的眼光看着萧意。

萧意沉思了一会，说道："今天周处跟我说的时候，我和他商量过，下午就给驻防武警发函，请他们派员协助军训，估计人员周日到位，下周一即可开始军训。从下周一到周日，连训七天，确保过关。军训主要利用白天时间，晚上训到7点50分，我和胡老师负责跟进；8点到9点半为文艺节目排练时间，舒老师和兰兰负责跟进。"

舒瑶问道："那课程方面怎么办？"

萧意道："剩下的课程还有12节，其中两节属于拓展活动及外出参观学习，可以直接取消，另外10节可以通过压缩课时，在本周内全部上完。代课老师的沟通协调工作由我负责跟进。"

听萧意这么一说，大家都觉得困难也没有想象中的那么大。当这个短暂的碰头会即将结束时，孙兰兰突然来了句："这次过来协助军训的带队教官还是俞振威排长吗？"

萧意打趣道："你放心，有你在，俞排长一定会争取过来的。"一句话说得孙兰兰脸都红了。

18 难忘今宵

67

不出萧意所料，这次带队过来的还是俞排长。都是老熟人了，也不说那么多客套话，周日下午见面没一会，萧意便将训练要求和盘托出。

俞排长听得眉头紧锁，萧意见他面有难色，说道：“这次时间是紧了点，不过我们保证全力配合，你有什么困难尽管说。”

“时间紧急，只能沿用之前的变通办法，就是从学员中选取四十余名身手矫健的，组成‘战斗方阵’，专门练习擒敌拳；另外八十余名学员专心进行队列动作训练。这样双管齐下，一周的时间应该也能速成。除此之外，根据之前的训练情况来看，有五六名学员属于身体协调性比较差的，经常出现同手同脚或步调不一致的情况，这种在短期内很难纠正，我建议拉出来单独强化训练。实在无法达标的话，正式会操时就不放入表演队伍中，以免影响整体效果。”

“太好了，明天就照你这个计划执行。”

“坚决完成任务！”俞排长说完，会意地和萧意击了下掌，两人相视一笑。

接下来的一周，照学员们的说法，是进入了“地狱式减肥”周。之前两个月的学习阶段，由于没有什么压力，身心放松，加上基地的伙食不错，不少学员都胖了七八斤。没想到乐极生悲，培训快要结束了，突然又要进行高强度的军训。几天下来，一个个体重直线下降，女生们不少暗自窃喜，男生们大多叫苦不迭。

从每天早上8点到晚上7点50分，训练时间超过8小时。更惨的是班委和文艺骨干，晚上8点之后，别的学员可以回宿舍休息了，而他们还要去舞蹈房和大教室排练节目。不过即便这样，学员们也没有谁口吐怨言，因为随着结业的时间越来越近，大家都明白，相聚在一起的日子越来越短了，每个人都希望把自己最美丽的风采，留在这最后的时光里！

这天晚上，萧意忙完手头上的事情后，走出办公室在基地里闲逛。看到操场上还有五六个男生在打篮球，萧意不禁有些感叹，年轻人就是精力旺盛，军训了一天，晚上还有体力打篮球！

经过舞蹈房时，只见舒瑶正在手把手地指导吴果如何领舞，教的人专心致志，学的人全神贯注，旁边的队员们一个个看得目不转睛。这画面具有一种难以形容的和谐美，足以令观者动容，萧意不禁驻足看了半天。

离开舞蹈房后，萧意信步走到了基地西侧的未名园。这里有一块很小的竹林，围着一方假山和一眼池塘，池中游鱼戏水，自得其乐。若逢春秋佳日，临池照水，倒也有几分“半亩方塘一鉴开，天光云影共徘徊”的感觉。

萧意穿过竹林，却见一名身着白衣的女生正站在池塘前，若有所思。

萧意觉得奇怪，故意咳嗽了一声，那女生听见动静，转过身来，两人一打照面，都吃了一惊，原来那女生正是杨思雨。

萧意问道：“你怎么在这儿？”

杨思雨道：“晚上排完节目后，有点烦闷，所以来这里散散心。”

“你可能是最近太累了，要注意劳逸结合，不要给自己太大压力。”

“我知道。”杨思雨停顿了一下，突然问道：“萧老师，您说去机场好吗？”

萧意愣了一下，随即反应过来，杨思雨结业后将分去机场关，所以有此一问，于是应道：“去机场没什么不好的，有机会查到毒品案立功哦，我也在机场待过七八年。”

“可是，我好想去教育处。”

听杨思雨这么一说，萧意一时不知如何回答，迟疑了一下，他说道：“先在基层锻炼一段时间，其实挺好的。你这么优秀，用不了两年，总关办公室、政工办都会抢着调你过去。”

杨思雨俏皮道：“到时候我能不能选择去教育处呢？”

萧意沉默了一会，说道：“我很喜欢徐志摩的一首诗，你应该也听过。”

“哪一首？”

“我是天空里的一片云 / 偶尔投影在你的波心——/ 你不必讶异 / 更无须欢喜——/ 在转瞬间消灭了踪影 / 你我相逢在黑夜的海上 / 你有你的，我有我的，方向 / 你记得也好 / 最好你忘掉 / 在这交会时互放的光亮！”

萧意念完后，现场陷入了沉静，时间仿佛在这一刻停滞了。良久，杨思雨抬起头道：“老师，我能跟您合个影吗？”

萧意笑道：“没问题。”

杨思雨拿出自己的手机，调好自拍模式，递给萧意道：“您来拍。”

萧意接过手机，伸长手臂，正在调整拍照角度，却感觉杨思雨身体贴紧了自己，一时顾不上多想，轻轻按下拍照键，只见快门频闪，手机已经连拍了多张。

手机递给杨思雨后，萧意感觉到她身体还在紧贴着自己，赶紧轻轻挪开。杨思雨似乎没有察觉，点开照片，一一查看。

“这张拍得不错！”杨思雨指着一张照片对萧意道。萧意凑近一看，只见镜头下的两人似乎依偎在一起，杨思雨笑得一脸灿烂，自己虽然尽量克制，却还是掩盖不住眉梢眼角的笑意。最特别的是，照片居然拍到了天上的一轮皎月，莹莹清辉，仿佛见证人般挂在两人身后。

“老师，知道我为什么要合影吗？”

“为什么？”

“因为至少在这一秒的时空里，我们在一起！”

萧意笑了笑道：“你这一辈子还会碰到很多人和事，多年以后，当你回想起今天这一刻时，你会发现这只是一个小小的插曲。”

“是不是插曲我不知道，我只知道人要遵从自己内心真正的想法。”

杨思雨离开后，萧意仍在池塘前伫立良久，脑海里不时回响着她说的话。

68

新干班队列汇报展示和结业典礼定在了9月29日上午，下午则是新干班结业文艺会演。最后一周时间，舒瑶主要是跟进队列汇报展示和结业典礼的方案，协调相关部门做好保障，同时准备文艺会演的节目统筹、彩排及实地走场等工作；萧意则是忙着手头上的几份材料，从新干班工作总结、报送总署的情况交流，到结业典礼上的领导讲话稿，每一份都是几千字的内容，而且要经领导审核多次后再修改，翻来覆去十几遍，直把萧意折腾得身心俱疲；孙兰兰手上也有不少杂活，如跟进优秀学员证书制作、奖品采购，联络出席结业典礼的学员家长，统计核算新干班教务、班务费用等；至于胡百川，除了协助教官开展军训会操工作外，就是对学员考试成绩、表现情况进行统计汇总，然后在此基础上拟写学员的鉴定评语。每天下来，四个人都忙得不可开交，连开个茶话会聊两句的时间都没有，直到9月27日上午，因为一个突如其来的消息，四人不得不坐下来开一个碰头会。

消息是周处长带来的：9月29日下午，总署将召开电视电话会议，会上有署长讲话，所有在家关党组成员和各部门主要负责人都必须参加，所以原定当天下午在总关大礼堂举办的新干班结业文艺会演必须改期举行。

胡百川一听急了："怎么改期呀？9月30日上午在基地召开新关员分配大会，散会后所有学员就由各部门领回去了，哪还有时间举行结业文艺会演呀？"

舒瑶道："我们提前一天，改到28日举行，怎么样？"

孙兰兰担心道："会演通知我们前两天就发出去了，现在临时改期，又得重新发通知。而且明天就是28日，又是周一，照例有关务会，关领导和各部门负责人都要开会，估计没什么人会来现场看表演。"

萧意沉思了一下，说道："往后延时间不允许，只能提前举行，领导来不了也没办法，反正我们这次结业文艺会演是一次学员的学习成果的展示，有没有领导来我们都得办。"

萧意说完后，大家马上达成统一意见：新干班结业文艺会演提前到9月28日下午举行。四人分好工，各自跟进相关工作。

9月28日下午2点45分，总关大礼堂。越州海关2015年初任培训班结业文艺汇报演出即将开始，演员和工作人员正在台前幕后紧张而有序地做着各项准备工作。

可容纳五百多人就座的观众席上只稀稀拉拉坐了百余名观众，其中大部分是学员家长和亲友，另外则是各部门能够抽空过来观看的群众。事先舒瑶还向萧意建议，要不要给各部门打电话，多动员些人过来观看，萧意说不必了，关领导不出席的活动，再怎么动员，来的人也不会多。事实证明了他的推测。

萧意和舒瑶一起，在观众席上和一个个学员家长打招呼。突然，一个熟悉的声音传来："萧科长，辛苦了！"

萧意循声望去，发现不是别人，正是方锐的父亲方玉国，当即笑道："方总，什么风把你吹来了？"

方玉国自嘲道："我这个当父亲的，因为工作忙，以前错过了儿子的十八岁成人礼，也错过了他的大学毕业典礼，这次的结业会演，他说给我最后一次机会，你说我能不来吗？"

萧意哈哈一笑，两人正寒暄着，台上突然传来孟晨鸽甜美的声音："尊敬的各位领导、各位来宾，文艺汇报演出马上就要开始了，演出前我们先放映一部电影短片，该片的编剧、导演、演出、摄像、音效、剪辑等工作全部由新干班学员独立完成，全片展现了学员们朝气蓬勃的良好精神风貌。下面请大家欣赏。"

孟晨鸽说完后，全场灯光渐次熄灭，舞台的大屏幕上开始出现片名——《新干班的故事》。

“我叫小新，是越州海关2015届新干班的一员……”随着画外音，故事徐徐展开了，萧意看着看着，不知不觉投入其中。他没想到，新干班的电影小组真的拍出了一部像模像样的电影短片，而所用的摄像器材不过是一部普通的手机；他没想到，两个半月的培训生活，其间的酸甜苦辣都变成了食材和配料，经学员之手精心烹制，在短片中成为一道色香味俱全的佳肴；他更没想到，那些平时看习惯了的身上都有些小毛病的学员，在短片中仿佛脱胎换骨一般，每个人都展现出非凡的气质和迷人的风采！

渐渐地，短片进入了尾声部分，随着令人振奋的音乐声，片尾字幕缓缓打出：

谨以此片献给新干班的每一位学员
我们每个人都是新干班中平凡的一员
但又注定是不平凡的
在你孤单时，在你遇到困难时，在你不知所措时
也许只是还没有调整好自己
也许只是还没找到正确的方向
但要记住的是，自始至终，你都不是一个人
新干班是一个舞台
我们每个人都能展现最好的自己
新干班更是一个充满爱的地方
我们体会着快乐、幸福、温暖
我们收获了友情、爱情和家人般的亲情
132位学员，4位班主任老师

最好的事情，就是与你们同行

新干班，我们与你同在

看到这里，萧意突然觉得鼻子有点酸，再看看身边的舒瑶和孙兰兰，都在用纸巾抹泪。

接下来的两小时里，萧意完全沉浸在精彩的节目中，不论是A. I. R组合带来的劲爆金曲*Let It Go*，还是苏东来、周笑宇表演的相声《时间与青春》，抑或是“莲花山男孩”组合演绎的原创歌曲《少年游》，都让他赞不绝口。不过，最令他惊叹的还是56名学员联袂登台表演的大型诗朗诵《梦想在这里升起》。他没想到自己用一晚上赶出来的词，经过精心编排后，被演绎得如此大气磅礴、令人震撼，他感觉自己的灵魂正经受洗礼，那响遏行云的声音久久在耳边回荡：

我们站在南沙港，华灯绽放

闪耀的关徽让黑夜有了新的质地

我们站在珠江岸，百舸争流

醒目的肩章叫白昼有了新的生机

在白云机场

我们欢迎着四面八方的来客

在高原阿里

我们聆听着异域他乡的声音

在祖国辽阔的大地上

我们迎接着世界东方又一个崭新的晨曦

…………

69

新干班结业文艺汇报演出取得了圆满成功。虽然当天在现场的观众并不多，但口碑是最好的传播器，当晚萧意的微信朋友圈里，铺天盖地刷屏的都是新干班结业文艺会演的动态，不少没去现场的同事都纷纷向他发来祝贺。不过，萧意没有时间去享受成功的喜悦，因为更艰巨的考验即将来临，那就是第二天上午在总关大楼正门广场举行的越州海关2015年新入关干部培训结业典礼。两个半月的培训，萧意自问已经倾尽全力，感觉带得还可以，但是效果到底如何，最终还是要领导来检验，而结业典礼上的队列汇报展示和擒敌拳表演无疑是重中之重。

萧意大半夜翻来覆去没睡着，脑子里想的都是现场有可能出现的各种情况，最终，为了不被失眠折磨整晚，他还是服了一粒安眠药，在药物的作用下慢慢沉入梦乡。事后萧意才知道，不仅仅是他，舒瑶、胡百川和孙兰兰当晚都没睡好觉，大家都在祈祷结业典礼一切顺利。

也许是四位班主任的诚意感动了上天，9月29日天公作美，风和日丽，太阳也没有往常那么毒辣，不时还有阵阵凉风驱走酷热暑气。而整个结业典礼比萧意想象中的还要完美：立正时，学员们一个个挺拔如松、不动如山；队列展示时，队员们一个个训练有素、整齐划一；擒敌拳表演时，学员们一个个如下山猛虎、八面威风……观看的领导们不时报以热烈的掌声。

结业典礼上还发生了一个小插曲：40名精干学员组成的“战斗方阵”表演擒敌拳，打到其中一招“弓步冲拳”时，全体学员在击拳的同时按照平时训练习惯，一起暴吼一声，气势之壮，震人心魄。当时第一排学员距离观礼领导不过两米，结果这一下连打带吼，威力过大，一位领导没有思想准备，突受惊吓，虎躯一震，半晌没缓过劲来。站在一侧的萧意看在眼里，想笑却赶紧忍住。

结业典礼的高潮是“新干部入关宣誓”这一环节，面对着国旗，132名学员一起庄严宣誓：“我宣誓：忠于祖国、忠于人民、忠于法律，服从命令、听从指挥、严守纪律，恪尽职守、团结协作、爱岗敬业，公正执法、高效服务、文明廉洁，为崇高的海关事业而努力奋斗！”声音铿锵有力，直冲云霄。

看着眼前那一个个精神抖擞的矫健身影，看着那一张张带着坚毅和无畏的年轻面孔，萧意心中无限感慨。他想起了高中时的第一堂课上，班主任老师在黑板上写了一副对联来勉励他们：

雏凤学飞，万里风云从此始；

潜龙奋起，九天雷雨及时来！

下午在总关大礼堂开完总署的电视电话会议后，四位班主任带着全部学员坐车回莲花山基地。一路上充满了欢声笑语，所有人都沉浸在打靶归来一样的喜悦中。

萧意正在前排和舒瑶聊天，突然听到身后有声音传来：“老师，我有事向您报告。”一看，原来是程云。

“什么事？你说吧。”

“同学们都向我反映，明天分配大会后，大家就要各奔东西了，尤其是南陵关的同学，以后不一定有机会再见面了，所以大家都想今晚在外面聚餐，也算是送别宴吧。”

萧意道：“我和其他班主任商量一下，回去再给你答复。”

程云回座后，舒瑶对萧意低声道：“学员们这个要求也不算过分，当年我们在部队，最后临走前的一个月天天都在外面吃饭喝酒，主官也能理解。”

萧意还没回答，坐在两人身后的胡百川已经插嘴道：“舒老师你多虑了，前天下午萧科已经和我跑遍了基地附近所有大一点的馆子，最后找了一家能同时容纳140人就餐的，定下来今晚包场，晚上你就等着喝庆功宴吧。”

“没想到你们早有准备呀！”

一旁的孙兰兰开玩笑道：“萧科，你这算不算带头破坏培训纪律呀？”

萧意笑道：“两三个月朝夕相处，马上就要各奔东西，临别前想聚餐喝酒、一诉衷肠也是人之常情。就算我们不让学员出去聚餐，他们也会想办法溜出去。既然如此，还不如我们带他们出去聚餐，这样更稳妥一些。”

四人正聊得开心，突然手机响了，萧意一看，是周处长打过来的，赶紧接通，周处长那中气十足的声音仿佛穿出了话筒：“萧意，明天就是分配大会，今晚是最后一天，一定要给我盯紧点，绝对不要让学员去外面聚餐喝酒，全部在基地食堂用餐，免得出事。记得清点人数，听明白了没有？”

“明白。”萧意闷声闷气应了一声，挂断电话。

胡百川纳闷道：“你们领导怎么管得这么死？”

舒瑶打圆场道：“领导有领导的难处，也许是关领导的指示，担心今晚有学员喝多了，明天在分配大会上出丑可就不好，再说还有南陵关的领导过来。”

萧意叹了口气道："这样吧，回基地我和魏主管商量一下，看能不能每桌准备几瓶啤酒。"

没想到，每桌备上四瓶啤酒的建议也被魏主管否掉了。不论萧意好说歹说，魏主管就是那几句话："领导特意给我打电话强调，今天饭桌上一瓶酒都不能放！最后一晚，无论如何都要确保学员不能出事！"

萧意急道："我当年在新干班培训时，最后一晚聚餐，基地食堂还给每桌上了几瓶啤酒，怎么到现在反而不行了？"

见萧意有些上火，魏主管口气软下来道："萧科，我在基地待了十七年，每一年的新干班都见过，你们带的这一届是最好的！今晚过了，你的任务就圆满完成了，何必在这当口和领导对着干呢？"

萧意摇摇头道："老魏，我听说你当过兵，你也知道，老兵退伍前怎么都会和战友聚餐喝几杯的。"

魏主管犹豫了一下，说道："我只知道，军人以服从命令为天职！"

萧意沉着脸道："我也知道，'将在外，君命有所不受'！"

70

晚餐前集合时，萧意宣布了两条纪律：一，晚上全部学员必须在基地就餐；二，晚上10点，全部学员集合点名。

学员们一个个毫不情愿地进入食堂就座。每张桌上都摆满了丰盛的菜肴，还有两大瓶可乐，可是学员们一个个好像都没什么食欲，只象征性地动了下筷子。不到10分钟，学员们都走了个干干净净，只留下桌上一道道没怎么动过的菜肴。

魏主管找到萧意，气急败坏道：“萧科，我们今晚做了这么多的菜，都被你们学员浪费了！”

萧意淡淡道：“我之前提醒过你，今晚少做点菜，因为没有酒，大家都没有胃口。”

萧意约了舒瑶、胡百川和孙兰兰来宿舍喝茶。想到今晚本应对酒当歌、开怀痛饮的，现在却被领导一道禁令搞得嘴里淡出鸟来，大家心情都十分郁闷。

有一句没一句地聊着，看时间快到8点，萧意突然给程云打了道电话：“程云，给你10分钟时间，马上到我宿舍来。”

三人都莫名其妙，不知萧意这时找程云过来干吗。一会儿，程云气喘吁吁地赶到萧意宿舍，只见他满脸通红，一身酒气，显然是从酒桌上下来的。

萧意单刀直入道：“你们是不是都在外面喝酒？”

程云犹豫了一下，说道：“老师，大家今晚都想出去聚餐喝酒，我们班委怕有人喝多了会出事，所以以小队为单位聚餐，每桌保证有一名班委或小队长在场，起一个监督作用。”

四个班主任相视一笑，心里都在想程云这个班长当得还蛮尽责的。

萧意道：“连你这个班长都喝成这个样子，还监督啥？”

程云不好意思道：“我酒量太差了，不过我保证，大家都没有喝多！”

萧意拍拍手道：“你带我们去吧，我也陪你们喝几杯。”

程云喜出望外道：“太好了，老师，同学们都盼着你们来呢！”

学员们聚餐的馆子恰巧就是萧意、胡百川之前踩点看中的那家“都回头”荆楚菜馆，十几张桌子摆开，席上百余人觥筹交错、谈笑风生，气氛好不热烈。乍一看，真有点像金庸小说中，武林大会上各路英雄好汉汇聚一堂，大碗喝酒、大块吃肉的景象。

见到四位班主任突然光临，大家先是一惊，待听到程云说班主任们是过来陪大家喝酒的，众人顿时喜笑颜开，十几名性子急的男生马上端着酒杯迎上来。

萧意摆摆手道：“明天还有重要事情，今晚我们就意思一下，不要贪杯。这里有十二桌，我们四位老师到每一桌都敬一杯，也是感谢培训期间大家对我们工作的支持。”

孙兰兰凑近萧意耳边道：“萧科，我和舒瑶姐酒量一般，全陪下来有点难！”

萧意道：“你俩随意，一杯走到底也没关系，我和胡老师就每桌来一杯。”

胡百川哈哈笑道：“萧科，今晚我可要好好见识一下你的酒量。”

四人拿着白酒杯，一桌一桌地敬起酒来。萧意牵头，每桌都只敬一杯，碰杯之后，他和胡百川都是一口干了，桌上学员也都将酒干了，舒瑶和孙兰兰则是轻轻抿上一小口。碰到有些桌上的学员都是好酒之人，一杯干过之后还要回敬老师的，萧意摆手道：“今晚不要喝多，10点集合点名！”一句话说得对方只好收回酒杯。

敬到第七桌时，情况发生了一点小变化。杨思雨正好在这一桌，见萧意等人正要举杯敬酒，抢先道：“我们大家都知道萧老师是才子，有出口成章、七步成诗的本事，今天要不要让萧老师展示一下？”

桌上众人齐声道：“要！”

舒瑶、胡百川和孙兰兰都乐了，想看看萧意怎么回应。

萧意摸了下后脑勺，说道：“你可真会出难题，喝酒喝到一半让我作诗，我都多少年没写了！”

杨思雨拉着众人，一起拍着手起哄道：“来一个，来一个，来一个！”

萧意笑了笑道：“你们这一桌有四五个是南陵关的学员，明日一别，以后见面机会就少了，我就来一首送别诗送给各位。”

程云急忙打手势让众人安静下来，免得打乱萧意的思绪。

萧意沉思了一下，说道：“时间仓促，只能来首打油诗了，博大家一笑。”说完停顿了一下，然后朗声道：“英才济济会珠江，群策群力一品堂。莲花山下情意长，他年江湖莫相忘！”

萧意话音刚落，顿时博得满堂彩。周笑宇带头举杯道：“萧老师这首诗作得太好了，写出了我们的心声，我作为南陵海关的代表在这里也说两句话。一是感谢各位老师、各位越州关的同学这两个半月对我们的关心和照顾，这份情意我们会永远记在心底；二是邀请你们去南陵做客，我们南陵关的兄弟姐妹们随时奉陪！”

胡百川插进来道：“还有我呢！”众人大笑声中，桌上一席人都将杯中酒一饮而尽。

每一桌都敬完酒后，气氛已到高潮，学员们有的推杯换盏、酒兴正酣，有的推心置腹、一诉衷肠，有的抱头痛哭、泣不成声，有的不忍别离、抱成一团……场面之伤感动情，丝毫不亚于大学毕业季的离别聚会！

萧意见时间差不多了，正要提醒学员们回去，这时一个俏丽的身影走到面前，正是杨思雨，她手里还拿着一杯酒，轻声道："萧老师，我想敬您一杯酒，可以吗？"

萧意笑道："我要跟你们每个人都喝一杯的话，今晚不用回去了。"

杨思雨幽幽道："我不管，我就要和您碰一杯。"她任性的口气中又带着几分可爱。也许是喝了酒的缘故，她的脸红扑扑的，恰似人面桃花，较之平时的清雅秀丽，更增了几分妩媚动人。

见她态度十分坚决，萧意也没说什么，和她轻轻碰了下杯，两人都一饮而尽。

就在这时，四个男生一起拿着酒过来，正是方锐、陈凡、褚霄汉和周笑宇。方锐带头道："萧老师，培训这段时间，我们四个人给老师添了不少麻烦，难为你们大人不记小人过，一直对我们关爱有加。今天，我们'莲花山男孩'四人组要敬您一杯酒，不管以后如何风云变幻，您永远是我们最敬爱的老师！"

方锐一番话说得很动情，萧意听得也很感动，当下不再多说什么，五个人一起碰杯干了。

眼看后面敬酒的人一波接一波，萧意有些急了，当下站起身道："现在是9点30分，晚上10点集合点名。我现在和大家干最后一杯，祝各位前程似锦，来日方长！"说着，萧意干了杯中酒，和程云、吕慧交代了两句后，便叫上舒瑶、胡百川和孙兰兰，一起离开了。

回去路上，舒瑶突然对萧意来了句："你觉得这批学员，十年后会是什么样子？"

萧意沉思了一会，说道："我们那一批一百八十名学员，工作十年后，因为各种原因离开越州海关的有二十多人，走上领导岗位的有四十多人，因故去世的也有一人，剩下的大多成了业务骨干。我想这一批学员，应该会比我们那一批更有出息，但不管怎么样，我很荣幸能够成为他们的班主任！"

舒瑶道："能够遇上你，其实也是他们的荣幸！"

"遇上你，也是我的荣幸！"

"谢谢！"

10点整，四个班主任都站在基地食堂门口，看着12支分队各自列队。还是一如既往的训练有素、整齐划一，唯一不同的是，学员们身上穿的都是便装。

见各队列队完毕，萧意大声道："从1分队开始报数，有缺勤人员的，队长报出学员姓名。"

"1、2、3、4、5、6、7、8……"1分队开始紧张而有序地报数。

"1分队全部到齐！"队长孟晨鸽大声答道。

接下来其他小队也依次报数。最后统计人数为130人，缺勤两人，是5分队的周笑宇和褚霄汉。

萧意心头火起，正要训话，程云出列道："报告班主任，周笑宇喝高了，刚才在厕所吐了半天，现在在宿舍休息，我让他室友褚霄汉在旁边照顾他，应该没什么大碍。"

萧意点点头道："好，今晚情况特殊，下不为例。等会你也去看看他，确保他明天早上按时起床。大家都早点回去休息吧，解散！"

萧意说完后，学员们虽然散开，却并没有回去，不知道是谁拿来音箱放起了音乐，伴随着动人的音乐，学员们围成了一个大圈，将四个班主任围在中间。大家一起拍手唱着歌，唱的正是“莲花山男孩”在演讲比赛上演唱的那首《美好时光的信》：

莲花盛开的时节
我们珍贵的忆记
还有那早已说好的约定

谁坚定了谁的信心
谁鼓舞了谁的勇气
我们都挺过时间的侵袭

向着未来我们招手
心中充满了感激
这个夏天我的信仰就是你

这封记载美好时光的信
溢满我所有心思
我将用一生来铭记
在这莲花山下的记忆
…………

歌声中，萧意仿佛回到了十四年前的那个晚上，同样的一个离别之夜，当时还是学员的他，哭得像个孩子一样！

即便伤感激动的情绪如海底火山爆发一般不可遏制，但喧哗声中萧意还是听到了手机来电的声音。一看，是薛超打来的视频电话。他接通电话，只见画面上的薛超端坐在一间宽大的培训教室里，费了老大劲才勉强能听清楚他说的话："萧意，我的培训学校下周就要开张了，就差你这个校长了，快点过来吧！"

萧意笑了笑，对着手机大声道："兄弟，你还记得十四年前的今天吗？那天晚上你喝多了，我把你背回了宿舍。来，我让你看看这里的情况，像不像我们当年那样？"说着，他拿着手机环拍着四周……

同一时间，周处长正在家中看《晚间新闻》，突然手机响了一下，他拿起来一看，是万萍给他发了两条视频。打开一看，第一条放的是学员们在饭馆聚餐喝酒的热闹场面，所有人都端着酒杯，感觉幸福像花儿一样绽放在众人脸上。

周处长看得心头火起，再看第二条视频，放的是学员们将班主任围在中间，大家一起载歌载舞，场面仿佛是在开狂欢节。

周处长看了更是气不打一处来，正要一个电话给萧意打过去，这时万萍的第三条微信到了，上面写着一段话：

这是我经历过的最好的培训班，这是我人生中真正的成人礼！谢谢你们！

周处长将这段话看了又看，最终长叹了一口气，放下了手机。

后记

2019年初，我刚刚写完了第三部小说《电影迷的奇幻之旅》，接下来便憧憬着新作能够早日面世，大卖特卖。但是没想到，出版过程中遇到了一系列的困难，以至于一年多时间过去了，却依旧难产。等待的日子让人感觉如此漫长，尤其是后面还经历了百年难遇的疫情，我心中的焦虑一时无以复加。为了给自己解压，同时也为了转移注意力，我又开始了第四部小说的写作。尽管写作的过程备受煎熬，但我还是咬牙坚持了下来。最后，疫情尚未缓和，我的第四部小说写完了，甚至因为贵人相助，还赶在了第三部小说之前面世。对于我来说，这真的有点否极泰来的感觉。

对于写作者来说，写作是一件吃力不讨好的事情，付出的是无尽的时间、心血，承受的是身体上的病痛和精神上的折磨，且往往得不到什么现实的回报。

从投入产出比来看，写作是一件能把人逼疯的毫无意义的事情。但是包括我在内，还是有无数人像飞蛾扑火般跳进这个坑里，原因是写作本身能带给人一种奇妙的感觉，令人不写不快，欲罢不能。纵然这种感觉并不常有，正如美国作家威廉·M. 埃克斯所言："真的好的作家即使得不到报酬，依然会写作。因为写作对他们而言，是一种难以遏制的冲动，而且写作给予他们的东西超越了金钱。你必须写作，是因为如果不写你就会死。"

每一个写作者都希望死后仍然有人读自己的书，虽然这希望可能虚无缥缈、遥不可及。毕竟在这个碎片化阅读盛行的新媒体年代，已经没有多少人能够静下心来看一本纸质书。尽管如此，我还是要写下去，因为当我坐在电脑前写故事时，一个全新的世界向我打开了大门，里面有我在现实生活中感知的一切，也有我在脑海中天马行空的奇思妙想。在灵感的触动和键盘的飞舞下，它们水乳交融化作文字，最后成为故事的一部分。

本书能够面世，我要感谢老友张毕群，没有他的鼓励和支持，我很难坚持到今天；我要感谢李鹏先生，没有他的仗义相助，本书的出版不会如此顺利；我要感谢责任编辑何绮婷女士，她的专业和认真，令我受益匪浅。

最后，我要感谢2015年参与新干班带班工作时，和我一起搭档的三位班主任，以及2015届新干班的全体学员，正是因为和你们一起度过了那段激情燃烧的岁月，才有了这本独一无二的书。谢谢你们！